天蚕土豆 作品

斗破苍穹

DOUPO
CANGQIONG

10 天焚炼气塔

青岛出版社
QINGDAO PUBLISHING HOUSE

图书在版编目（CIP）数据

斗破苍穹.10,天焚炼气塔/天蚕土豆著.—青岛：青岛出版社,2015.10
 ISBN 978-7-5552-2948-3

Ⅰ.①斗… Ⅱ.①天… Ⅲ.①长篇小说—中国—当代 Ⅳ.①I247.5

中国版本图书馆 CIP 数据核字（2015）第 235314 号

书　　名	斗破苍穹 10 天焚炼气塔
著　　者	天蚕土豆
出版发行	青岛出版社
社　　址	青岛市海尔路 182 号（266061）
本社网址	http://www.qdpub.com
邮购电话	13335059110　0532-68068026
责任编辑	刘　迅
特约编辑	赵桂芹　代　敏
照　　排	青岛双星华信印刷有限公司
印　　刷	青岛炜瑞印务有限公司
出版日期	2016 年 4 月第 1 版　2017 年 11 月第 3 次印刷
开　　本	16 开（710mm×1000mm）
印　　张	15.25
字　　数	220 千
印　　数	20001-28000
书　　号	ISBN 978-7-5552-2948-3
定　　价	29.80 元

编校印装质量、盗版监督服务电话　4006532017　0532-68068638
本书建议陈列类别：畅销·青春幻想

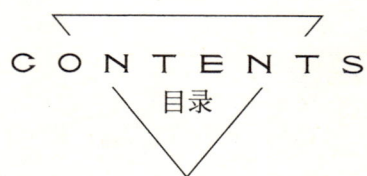

1	第一章 陨落心炎	103	第十一章 再次突破
11	第二章 白帮的实力	112	第十二章 霸枪柳擎
21	第三章 暗中交锋	121	第十三章 大批炼制
30	第四章 塔中修炼	130	第十四章 药帮韩闲
43	第五章 七星大斗师	139	第十五章 比试炼丹
52	第六章 磐门的变化	166	第十六章 招纳
62	第七章 陀舍古帝	171	第十七章 三千雷动
71	第八章 古怪的家伙	194	第十八章 地心淬体乳
85	第九章 闭关	213	第十九章 美杜莎女王再现
94	第十章 柳家柳菲	233	第二十章 九星大斗师

天焚炼气塔

第一章
陨落心炎

出了天焚炼气塔,萧炎站在门口,转头望着这座仅仅露出地面一截塔尖的神秘黑塔,忍不住长吐了一口气,不知为何,他总是觉得这座黑塔有些不太简单。

"呼,没想到啊……竟然凝聚出了有情绪智慧的'火灵',啧啧,难怪这内院设置得如此严密,甚至连斗尊强者在全力之下才能够施展的'空间囚牢'都布置了出来……"就在萧炎感叹之时,药老惊异的声音,忽然在其心中响了起来。

听了药老的话,萧炎微微一怔,面不改色地环顾四周,然后向着身旁看上去依旧有些昏沉沉的吴昊挥了挥手,转身向来时的道路行去。

"老师说的'火灵'是什么东西?"不急不缓地行走在林荫道上,萧炎这才在心中追问道。

"由纯粹的火焰诞生的另类生命……先前你所看见的那条无形火蟒,应该便是从陨落心炎之中诞生的灵智,甚至可以说,那条火蟒,便是这座天焚炼气塔中陨落心炎的本体!"药老缓缓地道。

"什么?那条火蟒就是陨落心炎?"走动的脚步陡然一顿,萧炎脸庞忍不住有些变化,在心中惊骇地失声道。

"嗯,我的感应不会有错……这些天地间的奇异火焰,经过岁月的累积,会长

成各种各样的奇异形态。比如你上次在地底熔岩遇见的青莲地心火,那种类似莲花植物的形状,便是地心火焰经过千百年压缩,方才形成……"药老沉声道。

"当然,上次我们所遇见的青莲地心火虽然具有植物形态,可毕竟没有生出属于自己的情绪与灵智,然而先前的那条火蟒,我却真实地感觉到了它的情绪,而这种拥有了自身智慧的火焰体,我们便称之为'火灵',其灵智,都已经能够和一些可以幻化成人类模样的超阶魔兽相媲美了。"

"那……那这种'火灵',若是得到了,我们应该怎么去炼化?先前我也感受到了那东西气息的恐怖,恐怕就算是一名斗皇强者,也不会是其对手,我们怎么可能吞噬掉它呢?"药老的话语,让萧炎感到有些惊异,他没想到火焰都能够生出自己的意识,不过如今这火焰有了自己的意识,再加上先前它所表现的恐怖气息,它是肯定不会甘愿被别人吞噬炼化的。想到这,萧炎顿时便萎靡了下来。

"的确很困难,不过也没法子啊。当然,若是你愿意放弃这陨落心炎去寻找其他异火的话,那就无所谓了。"药老淡淡地笑道。

"开什么玩笑,异火哪有这么好寻找?"

闻言,萧炎立刻在心中咋呼了起来,费尽几年时间,他方才借着机缘得到青莲地心火,如今又是好不容易才找到了陨落心炎的位置,让他放弃,如何舍得?

"那便只能静观其变了。其实,先不提得到陨落心炎后该怎么办,光是我们怎么将它弄到手,便已经是困难重重。"药老也是略有几分头疼,"这内院之中,强者如云。先前在塔内,我能够模糊地感应到,在下几层之中,都有极为微弱但又极为强横的气息存在。这些气息之强,以我现在的灵魂状态,根本不可能从他们手中占多少便宜。"

闻言萧炎眉头紧锁,十指紧紧地扣在一起。

"而且我现在能够肯定,内院之所以能够使学员修炼速度加快,几乎全都是陨落心炎的缘故。他们将成灵的陨落心炎封锁在天焚炼气塔内,接近它后,在人心的引动下,出现陨落心炎的分体而供学员淬炼经脉,提炼斗气……他们……这是在……

养陨落心炎！"药老缓缓地吐了一口冷气，淡淡地道。

扣在一起的手掌猛地颤了颤，萧炎不着痕迹地抹了一下额头上的冷汗，心中为内院疯狂且大胆的举动感到震撼不已。这些家伙，实在是太恐怖了，居然有胆量圈养这种天地间最具毁灭力量的东西。

经过药老的解释，萧炎这才明白，原来内院是将陨落心炎当成了奶牛般来圈养，不断地从它身上获得取之不尽的"牛奶"，也就是陨落心炎的投射分体……这种做法，的确堪称疯狂。

"果然是艺高人胆大啊，这内院，真恐怖。"萧炎咽了一口唾沫，在心中喃喃道。

"哼，胆大？我看他们这是在引火烧身。"药老冷哼了一声。

"怎么？我看似乎没什么事啊。"萧炎惊诧地道。

"嘿，现在他们仗着有空间牢笼封锁，的确是没什么事，可这只是权宜之计，光凭那空间牢笼，根本不可能一直将陨落心炎封在塔里。"

药老嘿嘿笑道："火焰可疏不可堵，这陨落心炎可是天地间诞生的奇异之火，具有真正的毁灭力量。内院这般封堵，就犹如在火山口上建立壁垒一般，你见过能够把火山堵起来的情况吗？现在陨落心炎被压抑，等于在储存力量，等到爆发之时，这天焚炼气塔，将会在顷刻间毁灭！不过陨落心炎虽然恐怖，可内院的那些老家伙也不是吃素的，在爆发间，一冲一堵，双方都会有所损伤，而那时候，或许便是我们的机会。"

"老师的意思是……等陨落心炎自己爆发？"萧炎一怔，错愕地道。

"嗯，也只能如此，我们势单力薄，明着来没有任何机会。"药老点了点头道。

"那得等到什么时候？"萧炎翻了翻白眼，苦笑道。

"从先前陨落心炎的反扑来看，多则两年，少则一年，或许会有一次大变故。"药老沉吟了许久，方才压低声音，在萧炎心中低声道。

萧炎眼神急速闪烁，半响，小心翼翼地看了看四周，除了吴昊正不停地敲着眩晕的脑袋外，没有其他的动静。药老所说的话，可是关系到这内院存亡的大事，

万不可泄露了去。

"接下来的日子,你要抓紧时间在塔中修炼,最好能在半年内提升到斗灵级别,到时加上青莲地心火,以及焰分噬浪尺,想必能在斗灵阶别中纵横无忌。若是再使用紫火与青火融合的佛怒火莲,恐怕上次在森林外面的苏长老,也不敢有胆子单手硬接。

"至于以骨灵冷火和青莲地心火相融合的大型佛怒火莲,你还是尽量少用,那东西威力固然恐怖,可反噬太大,有些时候,反而是得不偿失。

"还有,那地阶身法斗技'三千雷动',也该着手修炼了。只要那东西修炼成功,你面对一般的斗灵强者,都能够立于不败之地,哪怕遇上斗王强者,即使打不过也有逃跑的本事。现在我们要做的是为陨落心炎的爆发而凝聚力量。"

药老声音犹如发射子弹一般,一大串的话让萧炎苦笑不已,半晌,方才完全消化。

"似乎还有那地灵丹的各种材料吧?"细嚼慢咽地将药老的种种提醒消化完毕,萧炎略一沉吟,发现了一处遗漏,当下笑着道,"这东西,可也是必备之物,不然日后就算得到了陨落心炎,恐怕也不敢沾之上身。"

"呃……的确,不过那些材料都是极为稀罕之物,你得小心留意。"药老一怔,旋即点了点头道。

苦笑着点了点头,萧炎抬起头来,望着那蔚蓝天空,不由得长长地吐了一口气:"这麻烦事,也太多了点吧。"

"干什么唉声叹气的?因为磐门的事?"

忽然有声音在身后响起,萧炎回头一看,原来是吴昊,此时的他,似乎已经从心火炙烤的迷糊中恢复了清醒。

"呵呵,没什么。"轻笑了一声,萧炎道,"走吧,先回去看看。"语罢,他便加快了脚步,向来时的道路飞速掠去,吴昊紧跟其后。

经过四五十分钟的赶路,萧炎两人方才接近新生的住宿区,缓缓走进去,那

空荡荡的道路，让两人一怔。

就在两人有些愕然时，忽然有人影从住宿区内气喘吁吁地跑出，瞧见萧炎两人，焦急的脸庞上顿时涌上喜悦，连滚带爬地冲了过来，嘴中大喊道："头儿，出事了！"

"怎么了？"听见这名新生的大喊，萧炎急忙上前，问道。

"有人想拉新生走，结果没人答应，那些家伙就要捣乱，现在正逼着要与薰儿和琥嘉学姐动手！"

"来者是谁？认识吗？"萧炎脸色微沉，急忙向里面走去，同时随口问了一句。

听了萧炎的问话，那名新生迟疑了起来，这情景令萧炎脚步陡然一顿，沉声道："说！"

"那领头的……是白山。"被呵斥了一声，那新生只得苦笑着道。

"这个吃里爬外的浑蛋！"

闻言，萧炎与吴昊的脸色瞬间便阴沉了下来。

新生住宿区的一处空地上，黑压压的一大群人围拢在此。人群中，两方人马正虎视眈眈地对立着，一方人数偏多，而另一方则只有十来人，然而场中情势，似乎人数少的反而占据着上风。

"薰儿，琥嘉，不要固执了，我说过，你们这磐门在内院是绝对起不来的。新生是内院众多势力每年必需的新鲜血液，萧炎将所有新生都握在手中，他们不可能坐视不管的。"人数较少的一方，领头的是一名身着白衫的青年，英俊的模样极容易吸引女生的好感，然而现在对面的薰儿与琥嘉，并未因此而表现出半分好感，鄙夷与不屑倒是流露无遗。

"这些是我们的事，用不着你这个背弃同伴的人来操心。"琥嘉冷笑道。

"你若是没有其他的事，便请离开吧，我们新生区不欢迎你。"薰儿瞥了白山一眼，淡淡地道。

白山见两人这番态度，嘴角忍不住抽搐了几下，原本布满笑容的脸瞬间便阴冷了许多。

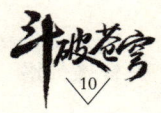

"白山，何必再说废话？这些新生，直接动手把他们的傲气打垮就行了，到时自然会有人选择跟我们走。"笑声忽然从白山身旁的一位身材健硕的青年口中传出，这名青年在说话时，眼睛时不时地在薰儿与琥嘉两人那曲线曼妙的娇躯上扫动。

"呵呵，付敖大哥说得是，不过她们可是女孩子，刚来就动手，难免会被人说成没有气度，是不？"对这位青年，白山倒不敢无视，后者可是帮中除了他堂哥之外屈指可数的三位斗灵强者之一，所以当下连忙笑着道。

"嘿嘿，说得也是。"听白山这般说，付敖嘿嘿一笑，目光再度转向薰儿，笑眯眯地道，"薰儿学妹，那萧炎虽然有本事带着你们在'火能猎捕赛'中获得胜利，可惜，在内院中，他却没这资格，你也不要妄想他有什么魄力，说不定过一两天，他吃足了苦头，自己都会解散你们这所谓的'磐门'。"

"不劳你多费心，只要萧炎哥哥未曾开口，这磐门，不会怕任何势力，你想强拆，那便试试！"薰儿看了他一眼，冷冷地道。

见一张清雅精致的脸颊布满寒霜的薰儿，付敖脸庞上的笑意更浓了，啧啧道："好个倔强的女孩子，不过还真是对我口味。这样吧，看在你的面子上，你们今天交出五名新生，日后我白帮便再也不来找你们麻烦，如何？"

"付大哥，五……"闻言，一旁的白山脸色微变，急忙开口，他带人来此处，可不仅仅想要五个新生而已啊。

手一挥，付敖打断了白山的话，笑眯眯地望着薰儿，道："当然，在这五人之中，必须有薰儿学妹。"

付敖这话一落，白山脸庞不由得微微一沉，现在他能够听出，这个家伙竟然也在打薰儿的主意，当下眼中掠过一抹稍纵即逝的寒意。

由于目光一直紧紧地盯在薰儿身上，所以付敖未曾看见白山的这般脸色。

"磐门不会把任何一个人交给任何一个别的势力！"

付敖话语中的那份调戏之意，薰儿自然也听了出来，灵动眸子盯着前者，许久之后，脸颊上的寒霜忽然完全消逝，声音平淡地道。

望着再度变得冷漠的薰儿，付敖眉头一皱，他可不喜欢女人露出这般神情，当下逐渐收敛脸上笑意，冷笑道："既然如此，那只能用强了，将你们这磐门的强者全部打败，我看你们还有何威信来留住他们！"

"那你来试试？"琥嘉俏脸冰寒，翠绿色的斗气自体内暴涌而出，一股强横气势弥漫这处空地。

随着琥嘉爆发气势，其身后的几十名新生齐齐一声怒吼，一道道颜色各不相同的斗气同时涌出，霎时间，地面上的树叶就被斗气搅动的气流给掀飞了去。

"哟？这届新生果然如传闻所说，嚣张得有些没边儿了。"望着对面涌现的道道斗气，付敖不由得讥讽一笑，脚步重重前踏一步，只听得一道低沉的轰鸣声响，蔚蓝色的斗气瞬间覆盖身体，斗气翻滚，犹如黏稠的海水一般，在周身翻滚涌动。

随着付敖斗气的涌出，一股比在场任何人都要强横几倍的雄浑气势立马弥漫空地。他居然凭一己之力，生生地将众多新生的气势压迫扛了下来。

"今日便要你们瞧瞧，新生与老生间的差距！"付敖腰杆一挺，冷笑道，"白山，带人动手，让这些新生明白，在这内院，光有硬骨头，是生存不下去的！"

白山微微点头，双眼复杂地看了对面的薰儿一眼，然后手一挥，沉声道："上！"

听到白山的喝声，其身后十名老生，顿时一声轻喝，旋即身形化为影子，闪电般地向着众人暴射而去。

"我拦住白山，薰儿，你带人截住其他人。"琥嘉纤手一抖，一条修长的绿色长鞭闪现而出，鞭子微微一震，便在空中甩出一道霹雳声响，隐隐间还带有一股异样香味。

"嗯。"薰儿微微点头，眸子冰冷地望着暴射而来的人影，如玉般的小手上，耀眼的金色光芒乍现。

"哧！"

就在战斗即将开始，白山等人快与薰儿等人交锋时，黑影猛然划破天际，旋即带起撕裂空气的尖锐声响，轰然射在双方之间。顿时，一道炸响带着弥漫而起

的灰尘,将双方隔开。

眉头微皱地望着那处灰尘地带,付敖袖袍一挥,一股略带湿气的劲风突然出现,旋即将那灰尘尽数打湿落地。

随着灰尘落地,一把插在坚硬石板上的巨大黑色尺子,出现在了付敖等人的视线之中。

众人目光在黑尺上停留了一瞬后,便转移到了黑尺之后站立的两人身上。

"萧炎、吴昊,我以为你们听到风声跑路了呢,没想到还敢回来!"望着出现的两道人影,白山脸色微变,冷声道。

萧炎眼神冰冷地瞥了他一眼,然后跳过他,停在了付敖身旁。他能感应到,这个家伙,方才是此处最强之人。

瞧见萧炎与吴昊出现,磐门的新生顿时欢呼了起来。经过这段时间所发生的事情,在他们心中,早就把萧炎当成了主心骨,只要有萧炎在,他们便拥有与任何人战斗的勇气。

"你们两个家伙,终于回来了。"望着面前的那道瘦削背影,琥嘉悄悄松了一口气。不管她性子如何彪悍,可这种事情,始终都是男人站在前面最好。

"萧炎哥哥,他们……"薰儿目光停在萧炎背影上,轻声道。

挥了挥手,打断薰儿的话语,萧炎淡淡地笑道:"嗯,我知道了,接下来交给我吧。"

薰儿温柔地点头,凝视着那道瘦削背影,她喜欢他对任何事都充满自信的样子,就像小时候那般。

"你就是萧炎?"望着萧炎,再看了一眼薰儿与先前截然不同的温柔态度,付敖眉头忍不住皱了起来,冷笑道。

"他就是萧炎,如今这些新生的头儿。"一旁,白山插口道。

"白山,真没想到,你这人的脸皮,竟然厚到了这般程度,以前我还真是眼拙了。"萧炎瞥着白山笑道,笑声中有掩饰不住的讥讽。

被萧炎这般讥嘲，白山脸庞上不由得浮现一抹铁青。他阴森地望了萧炎一眼，寒声道："你就嚣张吧，我早就说了，到了内院，我有的是办法整治你。"

"除了依附别人的势力，你还能做什么？"萧炎淡淡地笑道。

"你……"

"好了，不要吵了。"付敖一挥手，打断两人的对讽，抬头望着萧炎，平淡地道，"我也不与你耍嘴皮子，交给我白帮十五名新生，我们马上离开。"

"若是不交呢？"萧炎手掌搭在面前尺柄上，冷笑道。

"那便打得你在新生面前，威严尽失！"付敖咧嘴一笑，白森森的牙齿透着一抹冷意。

萧炎微微点头，扭了扭脖子，刚欲踏出步子，一旁的吴昊却忽然伸手拦住他，道："让我来吧。"

"这家伙是斗灵强者，你现在应付还有些吃力。"萧炎微笑着摇了摇头，推开吴昊的手臂，然后缓缓踏出了一步，目光停在付敖身上，轻笑道，"单挑，你赢了，按你说的办；若是输了，你白帮三个月内，不许再找我磐门麻烦。如何？敢接吗？"

闻言，付敖眼睛顿时眯了起来。

"付大哥，别答应他，那家伙有一些底牌，使用的话足以和斗灵强者抗衡，上次连罗侯都败在了他手中。"一旁，白山急忙道，"我们所有人一起上，他们新生人虽多，可绝对抵挡不住！"

"不用，那罗侯不过刚刚进入斗灵级别而已，打败他算不得什么。"

付敖挥了挥手，目光紧紧地盯着萧炎，旋即转向其后的薰儿，咧嘴笑道："换个赌注。我赢了，交给我白帮十五人，其中有她；我输了，白帮半年不找你们麻烦。如何？"

萧炎脸庞上的微笑逐渐收敛，直至片刻后露出阴沉与些许隐藏的狰狞。龙有逆鳞，触之者怒。萧炎的逆鳞，无疑便是这个从小到大一直将所有心思都放在自己身上的女孩。

"萧炎哥哥,比!"

轻柔的声音,忽然在萧炎身后响起,旋即一只柔若无骨的纤手,轻轻握住了萧炎攥紧的拳头。

深吸了一口气,萧炎转头望着那笑容清雅的青衣少女,许久后,微微俯身,在少女微红的耳根旁,用只有两人听到的声音,缓缓地道:"妮子,半年后,我会扫除白帮!"

"嗯。"少女嫣然一笑,笑容柔美动人,令旁人心动不已。对他,她从未有过怀疑,自小如此。

第二章
白帮的实力

轻轻拍了拍薰儿脑袋，萧炎缓缓转过头来，脸庞上的阴沉迅速消失，淡淡地望着对面的付敖，轻声道："开始吧?"

"嘿，有胆量。"

瞧萧炎果真敢应战，付敖有些诧异地叫了一声，旋即嘿嘿笑道："好，今日便让我来瞧瞧，这在内院中传得沸沸扬扬的新生领头人，究竟是否有传闻的那般强横。"

瞧见场中即将展开大战，围观的学员赶忙后退了一步。对于萧炎的传闻，他们也听了不少，如今能够亲眼判断萧炎的真正实力，他们自然是极为乐意。

"不知道那萧炎究竟能否与付敖抗衡，若是不能的话，这脸可就丢大了啊。"

"嘿嘿，据说那付敖在一个月前便已经晋级三星斗灵，这萧炎虽然能打败罗侯，可与付敖对战，还是很艰险啊。"

"若是一个不慎输给了付敖，不仅丢脸，而且还会把自己的女人也给丢了，那损失就大了。"

萧炎没有理会周围的窃窃私语，缓缓地向前踏了一步，双手迅速结出一些奇异的手印，而随着其手印的结动，体内气旋之中，一缕缕青色火焰猛然暴涌而出，

顺着一道有些诡异的路线急速运转了起来。

青色火焰在完成这一圈诡异路线的运转后，不由得沸腾了起来，一股股狂暴的能量从中散发而出，最后侵入萧炎身体的各个部位！

"天火三玄变：青莲变！"

"轰！"

手印陡然一僵，雄浑的青色火焰自萧炎体内狂涌而出，将之包裹成一个青色火人。

火焰升腾了片刻时间，便迅速缩回了萧炎体内，而随着火焰的回体，众人却察觉到，萧炎的气息正在节节攀高，甚至即将达到斗灵强者的地步！

"原来是在强行提升实力，怪不得能够打败罗侯，不过这种法子终究是下乘，持久不得，反而还会给身体造成巨大伤害。萧炎，这就是你的底牌？"望着萧炎骤然变强的气息，付敖先是一怔，旋即恍然冷笑道。

对于付敖的冷笑，萧炎依然是不予理会，手掌握上一旁的玄重尺柄，偏头向着吴昊淡淡地道："看住白山他们。"

"放心，那个杂碎交给我。"吴昊点了点头，略微迟疑，低声道，"你小心点，这个付敖，比罗侯还要强。"

"嗯。"

萧炎微微点头，将视线转向对面一脸冷笑的付敖，脚掌缓缓提起，然后轰然落下，顿时，一道能量在脚底炸响，旋即萧炎的身体化为一道黑影，向着后者暴冲而去。

"哼，今日便让你瞧瞧，什么才是真正的斗灵强者！旁门左道，可算不得正途！"眼瞳之中，黑影急速放大，付敖一声冷哼，手掌一握，蓝光闪烁，一把半丈长许的蓝色三叉戟，闪现而出。

手中紧握叉柄，付敖对着前方的黑影，直接猛刺过去，叉尖处，闪烁着幽幽蓝光，所过处，连空间也隐隐现着些许蓝色光芒。

"叮！"

天焚炼气塔

黑影猛然停滞，手中巨大黑尺抡扇而来，与那三叉戟重重撞击在一起，当下金铁交击，声响震耳，火花四溅，在场中爆闪。

"力气不小。"

身体微震，脚步后退了半步，付敖冲着也后退了一步有余的萧炎惊诧地笑了一声，旋即再度欺身而上，手中三叉戟在蔚蓝色斗气的烘托下，犹如海中恶鲨一般，翻滚腾现，劲气森冷而又隐隐带着一股凶煞之气。

萧炎脸庞紧绷，望着紧接而来的三叉攻势，手臂微震，没有丝毫退缩，挥尺再度迎上付敖。

场地中，蓝色斗气与青色火焰各自占据半壁天空，两者接触之处，不断有着淡淡的白色雾气升腾而起，雾气间，两道鬼魅人影彼此闪掠而射，那般速度，使周围围观的人群，都难以用肉眼看到，只能听见重尺与三叉戟交碰的声响，最多看见一些爆裂的火花。

雄浑斗气在场中对碰，爆发出能量巨响，那一波波不断扩散出的能量涟漪，令周围围观的人群不断后退着。

"萧炎能胜得了那家伙吗？"眼睛死死地盯着淡淡的白雾中闪掠的人影，琥嘉玉手忍不住紧握着，低声向一旁的薰儿与吴昊问道。

"不知道，现在还看不出什么。"吴昊摇了摇头，沉声道。

"轰！"

就在吴昊话语刚刚落下的瞬间，一道震得人耳膜发疼的炸响忽然自白雾中传出，旋即两道人影从白雾中各自倒射而出，双脚均在地面上滑出了十几米的距离后，方才止住。

"嘿嘿，好，果然是有点本事，难怪如此嚣张。"手中三叉戟重重地触在地面上，付敖剧烈地喘了几口气，冷笑道。

萧炎重尺插进地板缝隙之中，呼吸同样有些急促，在使用了天火三玄变强行提升实力后，他虽然已经能够正面与付敖相抗衡而不败，甚至在力量方面还能压

过付敖一头，不过这些都有时间限制，一旦青莲变的提升效果退去，到时他将难以和付敖再战。

萧炎的弱点，付敖看得很清楚，阴笑了一声，手中三叉戟忽然一阵震动，旋即其上蓝色斗气陡然大盛，而随着三叉戟上斗气越来越浓郁，付敖的脸庞也变成了诡异的蔚蓝色。

感受到付敖三叉戟上急速凝聚的斗气能量，萧炎脸庞微微一变，他能察觉到付敖这一击的强横程度。

"一招解决吧！"

手中三叉戟猛地一转，旋即叉尖直指萧炎，付敖咧嘴一笑，脚掌一蹬地面，身体化为一道蓝色影子暴射而出。随着其身形的射出，三叉戟上，蓝色斗气急速翻滚，到了最后，竟然形成了一只完全由斗气凝化而成的能量鲨鱼。

蓝色能量鲨鱼巨嘴大张，锋利的牙齿在蓝色斗气衬托下反射着森寒光泽，让人丝毫不会怀疑，若是被它咬中的话，定会是致命伤害。

斗气凝物是斗灵强者的标志，就犹如斗师的斗气纱衣、大斗师的斗气铠甲一般，这些都属于斗灵及以上级别强者的专利。这种斗气凝物的杀伤力，若配合着斗技使用的话，将会起到摧枯拉朽的效果。

足有丈许长的斗气鲨鱼向着萧炎暴冲而来，透过略有些透明的斗气鲨鱼，还能看见隐藏在其肚中那锋利无比的三叉戟。

眼睛紧紧盯着在眼瞳中急速放大的鲨鱼，迎面扑来的腥风令萧炎脸庞越加凝重。他手臂微微一震，青色火焰顺着经脉涌出，最后将整个漆黑尺子都遮掩在了其中。完成这一举动，萧炎双掌紧握尺柄，缓缓举过脑袋，体内斗气在此刻运转到了极致！

"破！"

眼瞳猛然一缩，震耳欲聋的喝声，自萧炎喉咙间暴喝而出，旋即那被浓郁青色火焰包裹的重尺，犹如劈裂山峦一般，狠狠劈下！

随着重尺的劈下，只见其周围的空间都变得有些扭曲了，炽热的温度，将周围地面上的水渍尽数蒸发！

在周围众人的注视下，被青色火焰包裹的重尺，与那斗气鲨鱼，重重地碰撞在了一起。

"轰！"

两者接触，沉闷的爆炸声响顷刻响起，漫天水雾从接触点呲呲地暴涌而出，一股水浪夹杂着些许青色火苗，成涟漪状向着四面八方扩散而出，沿途所过处，地面上的任何杂物都被冲洗一番。

水雾之中，付敖脸色略微有些难看地望着被重尺架住的三叉戟，其上所升腾的青色火焰，不仅未被能量水鲨扑灭，反而在接触的刹那，瞬间便将由斗气凝聚而成的能量水鲨蒸发成漫天水汽。这般突发状况，付敖倒是未曾料到。

双掌死死地握着三叉戟柄，付敖手臂抖动着，从重尺上传过来的力量强横得令他感到心悸。

萧炎的脸庞，也是一片涨红，那是力量施展到极限的表现。眼睛紧盯着相隔不过两尺的付敖，萧炎嘴角忽然拉起一抹森然弧度。

喉咙微微滚动，奇异的声音在萧炎口中不断酝酿着，而随着那声音的酝酿，萧炎嘴巴也有些鼓涨了起来，片刻后，脑袋一仰，紧闭的嘴巴猛地张开。

"吼！"

随着萧炎嘴巴的张开，犹如雷霆般的狮吼声波，浩浩荡荡地暴涌而出，围观者都已感到耳膜震痛，急忙死命地捂住耳朵。那与萧炎间隔不过两尺的付敖，更是受到了重创！

声波尚未传出时，付敖虽然感觉到不对劲，可并未立刻退缩，因此，萧炎的这记"狮虎碎金吟"，被他完整地接收下来了。

双臂急速颤抖着，在萧炎这如晴天霹雳的一吼之下，付敖双耳处渗出了一丝血迹，脑袋也犹如钟鼓齐鸣般，乱成了一团。

在付敖被"狮虎碎金吟"震得失神的刹那,萧炎双手猛地松开重尺,身体一旋,便如鬼魅般出现在了付敖左侧,阴寒着脸庞,紧握的拳头夹杂着撕裂空气的尖锐风声,在周围一道道惊骇的目光中,狠狠地砸在了付敖脸庞之上。

"咚!"

拳肉相碰,低沉的声音令围观者心头猛地一跳,旋即便见到那付敖,犹如断线的风筝一般,身体在半空中连打了几个滚后,才重重地砸落在几十米外的地面之上,不知死活。

在付敖身体砸落在地的那一刹那,周围一片死寂!

宽敞的空地上,气氛凝固,一道道视线望着那躺在几十米远处纹丝不动的付敖,目光中有难以掩饰的惊骇。

这可是三星斗灵强者啊,以付敖的实力,就算是放眼整个内院,那也是能够进入前七十排名的,而如今,他却败在了一个刚刚进入内院不过五天的新生手下,并且,这败……还败得如此凄惨。人们想起十来分钟前还在得意扬扬的付敖,现在却如死狗一般躺在不远处,这戏剧性的一幕,实在令周围围观的所有人都感到匪夷所思。

剧烈的咳嗽声忽然在空地上响起,把安静的气氛打破了。

萧炎手中重尺触着地面,单膝忍不住贴在了地面上,清秀的脸庞泛着些许苍白,细密的冷汗不断从额头上渗出,从他那急促的呼吸来看,明显这一战胜得颇不容易。

"萧炎哥哥,没事吧?"一道倩影闪掠而过出现在萧炎身旁,纤手环着他的腰,望向那张苍白的脸庞,青衣少女心疼地道。

"没事,只是强行提升实力的后遗症而已。"萧炎艰难地撑起身子,咬着牙摇了摇头。天火三玄变固然能让自己在短时间内提升实力,可那狂暴的能量对身体内部所造成的创伤也不小。若非萧炎本身是炼药师,还有药老这位经验丰富的炼药宗师从旁辅助,恐怕平日是不能轻易动用这东西的。不过饶是如此,施展了它后,身体都会感受到一股钻心般的绞痛。

　　手臂搭在薰儿纤弱的香肩上，萧炎眼神冷漠地瞥了一眼远处的付敖。这个家伙原本不会输得这般凄惨，只不过他小看了异火对水属性斗气的克制程度。先前的那记斗技夹杂着斗气凝物的强悍攻击，若是换成别的属性的话，恐怕萧炎也不敢如此硬拼。

　　不过不论战斗是否存在着侥幸因素，现在的萧炎，已经获得了这场比试的胜利，这便已经足够！

　　从纳戒中取出一枚修复内伤的丹药，塞进嘴中，萧炎这才转头将目光投向白山那一群人。

　　看到萧炎那如刀刃般凌厉的目光投来，白帮的一群人包括白山在内，都忍不住退后了两步，满脸警惕地望着萧炎。

　　"付敖输了，把人带走吧，记住我们之间的承诺，在场可有不少人作证。若是想要反悔，你白帮也算是声誉扫地了。"萧炎并未采取什么过激行动，仅仅是冷声道。

　　"这个自视甚高的蠢货，以为是三星斗灵就无人能敌了，现在不仅输了，还给萧炎他们留下了半年的喘息时间。半年后，想要再收拾他们这磐门，恐怕就得堂哥亲自带人来了！"白山咬牙切齿地望着不远处躺在地上如死狗般的付敖，在心中暴怒地骂道。

　　"走！"被萧炎阴冷目光注视着，白山感到浑身都不舒畅，片刻后，终于一挥手，声音沉闷且极为不甘地喝道。

　　说罢，他便率先掉头，向着新生住宿区之外快步走去，其后那几名白帮成员赶忙跟上，在路过付敖时，分出两人将之抬走了。

　　望着那一行人狼狈地消失在视线尽头，一直紧绷着神经的磐门成员，终于彻底松了一口气。不过这次，他们并未欢呼出声，互相对视了一眼，都从对方眼中瞧出一抹迫切，那是对实力增长的渴望！

　　虽然进入内院不过几天时间，可他们却真真切切地感受到了实力在内院中的

重要性。以前他们在外院，能够算作是佼佼者，可如今在这内院，却只是最寻常不过的一员，为了能够不再受到类似今日的侮辱，他们必须尽快提升实力。他们也清楚，在这内院中，凡事不可能完全依靠萧炎几人承担，作为磐门的一员，他们也需要付出！

"诸位，好戏收场，大家请回吧。"萧炎向周围围观的那些老生笑着拱了拱手道。

听到萧炎的逐客令，那些围观者也是颇为客气地向萧炎一拱手，然后三三两两地向着外面走去，沿途间，还不断窃窃私语着，想来是在谈论先前的战斗吧。

"呵呵，萧炎哥哥，恐怕要不了多久时间，你打败付敖的事情，就会传遍整个内院了。"扶着萧炎，薰儿娇笑道。

"这样也好，至少能够震慑一下对我们磐门有坏心思的其他势力。"萧炎叹了一口气，抬头望着那些一脸热切看着自己的磐门成员，缓缓地道，"各位，想必现在也明白在这内院实力有多重要了吧？"

"嗯！"几十名新生齐齐点头！

"没有实力，就只能被人堵在门口欺负！今天的事情，你们还想受第二次吗？"萧炎沉声道。

"不想！"所有新生脸庞陡然涨红，心头热血翻滚，齐声吼道。

"从明天开始，磐门成员，开始进入天焚炼气塔中修炼。今天借着付敖之败，短时间内，应该不会再有其他势力来找我们麻烦，所以，这段时间，我们必须尽快提升实力！"萧炎声音低沉地道。

"而且，今天打败了付敖，无疑是给了白帮一个狠狠的耳刮子，因此，他们绝对不会善罢甘休。但因为有承诺，半年内，他们或许不会对我们出手，可一旦半年时间过去，那白帮，定然会倾巢而来！

"为了能够在半年后抵御住白帮，提升实力之事，迫在眉睫！"

听到萧炎的喝声，磐门成员皆涨红脸重重点头！

"好了，今日大家便各自散去吧，明日此处集合，集体进入天焚炼气塔！"萧炎挥了挥手，旋即便转身向小楼阁行去，在即将进入大门时，忽然脚步一顿，转身对着身旁的薰儿轻声道，"对了，把阿泰叫过来一下，我有些事要问他。"

"嗯。"薰儿微微点头，转身退开。

"你对那白帮知道多少？"

大厅中，萧炎、薰儿、吴昊、琥嘉四人各坐一席，在偏左的位置处坐着阿泰，萧炎的问题明显是向他发问。

"白帮的首领名叫白程，是白山的堂哥，实力很强，约莫在六星斗灵级别，据说还是强榜高手，在内院中，也属于声望显赫之人。"阿泰思索了一下，缓缓地道。

"六星斗灵？强榜高手？排多少名？"眉头微皱，萧炎手指轻轻地敲打着桌面。他与付敖这名三星斗灵相战，便已经施展了天火三玄变，并且借助着青莲地心火之利，方才侥幸将之击败。若是遇见六星斗灵的话，那可是整整一个阶别间的差距，胜算……除非使用焰分噬浪尺或者大型佛怒火莲，不然，胜算基本为零。

"三十四。"

阿泰老实地回道，他对内院的了解，有些出乎萧炎的意料。

"六星斗灵方才排名三十四，这个内院的强榜，果然很有含金量啊。"薰儿捧着温热的茶杯，嘴角噙笑地道。

"嗯，的确很有挑战性。"吴昊笑着点了点头，脸庞上充斥着狂热战意。

十指交叉，身体靠在椅背上，萧炎叹了一口气，道："白帮其他成员呢？实力怎样？"

"白帮除去首领白程之外，还有三名斗灵强者，其中一名，便是今天与头儿战斗的付敖，其他两人，战斗力或许稍高付敖一筹，不过级别，也都是在三星斗灵左右。"阿泰沉吟道，"其他成员，总共有三十四人，大斗师强者十三人，其他的大多都处于斗师巅峰，说不定机缘一到，就会直接晋入大斗师。"

"四名斗灵，十三名大斗师，其他皆是斗师巅峰……"轻叹了一声，萧炎喃喃道，

"这个白帮,实力不弱啊……麻烦。"

"的确不弱,这白帮在内院或许并不能算顶尖实力,可能招惹它的人,也并不多。"阿泰苦笑道,"换作以前,其实类似白帮这种等级的势力,一般不会找新生势力麻烦,这一次会找上门来,多半还是白山的缘故。"

萧炎微微点头,这白山与他早有过节,如今进入这内院,有了能够借用的实力,自然是要来找自己的麻烦,说起来,磐门还算是受自己牵连的吧。

"一切都按我先前所说的办,明天开始,磐门成员进入天焚炼气塔中修炼,我们需要在短时间内提升实力。"萧炎沉吟了一会儿,抬头问道,"大家手里的火能应该都够吧?"

"呵呵,沾头儿的光,在猎捕赛中,我们得到的火能,足够在塔中修炼一个月。"阿泰笑着点了点头。

"嗯,那便好。"萧炎点了点头,轻吐了一口气,低声喃喃道,"希望不要再横生枝节了,现在的磐门太弱了,想要在这内院立足,还真是麻烦啊。"

第三章
暗中交锋

灯火通明的房间之中，气氛隐隐有一些火药味，在这房间里，或坐或站了十几人，此时，这些人脸庞上都有些许怒意。

"老大，那磐门也实在是太不知好歹了，竟然敢把付敖打成这副模样，若是不讨口气回来的话，日后我们白帮还如何在内院立足？"一名男子忽然忍不住一巴掌拍在桌子上，怒声道。

"是啊，老大，不能让付敖大哥白挨了这顿打啊。"这名男子的话音刚落，房间的其余人等便齐齐附和道。

房间首位处，一名男子斜靠着椅背坐着，手掌撑着下巴，看其面貌，与白山隐隐有几分相像，只不过看上去却要更加成熟阴冷一些，想来，他应该便是白帮的首领——白山的堂哥，那位名列强榜三十四名的强者白程吧。

白程并未理会房间中那些群情激愤的人，目光停在左边的一道人影上，此时，那人的大半个脸庞都被包裹在纱布中，从隐露的半边脸庞能够模糊瞧出此人的身份，他正是今天被萧炎狠狠一拳砸在脸上，并且当场昏迷的付敖。

"付敖，伤势如何？"瞧付敖这副狼狈模样，白程眉头忍不住皱了皱，开口道。

他一开口，房间中立马安静，所有目光都停在付敖身上。

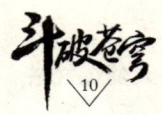

"没受太大的内伤，不过也要休养四五天方才能够恢复。"略有些变调的声音，从脸庞被包裹了大半的付敖嘴中传出。

"那个萧炎，实力怎样？"微微点头，白程微眯着眼睛，平淡的声音中掺杂着一丝阴冷。

"他本身实力不过五六星大斗师，可他似乎能够使用一种秘法强行将自身实力提升到斗灵级别。还有，他所施展的火焰也极为霸道强横，我在施展斗技以及斗气凝物的双重配合下，都被他那霸道的火焰尽数抵消了。"付敖眼中闪过一抹不甘，声音中的怒意也是颇浓，"本来我并不会败得这般窝囊，可谁料到那个家伙竟然还懂得声波斗技，趁我猝不及防被那声波震得失神间，出重手将我打成这样。"

白程微微点头，将头偏向另外一旁，那里，正坐着脸色冷漠的白山。后者瞧见他望来，点了点头，淡淡地道："堂哥，详情与付敖大哥说的差不多。那个萧炎，的确拥有这些手段。另外，他还懂得一种更为强横的斗技，就是那日击败罗侯的诡异火莲，今日不知为何，未曾用上。"

"那火莲斗技我也听说过，的确挺强，不过似乎消耗也很大，以萧炎的实力，全盛状态或许也只能施展一两次而已。"白程点了点头道。

"老大，这次我只是吃亏在不知其底细，下次若是再战，定然不会败！"付敖极为不甘地道。

"还嫌丢人丢得不够？"脸色一沉，白程手掌猛地一拍桌子，响亮的声音将房间内众人吓得不敢插嘴。

"今日你若没有下那所谓的承诺，现在我便可带人踏平磐门，让它关门解散，可你这自视甚高的蠢货，明知道那萧炎打败了罗侯，居然还敢自负地许下约定，如今那约定早已经在内院中传开，现在再去找磐门的麻烦，岂不是落人口舌？这内院里，等着看我们白帮出丑的人，可相当多！"

"那怎么办？总不能就这样轻易过去吧？装作什么事都没发生，对我们白帮的声誉似乎也不太好啊。"因为白程的呵斥，付敖也只得放低声音，愤愤不平地道。

天焚炼气塔

白程端过身旁的茶杯，浅浅地抿了一口。他仰着头，沉默了半晌，方才缓缓地道："半年不许找磐门麻烦的约定，你已经许下了，所以，短时间内，白帮的人，尽量少与他们有纠纷。"

"堂哥，你想放任萧炎他们半年时间？"闻言，白山眉头不由得一皱，问道。

白程紧握着茶杯，沉吟了一会儿，微微点了点头，淡淡地道："半年时间，谅他们也成不了什么气候，等时间一到，我会亲自向磐门下战书。"

"这太冒险了吧？半年时间，谁能知道其中会发生什么变故？那萧炎可不是能以常理对待的人啊。"白山沉声道。

"放心吧，半年时间而已，就算他们每天都在天焚炼气塔修炼，也顶多进入大斗师巅峰而已，斗灵阶别，可不是这么容易晋入的。而且我又不是付敖这蠢货，就算胜券在握，也不会许什么单挑，到时白帮所有人全部出动，看他磐门还能不能挣扎起来？"白程挥了挥手道。

"这……"闻言，白山依然有些迟疑，经过在森林中那段时间与萧炎的相处，他没少见到这个家伙创造出一些令人惊诧不已的奇迹出来，因此心中总是有着几分忐忑。

"我这也只是初步打算而已，到时候再视情况而定吧，最近让人盯着磐门的举动。"瞧白山那依然有些不放心的模样，白程只得无奈地摇了摇头，改口说道。

"好了，天色不早了，都各自散去吧。明天我会进入天焚炼气塔中修炼，五六天时间才会出来。这段时间，帮中的事物便由你和付敖二人照看着了。"白程站起身来，淡淡地道。

"嗯。"

翌日清晨，天色刚亮时，新生住宿区的灯火便亮了起来，一道道人影从房间中闪掠而出，最后整齐地排列在萧炎四人所住的小楼阁之前。

"嘎吱……"

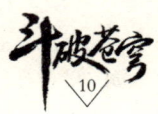

半晌,小楼阁的房门缓缓打开,萧炎四人缓步走出,站在门口,望着那些气势高昂、满脸兴奋的磐门成员,不由得相视一笑。虽然这些成员现在还挺弱小,可潜力值却极大,只要给他们足够的时间,萧炎相信,他们迟早能够成为真正的强者。

"走!"

人员已经集合完毕,萧炎也并未废话,手一挥,便与吴昊三人率先向外面快步走去,其后,四十来名新生紧紧跟随。

在通往天焚炼气塔的路上,来往的学员望着从身旁呼啦拥过的一大群人,都有些愕然,一些眼尖之人在瞧见领头的萧炎以及其背负的硕大玄重尺后,惊诧的声音顿时便响了起来。

"咦?那不是萧炎吗?"

"嘻,貌似挺帅的啊。"

"跟在他们身旁的两个女孩子也很漂亮哦,嘿嘿,不知道谁能好运,可以一亲芳泽。"

"这些人,应该便是最近在内院中传得沸沸扬扬的新生势力磐门吧?看上去似乎气势不错啊。"

"听说昨天连白帮的付敖,都在萧炎手中吃了瘪呢,看来这家伙的确有些实力啊。"

"……"

听得沿途所过之处的那些窃窃私语,萧炎轻吐了一口气。如今他们这磐门,在内院也算是出名了,不过如今他们的实力与这名声,貌似挺不符的。

摇了摇头,不再理会周围人对他以及磐门的谈论,萧炎催促地喝了一声,整支队伍速度再度加快,带起一溜的烟尘,迅速地消失在道路的尽头……

经过将近一个小时的赶路,那只在地面上露出一截塔尖的天焚炼气塔终于出现在众人视线之中,而当磐门众人瞧见这极为奇特的黑塔之后,惊异的声音此起彼伏。

天焚炼气塔

"萧炎哥哥，这就是天焚炼气塔吗？果然很奇特啊，竟然深埋地底。"薰儿望着那截庞大塔尖，嫣然轻笑的娇俏模样，引来在此处等候的不少男子的目光。

"嗯。"萧炎笑着点了点头，领着众人占了一块并不靠前的地方。按照内院规矩，炼气塔每天都有着严格的关闭与开启时间，所以萧炎等人只得耐心地等待塔门的开启。

随着等待时间的流逝，周围的人群也越来越庞大，喧闹的声音以及汇聚的人流，让磐门众人感到惊讶，没想到这进入条件极为苛刻的内院，拥有这般高的人气。

萧炎等人所在的这一处，无疑是最为引人注目的。这些天里，萧炎以及磐门的建立等事情，已经成为内院这段时间的焦点。昨日萧炎打败付敖，挫退了白帮的事，更是加快了这名气的传播。

萧炎等人盘腿而坐，并未理会周围那些嘈杂的声音以及各色目光。

在萧炎等人来到此处二十分钟后，忽然有一行人从人群中挤出，然后缓缓地向着萧炎等人所在的地方行来。

随着这一行人的走动，周围人的目光也汇聚到了他们身上，当看清这行人的领头者之后，那些目光顿时转移到了萧炎等人所在的地方，眼中隐隐带着些许看好戏的兴奋。

忽然变得奇异的气氛，令萧炎睁开了眼眸，他抬头将目光投向那走过来的一行人，眉头不由得微微皱了皱。

"头儿，小心点，那家伙便是白帮的首领——白程！"在萧炎身旁，阿泰脸色凝重地低声道。

"嗯。"萧炎微微点头，手一挥，几十名盘坐在地的磐门成员，"唰"的一声，便整齐地站了起来，一道道目光，紧紧地盯着缓缓走过来的白程等人。

一时间，这天焚炼气塔之外，气氛变得紧张了起来。

在所有目光的注视下，白程一行人缓缓地来到了萧炎面前，前者目光先是在那一众气势不弱的新生身上扫过，最后停留在萧炎四人的脸上。

　　眼睛与面前这位长相和白山有几分相似的男子对视着，萧炎并未因对方体内所散发出的强横气势而有所畏忌，一对眸子，平静不起波澜。

　　望着这双方人马的对峙，周围的人群都安静了许多，瞧向他们的目光中流露出各种情绪。

　　"你就是萧炎吧？常听白山提起你，今日一见，果然气度不凡。"与萧炎对视了片刻，脸庞略有些阴沉的白程忽然一笑，竟然冲着萧炎伸出手来。

　　萧炎微眯着眸子望着白程的举动，对方眼中所蕴含的阴沉，被其收入眼中。萧炎轻笑了笑，在众目睽睽之下，伸出手来，与白程的手握在了一起。

　　双手相握，白程脸庞上的笑意骤然一收，一股强横气息自体内暴涌而出，将周围的人群震得衣袍拂动，一些实力稍弱之人，更是立不住身子后退了一步，而那与萧炎握着的手掌处，也瞬间被浓郁的斗气所覆盖。

　　感受着手掌上剧增的力量以及疼痛，萧炎脸色微沉，体内斗气运转间，一缕青色火焰被抽扯而出，沿着经脉飞速地蹿到了手掌之上。

　　然而就在火焰即将离体而出的刹那，那白程似有所感应一般，嘴角勾起一抹冷笑，中指微微弯曲，旋即以一个极为微小的弧度，重重地顶在萧炎掌心之处。

　　掌心中传来的暗劲让萧炎手臂一抖，然而萧炎脸庞却依然极为平静，双眸紧盯着对面的白程。

　　一击中敌，白程趁着萧炎手掌麻木的那一刹那，手掌闪电般地抽回。

　　眼神冰冷地望着占了便宜就想撤走的白程，萧炎屈指轻弹，一缕青色火苗猛地自指尖暴射而出，快速地追击上白程抽回的手掌。

　　瞥着那飞速而来的炽热火苗，白程眼瞳微缩，掌心处，斗气猛然涌出，最后化为一圈半尺左右的斗气光罩，将那簇火苗包裹住，然后飞快撒手而退。

　　"爆！"

　　嘴唇微动，低沉的声音，自萧炎口中吐了出来。

　　"轰！"

随着音落，那被斗气光罩所包裹的青色火苗，猛地一阵颤抖，旋即在一道沉闷的炸响中，轰然爆裂开来。一股不弱的火焰波动，重重地砸在斗气光罩上，将之炸得犹如被投入了石头的湖面一般，如此片刻时间，那由白程仓促间构建出来的斗气光罩终于不堪重负，清脆地破裂而开。

然而火焰爆炸虽然将斗气光罩炸裂了，却也因为自身能量的用尽，在化为一阵火浪扩散后，便缓缓消散而去。

"白程，你干什么！"

两人间的这番交锋，隐秘而又快捷，等到火浪消散后，众人方才明白，在这电光石火间，两人居然暗中交了一回手。当下，性子火暴的琥嘉俏脸一沉，率先冷喝道。

随着琥嘉的喝声，吴昊以及四十来名磐门众人，也是脸带怒意地齐齐上前一步，大有一言不合便要大打出手的意思。

"呵呵，何必着急？只是和萧炎学弟切磋了一下而已。在内院里，这种事有什么好奇怪的？"白程拍了拍袖口，淡淡地笑道，"奉劝一句，既然来到了内院，就最好按照内院规矩办事，不然到头来，只会自取其辱。"

说这话时，他的眼睛一直盯着萧炎，其意自然是不言而喻的。先前的交锋，萧炎并未对他造成什么伤害，可他却是结结实实地给了萧炎一记拳指，虽然有些暗算的成分，但毕竟是占了上风，因此，说话间，不由得略有几分得意之笑。

萧炎面无表情，对着吴昊等人挥了挥手，示意他们不要冲动，另外一只手掌缓缓收回袖子，在进入袖子的刹那，手掌忍不住颤抖了几下。先前白程的那记拳指，力量很强，若非是他有防备的话，恐怕这条手臂都得好几天不能动弹。

虽然见到白程不过才几分钟的时间，可从他这短暂出手以及心计来看，这人，比白山更加阴沉。明明自己实力占优，却依然采取暗算手段，这般做法，虽令人不齿，可不得不说很具成效。

心中闪过一道念头，萧炎缓缓抬头，望着对面的白程，片刻后，平静的脸庞上忽然露出一抹淡淡笑容，轻声道："白程学长不愧是名列强榜的高手，今天这一

27

拳指，萧炎技不如人，心中记住了，但来日，还请学长收回。"

盯着萧炎脸庞上的淡淡笑容，白程眉头忍不住微皱，对方对情绪的控制能力倒是出乎他的意料，眼中那抹隐晦得意缓缓消散，声音低沉地道："只要你有那本事，我白程随时恭候，你给付敖下套子，让我白帮半年内不准动你磐门，这也算你有些本事，不过半年后，我会让你自己解散磐门！另外，还是那句话，内院有内院的规矩，不管你在外面是何身份，潜力如何，没有实力之前，就得趴着。可你没有实力，却依然敢这般狂妄嚣张，无疑是自取其辱。"白程冷笑道。

见到萧炎被白程这般在大庭广众下肆意斥责，一旁的薰儿，灵动的眸子隐隐有着金色火焰跃闪，火焰间，夹杂着一抹罕见的杀意。

萧炎眼眸微眯，漆黑眸间也是掠过些许寒意，忽然伸出右手，将一旁脸色阴沉、浑身已经被血色斗气缭绕的吴昊按下，微微摇头，低声喃喃道："不要意气用事，秋后算账。"

被萧炎按住，吴昊略一迟疑，只得点了点头，退了回去。他清楚，以他们如今的实力，还很难与身为六星斗灵强者的白程相战。

见到那一言不发的萧炎等人，白程这才得意地冷笑了一声。

"别人没本事嚣张，就是自取其辱，那你白程没本事，是否也是如此？"就在白程准备大摇大摆地撤去之时，忽然有清冷的声音从人群中传出，而听到这并不陌生的声音，白程脸色微变，冷声道："韩月！你又多管什么闲事？"

人群之中，忽然分开一条小道，旋即七八道身形曼妙的倩影徐徐走进，阵阵香风令围观者精神一振，而那领头一人，正是与萧炎有过一面之缘的韩月。

韩月身后的几人，都是清一色的女子。在她们胸口处，都佩戴着一枚弯月形状的徽章，显然是属于同一个势力。这些女子容貌虽不及韩月，可这般多人簇拥在一起，也极吸人眼球。在这雄性占了将近四分之三的内院中，女子，特别是漂亮的女子，无疑最受欢迎。

韩月等人一现身，周围的视线顿时热切了许多，窃窃私语响个不停。

"只是瞧你仗着身份欺负一群新生有些看不过去而已,若是有本事,去找林修崖、严皓他们耍威风去!"韩月的表情,依然如冰山般冷淡,一头齐腰璀璨银发配着合体的银色裙袍,在场的女子,也唯有薰儿与琥嘉的风采能与之相比。

"你……"脸庞微微一怒,白程嘴角同时抽搐了一下。那林修崖与严皓都是名列强榜前十的高手,实力更是在斗灵巅峰,麾下势力也在内院名列前五,凭他,又如何敢去他们面前耍威风?

不过虽然心有怒意,可他却不敢对韩月太过放肆,对方不论实力还是势力,都不弱于他。

因此,他只能眼神阴沉地剐了萧炎一眼,声音略有些讥讽地道:"我看白山所说不假,你的女人缘的确很令人羡慕啊。半年后,我倒要再看看,你还能找何借口?"冷笑了一声,白程一挥手,带人向着天焚炼气塔门口走去。半年后,白帮解散。"在白程与萧炎擦肩而过时,萧炎缓缓吸了一口气,轻声说道。

脚步一顿,白程眼神带着几分戏谑与嘲讽地望着萧炎,道:"我等着你,只是到时候别又躲在女人身后就好。"说完,一挥袖袍,带人离开了这处地方。

望着白程等人离去,周围那些等着看热闹的人,不由得有些失望地摇了摇头。

韩月缓缓走向萧炎,望着那张在受了奚落后依然平静的脸庞,轻叹了一口气,低声道:"昨天才与你说过,在未壮大前,尽量低调,结果你今天就惹了麻烦。"

"这可怨不得我,别人找上门来,总不能坐视不理。"萧炎笑着耸了耸肩,旋即向着韩月拱手道,"多谢今日韩月学姐替我磐门出头了,日后若是有需要帮忙的地方,萧炎定会竭尽所能。"

"这种事还是日后再说吧,现在的你,可帮不了什么。"韩月摇了摇头,直白的话,让萧炎无奈一笑。

"开塔!"

就在萧炎准备将薰儿四人介绍给韩月认识时,苍老的声音忽然浩荡地响彻这片拥挤的地域,当下,所有的喧闹声都落了下来,开启塔门的嘎吱声缓缓响起……

第四章
塔中修炼

　　望着打开的塔门,人群顿时喧哗起来,萧炎也只得停下介绍,对着韩月摊了摊手,望了望那越来越宽敞的门缝。

　　待大门完全打开之后,塔门之外的人群猛地蜂拥而入,犹如潮水一般。

　　在人群的拥挤中,萧炎一行人借着人多的优势,一窝蜂地拥进了天焚炼气塔之中。

　　进入塔中后,韩月因为路线不同,便带着那几名女子与萧炎分别,临走前,还嘱咐萧炎多加留意白帮的举动。

　　对于韩月的好意,萧炎自然是心领神会,直到她们的背影消失在视线中,萧炎这才转身看向磐门众人。在先前未进塔时,他便事先告知了他们要小心第一次的心火炙烤,并且还将如何正确化解心火的诀窍也一并告知,因此,现在新生们除了浑身僵硬、眼眸紧闭、脸色潮红之外,并未有什么过激的异象出现。

　　在等待了将近两分钟后,薰儿率先睁开了眼,脸颊上布满淡淡的毫光,显然,在被那簇心火淬炼了斗气之后,她的收获颇不小。

　　对于薰儿能够这般快速苏醒,萧炎略感诧异。由于得知了如何才能化解心火,这第一次的心火炙烤,自然就失去了审核的效果,因此,那所谓的坚持得越久便

越出色的标准,已经无用,相反,现在得看谁能够最快地将一缕心火中的火力尽数挥发,以达到淬炼斗气的效果。所以,薰儿这般速度,让萧炎颇感吃惊。

薰儿之后,不出意料苏醒的是琥嘉,在其后,磐门众人便陆陆续续地都苏醒了过来。

虽然苏醒时间不一,不过从众人那放光的脸色来看,明显在这缕心火炙烤中受益不菲。看来,这陨落心炎对于修炼,果然有巨大的帮助。

"这天焚炼气塔果然有些奇妙,难怪那些老生的进步如此之快,这内院,原来便靠的它……"薰儿脸颊上有着一缕惊叹,不过那惊叹之余,似乎有些许旁人难以察觉的其他意味。

"在这里修炼,的确能够取得事半功倍的效果。"一旁,琥嘉惊喜地点了点头,道,"在这天焚炼气塔里修炼,不出一年,我定然能够进入斗灵级别!"

其他磐门成员,也喜悦地附和着,看他们那急切的模样,真是恨不得此时立刻便找处地方坐下来修炼。

"这位应该是萧炎同学吧?"

就在萧炎准备带众人前去寻找修炼室时,忽然一名中年人快步向他们走了过来,冲着萧炎笑眯眯地道。

"学生正是萧炎,这位导师有事?"萧炎望着这名中年人胸口上的特殊徽章——这是只有内院导师才能够佩戴的,当下忙客气地回道。

"我是奉柳长老的吩咐,来带你们去那处中级修炼室。"中年人低声笑道。

闻言,萧炎眼睛一亮,这才记起昨天柳长老所说的那处特殊的"中级修炼室",急忙拱手道:"那便多谢导师引路了。"

"呵呵,没事,跟我来吧。"笑着摇了摇头,中年人目光随意地在萧炎身上扫了扫,片刻后,微微点了点头,转身在前带路。

"跟上。"对着后面众人挥了挥手,萧炎赶忙跟上前面的中年导师。

一行人跟在这名中年人身后,一路向着塔内的中级修炼室区域行去,在走了

几分钟的曲折路线之后，众人停留在了一处颇为老旧的修炼室外。

望着这处与别处相比显得格外破旧的修炼室，萧炎等人有些无语，瞧他们的神情，那中年导师似是也知道他们在想什么，不由得笑了一声，推门而入。

站在门口，萧炎略微迟疑了一下，还是领头进入其中。

双脚踏进房间，脚掌落地处，淡淡的寒气从石板中沿着脚掌攀爬而上，令萧炎等人有种浑身清凉的感觉。

房间中，淡淡的柔和灯光，让人既不感觉刺眼，又不觉得昏暗。房间面积颇大，容纳四十人绰绰有余，中央处，有一大块用漆黑岩石累积起来的宽敞平台，平台高出地面约两寸。

"萧炎，中央的黑石地带，便是修炼之处。"

中年人笑着走到黑石台边缘，手指着黑石上把石面划分得泾渭分明的线带，笑着道："每人有足够的修炼空间。在这里有一处凸出来的凹槽，只要你们将自己的火晶卡插进去，然后运转功法，便会有源源不断的心火出现在你们体内，然后，你们便可用此来淬炼斗气，坚韧经脉、骨骼，以及提升实力。"

闻言，萧炎众人赶忙好奇地围拢上去，果然见到黑台之上，被不知名的染料勾画出了各自的修炼地盘，并且，在这修炼地盘上，还有一处一寸多高的石台插口。

"你们第一次进入天焚炼气塔中修炼，所以，我得与你们讲讲需要注意的规矩。"中年人直起身子，沉吟了一会儿，道，"心火淬炼，虽然能够令你们快速增长实力，但你们并不能废寝忘食地在此修炼，因为心火之中，蕴含着火焰狂暴之力，在将斗气中的杂物淬炼之时，也会有一丝火焰狂暴之力掺杂而进。

"这种火焰狂暴之力，并不能用斗气化解，而必须用时间磨合。所以，以你们如今的实力以及对心火的抵抗性，最好修炼半天就休息一夜，这般作息最好。

"而等你们在此修炼久了，便可以适当增加修炼时间，如果晋入了斗灵级别，则能够在塔中一次性修炼四五天。但是现在，你们确实得按部就班地按规定的作息时间修炼，不然受损的只会是自己。这种事情，我们内院是不愿意看到的。"这

名中年导师郑重地提醒道。

听到中年导师的提醒，萧炎等人皆是点头。

见状，中年导师这才笑了笑，挥手道："既然已经明白，那么你们便抓紧时间修炼吧。第一次进入修炼室修炼，效果可是非常显著的，不少天赋杰出的新生，都在这第一次修炼中晋级了，希望你们也能行吧。"

说完，他摆了摆袖子，就欲转身向着门外走去。

望着离开的中年导师，萧炎微微沉吟，然后快步跟了上去，将后者送出门口时，忽然低声道："导师请等等。"

听得萧炎的话，那名中年导师不由得一愣，而在他愣神间，萧炎已快速地塞了一个小玉瓶在其手中，轻笑道："今天麻烦导师了，这只是一瓶能让人静下心来修炼的丹药，算不得太珍贵。"

手中忽然被萧炎塞了东西，那名中年导师刚要退回，可听见是能够令人静心修炼的丹药后，眼中闪过一道惊喜，略微迟疑了一下，笑眯眯地将玉瓶收好，左右望了望，低声道："小家伙，放心吧，这片区域刚好归我掌管，所以，嘿嘿，安心修炼吧。"

"呵呵，多谢导师。"萧炎含笑点头。

"若是不嫌弃，日后叫我侯虎老哥就好。"中年导师朗笑道。

"那小子便恭敬不如从命了。"萧炎轻笑道。

"嗯，好了，进去修炼吧，可别浪费时间了。"侯虎笑着挥手道。

萧炎点了点头，这才转身关上房门。

望着关上的房门，侯虎忍不住笑着摇了摇头，低声道："这个小家伙，很会做人啊，不错，不错，我喜欢。"

"啧啧，这般稀奇的修炼法子，还真是闻所未闻。"

刚刚进屋，萧炎便听到了琥嘉的声音，抬眼望去，就见到她正不断地抚摸着

黑色石台。

　　萧炎笑着点了点头，走上前去，也是小心翼翼地摸了摸黑台，淡淡的温热顺着指尖传来，在这股奇异温热下，体内斗气的流转速度，似乎变得活跃了些许。

　　"果然是有些奇妙，呵呵，大家各自找位子坐下吧，看看我们之中，有多少人能够在这第一次修炼中晋级！"萧炎抽出背后硕大玄重尺，掌心一翻，便将之收进了纳戒中，身形一跃，率先找了靠左的位置坐下。

　　见萧炎带头，磐门众人皆是听命而行，身形闪移间，都各自找了一处修炼之所。

　　盘腿在石台中坐好，感受着那股越来越浓郁的温热，萧炎长长地吐了一口气，屈指一弹，一张青色火晶卡，便出现在掌心之中。

　　萧炎双手紧握着青色火晶卡，然后谨慎地将之插进面前的凹槽之中，只听得一道细微的咔嚓声响，淡淡的毫光从凹槽之中迸射而出，而随着毫光的出现，萧炎清楚地看见，青色火晶卡上面的数字"一百四十八"，立刻减少了一个数，显然，这应该是扣了一天修炼的费用，也就是一个火能。

　　在火能被扣除之后不久，萧炎便缓缓闭上了双眼，双手结出修炼印结，身体如老僧入定般，纹丝不动。

　　紧接萧炎之后，薰儿等人也将火晶卡插进凹槽，一时间，房间中接连不断地响起细微的咔嚓声，淡淡的毫光同时亮起，几乎将房间内的灯光都遮掩了下去。

　　毫光渐淡，原本充斥着窃窃私语声的房间，渐渐变得寂静，唯有平稳有力的呼吸声，缓缓地在房间中回荡着。

　　寂寥宁静的心灵中，唯有悠久而平稳的心跳声缓缓地回响着。在进入修炼状态后，萧炎对周围天地间能量的感应，变得越加敏锐，他能感觉到这间修炼室中那浓郁得令人咋舌的炽热能量。在这种地方修炼，修习火属性功法的人，无疑会取得比别人更加显著的成效。

　　"噗……"

　　心灵越加宁静时，忽然间，有低沉的细微声音响起，旋即，一簇看似无形，却

泛着异样波动的火苗，毫无预兆地出现在距离萧炎心脏位置不远的地方，丝丝温热徐徐散发而出，将萧炎的身体内部熏烤得热气腾腾。

心神注视着那缕无形火苗，萧炎心中再度为这陨落心炎的神出鬼没而感到心悸，即使现在他已经处于极度戒备状态，却也依然没有察觉到，这缕火焰究竟是如何出现的。

萧炎紧盯着这缕火苗，心中暗暗感叹了一番：现在的这簇火苗，无疑比昨天所碰见的火苗要更加雄浑，想来应该是身处这所中级修炼室的缘故吧。

随着这缕陨落心炎投射体的出现，昨日曾经出现的那种经脉灼痛之感，又开始出现，不过此次，萧炎却并未再施展青莲地心火将之隔绝开来。因为经过对这里修炼方式的了解，他已经明白，让体内经脉、骨骼、肌肉，乃至细胞在灼痛中缓慢成长、进化，正是这天焚炼气塔中颇为重要的一环，所以，若是将之隔绝开去的话，所获将会变小，这样一来，未免有些得不偿失。

咬着牙忍受着体内的灼痛之感，那缕无形火苗却升腾得越加欢愉，高温从中渗透而出，在人体内犹如一个烘炉，而人体内的所有器官乃至经脉，都在这烘炉中接受熬炼，并且在熬炼之中，不断地增强！

高温所产生的灼痛，虽然会令萧炎体内经脉偶尔极为细微地抽搐一下，不过还好，并非是不能忍受。在这般坚持了十分钟左右后，萧炎心神一动，位于气旋之中的那枚菱形斗晶，忽然散发出淡淡的毫芒，旋即一股股强横斗气就犹如洪水泄闸一般，源源不断地从中蜂拥而出。

斗气在经脉中飞速运转，最后在萧炎心神的指引下，来到那缕散发着高温的陨落心炎投射体处，心神微动间，早已等待在此的斗气立刻奔涌而下，青色斗气直直地向着无形火焰灌涌而进！

在斗气进入无形火焰的刹那，萧炎能够清晰地感觉到，无形火焰在那一刻猛然变得炽热了许多，而进入火焰的斗气，也犹如沸腾的开水一般，不断地在高温中被驱逐、剥离……

这种沸腾并未持续多久，那缕斗气便成功地从火焰中钻了出来，钻出火焰之后的斗气与之前相比，体积缩小了将近一半，然而其中所蕴含能量的雄浑与紧凑程度，却远非先前可比。显然，经过无形火焰的淬炼，这缕斗气已经瘦身成功。

第一缕被淬炼成功的斗气在出了火焰之后，便在萧炎心神的引动下，再度沿着经脉运转了一个循环，然后便灌注进入斗晶之中。当下，斗晶表面上的光芒再度微微涨动了一些。

瞧着斗晶的变化，萧炎心中顿时涌上一抹喜悦，这陨落心炎还真不愧是修炼加速器。这般功效，任何人都会眼红不已，此事若是传了出去，恐怕就算是以迦南学院在大陆上的地位，陨落心炎也免不了会被人觊觎吧。

随着第一次淬炼的成功，萧炎更是放下了最后一份担心，心神闪动间，一缕缕斗气源源不断地从斗晶之中抽扯而出，然后沿着经脉运转，再穿梭过火焰，最后再度收纳进入斗晶之内！

完美的循环，完美的淬炼，在这种循环的修炼之下，萧炎能够感受到那斗灵之中越加澎湃的斗气，按照这种速度，恐怕要不了多久，他便能够到达六星大斗师巅峰，进而突破到七星之列！

修炼之间，没有确切的时间概念，众人沉浸在实力飞速增长的喜悦之中，那股劲头，似乎恨不得一口气直接修炼到晋阶为止。

宽敞的修炼室中，所有人身体表面都被包裹在一层淡淡的无形波动之中，一丝丝淡淡的白色雾气从头顶上袅袅升起，旋即逐渐变淡，直至最后转化成虚无，消失不见。

偶尔，有的人身体表面的无形波动会出现剧烈的颤动，而随着这些颤动的发生，他们的脸庞会陡然涌上淡淡的红光，此时若是细细感应的话，则会发现，他们的气息比先前强横了许多。显然，这些人是在这第一次的淬炼中，非常幸运地得到了晋级的机会。

整个修炼室中，出现这种晋级的，大多都是一些天赋不错，可实力却还在斗师七八星左右的人，而类似萧炎、薰儿他们这种本身实力已到大斗师六七星的，则并未出现这种晋级情况。毕竟，类似他们这种等级的学员，大多都已经进入天焚炼气塔二三层修炼了，而这一层的中级修炼室，很难满足他们的需求。

修炼的时间如流水般顺着指缝间悄然流逝，当一声古老钟鸣在整个塔层中响彻时，修炼室中紧闭眼眸的众人都缓缓睁开了双眼，一时间，因为实力涨动而略有些控制不及的气息，顿时弥漫了出来。

眼眸乍然睁开，淡淡精芒一闪即逝，萧炎深吐了一口憋在胸口已久的浊气，扭了扭脖子，听得那骨头碰撞间响起的清脆声音，不由得轻笑了一声，转头将目光扫向其他苏醒的磐门成员，却是一愣：原来视线在扫过他们眼睛时，萧炎发现他们眼中居然都有一缕淡淡的火红。

"这应该是因为淬炼斗气，而被那火焰狂暴能量因子侵蚀的吧。"由于是玩火高手，萧炎对于这种情况并不陌生，一眼便瞧出了端倪。

"看来果然如同侯虎所说，实力不强者，不能持续在此修炼啊，不然火焰狂暴能量因子过度累积，迟早会成为一种难以治愈的火毒，损坏人体。"萧炎心中叹了一口气，喃喃道。

"萧炎哥哥，修炼得如何？"忽然有轻柔声音在身旁响起，萧炎抬头，原来是一旁苏醒过来的薰儿。

视线从薰儿那灵动眸子间扫过，萧炎略感诧异地一挑眉，修炼了这么久，这妮子竟然没有半点异状，瞧这模样，似乎那火焰狂暴能量因子对她并未产生什么作用。

"这个妮子也是深藏不露啊。"心中嘀咕了一声，萧炎将脑袋转向琥嘉与吴昊所在的方向，发现他们眼中，隐隐存在着一缕极淡的红芒，显然，作为与薰儿实力相仿的他们，明显受到了火焰狂暴能量因子的侵蚀。

萧炎手掌一晃，一块水晶出现在手中，借助着那光滑的镜面，他仔细地盯着自己看了半晌，却有些诧异地发现，自己眼中，居然同样没有出现被侵蚀的痕迹。

"有青莲地心火护身，你大可肆无忌惮地淬炼斗气，虽然青莲地心火在异火榜上的排名比不上陨落心炎，可若是光凭这一点点投射体便想对你造成伤害，那可是妄想了。至于你那小女友，怕也是有着什么神秘之物护体。"在萧炎疑惑之时，药老的声音，悄悄地在他心中响了起来。

闻言，萧炎这才恍然，不着痕迹地微微点头，心中有些窃喜地问道："那如此说来，我可以一直待在这天焚炼气塔中修炼，而不用休息以化解火焰狂暴因子？"

"嗯，只要你能忍受住修炼的枯燥，有着青莲地心火的你，可以任意把持修炼时间。"药老笑着回道。

"呵呵，这枯燥我都已经忍受好几年了，又有何不能再忍受的？"萧炎轻笑了一声，脸庞上忍不住浮现出些许喜悦。有着青莲地心火护体，那么他在塔中的修炼时间便能够大大地超出其他人，而这般的话，他的修炼速度，也将会远超其他人！

"看来得找个借口逗留在塔中修炼，不能白白浪费了这宝贵的时间，争取早一天到达斗灵，日后陨落心炎有变时，方才能够有实力抢夺！"心中闪过一道念头，萧炎从黑石台上站起身子，闪下台来，伸手抓过薰儿，然后附耳与她说了一些安排。

心中略一诧异之后，薰儿便微微点了点头，注视着萧炎那张略有些热切的脸庞，柔声道："放心吧，磐门的事情，交给我们三人，你就只管安心修炼便好。"

低头望着那张清雅脱尘的脸颊，不知为何，萧炎平静的心，忍不住泛起一丝涟漪。这妮子这些年当真是出落得越来越水灵了，出来历练这么多年，萧炎还真是极难遇见容貌与气质能与她比肩的女人。

使劲地甩了甩头，萧炎将心中的思绪暂时抛开，轻轻拍了拍薰儿的脑袋，然后便转身独自走出修炼室。他现在需要去走关系，好方便自己能够继续留在塔中修炼，既然有青莲地心火帮忙，不抓住这独有的机缘，可实在有些说不过去。

走出修炼室，萧炎发现，或许是先前那道钟声的缘故，整个塔内都处于一种人来人往极度忙碌的境况，不少在来时还紧闭的修炼室大门，此时都全部敞开，一大群人从中蜂拥而出，然后向着塔门处快速行去。从这些人眼中，萧炎都瞧见了些许淡淡的红芒。

　　站在修炼室外，萧炎踌躇了一下，然后便挤进人流，向着塔内中心位置处快速走去，进入下一层的通道应该便在那里。这第一层明显只能够逗留一天时间，看来想要继续修炼，得到下几层去才行。

　　逆着人流挤动，萧炎身形敏捷地在极小的范围中闪掠前行，如此不到十分钟时间，那阻塞在面前的人流便逐渐稀疏，身形再一拐，便彻底地挤出了人群。

　　周围拥挤的感觉忽然消失，萧炎心中松了一口气，目光刚欲四处扫射寻找进入下一层的通道，一道人影却忽然闪掠至身前，旋即一道略有些埋怨的沉声在萧炎耳边响了起来："你这家伙，怎么这么不懂规矩？难道不知道古钟响起时，塔内严禁乱闯吗？"

　　面前出现的人影让萧炎急忙停下脚步，目光一抬，发现对方也是一位年龄和侯虎相仿的中年人，在他胸口处，同样佩戴着一枚导师徽章，看来，他应该和侯虎一样，也是管理塔内秩序的导师。

　　"这位导师……"

　　既然对方是导师，萧炎自然不敢再乱闯，然而他刚欲开口解释，这位面沉如水的导师却是大手一挥，皱眉道："别说了，既然修炼结束了，那便回去休息，等明日将隐形火毒化解后，再来塔中修炼。马上塔中就要开始检查程序了，若是发现你还逗留在此地，可是要扣火能的。"

　　隐形火毒，应该便是侯虎所说的火焰狂暴因子吧，虽然称呼不一样，可实质意思都差不多。

　　看到这位导师那严厉面孔，萧炎感到有些头疼，不过好在头疼并未持续多久，便被一道声音化解了去。

　　"咦？萧炎？你怎么还在这里？"听到这声音，萧炎心中顿时一喜，赶忙回过头，望着大步走来的侯虎，赶紧向他使了个眼色。

　　见萧炎对自己挤眉弄眼，侯虎心中有些疑惑，走上前来向拦住萧炎的中年大

汉笑道："秦黎，让我来吧，你去忙你的。"

闻言，那名导师迟疑了一下，目光在萧炎身上扫了扫，旋即点头道："那好吧，你得赶紧把他弄出去，不然检查的时候被发现了，我们也会挨柳长老训斥。"

"嗯。"侯虎笑着点了点头。

见到他点头，那位叫作秦黎的导师方才转身离去。

目送秦黎消失在转角处，侯虎这才把目光转向萧炎，疑惑地道："萧炎老弟，修炼结束了？怎么还在此地闲逛？"

"嘿嘿，侯老哥，我有件事，想请您帮个忙。"萧炎凑近了一点，笑着道。

"何事？"侯虎眨了眨眼睛，问道。

"嘿嘿，侯老哥，你也知道，以我现在的实力，在第一层修炼，取得不了太大的效果，所以我想去下面几层修炼，不知道能否通融一下？"萧炎低声道。

"去下面几层？"

闻言，侯虎一惊，旋即摇着头沉声道："萧炎老弟，我知道以你的实力在第一层修炼，效果不是非常显著，可按照规矩，不管新生实力有多强，都必须在第一层坚持修炼一周，方才能够进入下几层修炼。那心火炙烤，不管实力如何，都会在斗气之中掺杂上一丝火毒，这东西，可不能儿戏，内院这么多年中，因为火毒累积而造成难以挽回损失的人，可并不少啊。

"再者，这些心火炙烤，也需要时间来适应，这天焚炼气塔，每下一层，修炼室中的心火的雄浑以及炽热程度，都会成倍增长。你如今第一层的都还未适应，便要下去，未免太过冒险了。"

听到侯虎这一大串话，萧炎顿时有种头晕的感觉，半响，他方才无奈地摇了摇头，指着自己的眼睛，道："侯老哥，我所修炼的功法虽然等级不高，可却有点特殊之处，那就是对于火毒等毒素，有一定的抗性，所以，你不用担心我会因为火毒入体而有什么损伤。至于那适应度，你也放心吧，我听说，一般内院中，实力在五星大斗师左右，便能够进入第三层，我现在只是进入第二层而已，不会有

太大的关系的。"

盯着萧炎那漆黑如墨的眸子，侯虎一愣，在塔内工作多年，对于火毒这东西，他是极为了解，因此，只要看一眼对方的眼睛，便能够分辨出其究竟有没有身中火毒，然而现在看萧炎的眼睛，貌似还真是没有受到火毒的侵蚀。

"好吧，我相信你对火毒有抗性，可就算如此，也有些不合规矩啊。"许久之后，侯虎叹息着点了点头，可依然有些为难地说道。

瞧着侯虎那犹豫不决的模样，萧炎上前一步，手一翻，又将一个玉瓶不着痕迹地塞进了侯虎手中，笑眯眯地道："侯老哥，你经常在这塔内工作，虽然本身实力强横，可也确实会如你所说，体内每日吸收的火毒，恐怕也是难以消除，这瓶丹药名为'冰灵丹'，虽然品阶不高，却有压抑火毒的功效。"

手中被再度塞进玉瓶，侯虎的心便跳了一下，待萧炎将这丹药功效解释一遍后，那握着玉瓶的手掌立马紧了起来，似乎生怕它立刻跑了一般。正如萧炎所说，经常在这塔中工作，他们这些导师所受到的火毒其实比学生更加严重，再加上休息不足，这些火毒更是难以彻底化解，久而久之，难免会让人心火上升，导致练功走岔子。

练功走岔子时的危险性，众人皆知。因此，在侯虎得知这瓶丹药竟然有压抑火毒的功效后，心中顷刻间便被惊喜所充斥。

虽然仅仅是压制，而并非驱除，可侯虎却依然极为满足，所以，在沉吟了片刻后，他苦笑着叹了一口气，惊奇地望着萧炎，道："你拿出来的东西，总是让人舍不得拒绝。唉，好吧，今天就为了你冒一次险，跟我来！"

说完，侯虎眼睛飞快地扫过四周，拉着萧炎快速地穿过转角，然后迅速地向着位于中央的一处位置走去。

跟在侯虎身后，萧炎心中长长地松了一口气，这冰灵丹的炼制，虽然有些繁复，却并不困难，没想到用它来贿赂人，会有这等奇效，当真是好钢用在了刀刃上。

跟着侯虎行走了将近五分钟，萧炎方才感觉到他减缓了步伐，眼睛朝前一望，看见在不远处的转角，有一个螺旋形的楼梯，想来这应该是进入下一层的入口吧。

"还好今天是我守门,不然还真不可能放你下去。嘿,别动,小心点,这里设有空间结镜,胡乱硬闯的话只会被其上所蕴含的力量反弹,那下场,至少也是重伤。"快步来到楼梯口处,侯虎口中说了一声,一边赶紧拉住想要绕过来的萧炎。

听了侯虎的提醒,萧炎这才发现,面前的通道口处的空间,果然隐隐地有些扭曲之感,当下不由骇得冒冷汗。这天焚炼气塔内,果真处处是机关陷阱,一个不小心,便是重伤的下场。

将萧炎震慑住后,侯虎这才伸手取下胸口上的徽章,小心翼翼地按在一旁墙壁上的一个隐蔽凹槽中。

这时,面前的空间忽然一阵细微波动,眨眼间,萧炎便发现,面前的空间扭曲之感,已经尽数消失。

"现在可以进去了吧?"萧炎小心翼翼地问道。

"嗯,空间结镜已经被解开了,现在你自己下去吧。等你进去后,我还得继续封锁,直到明天塔门再开时,才会打开结镜。"侯虎点了点头道。

"多谢侯老哥了。"闻言,萧炎大喜,向着侯虎感激地拱了拱手,然后谨慎地伸手在面前虚空摸了摸,这才放心地沿着楼梯走下。

"记住,若是熬不住第二层的心火炙烤,那就找地方休息一下,等明天塔门开启后,再回来修炼。"侯虎提醒道。

"呵呵,明白,多谢侯老哥。"萧炎笑着点了点头,再次向他一拱手,身形一闪,便蹿进了螺旋形的楼梯转角处,消失不见了。

侯虎抛了抛手中的玉瓶,小心翼翼地收好,望着萧炎消失的地方,轻叹了一口气,低声道:"小家伙,在下层修炼,速度固然要更加快捷,可那也是在能够抵御心火的前提下啊……希望你真能熬得住吧!"

第五章
七星大斗师

　　萧炎顺着螺旋形的楼梯走了约莫五分钟时间，面前的视线忽然开阔了起来，当身子再次转过一处转角时，又是一层宽敞的塔内空间，出现在他视野之中。

　　这天焚炼气塔的第二层，与第一层面积相差不大，不过比起第一层来，却要略微冷清一点，虽然有三三两两的学员不断地从中走过，可与第一层那挤得连走路都困难的境况比起来，无疑是空了许多。

　　萧炎的出现，令周围一些从修炼室中出来进行短暂休息的学员感到有些诧异，不过也并未有什么骚动，众人的目光在萧炎身上扫了扫后，便各自转移开去，相互间窃窃私语，似乎是在疑惑为什么萧炎在这种时候还能下来。

　　萧炎收回四处扫动的目光，也并未太在意周围的视线，踱着步子，往第二层塔内走去。

　　进入塔内，萧炎吸了一口略微炽热的空气，他能够感觉到，这第二层空气中所蕴含的火热，比第一层远远高出许多。这天焚炼气塔，似乎每下一层，温度便要高出许多，真不知道那最后一层，将会是何等的炽热？那种地方，恐怕也就只有一些长老敢进入吧？

　　移动脚步，萧炎沿着呈圆形围绕的走廊缓缓走过，在走廊的左侧，便是最外围

的低级修炼室，但萧炎志不在此，所以也未停下脚步，依然沿着走廊继续向里走着，如此七八分钟，便到达了靠内一些的中级修炼室地带。

站在一间挂着"缺人"牌子的中级修炼室前面，萧炎略一迟疑，却并未立刻进入其中修炼，沉吟了一会儿后，悄悄地向着这层塔内空间的中央位置行去。既然他在打着陨落心炎的主意，便需要搞清楚那中央的无底黑洞究竟是个什么东西。

一路走出中级修炼室地带，直到高级修炼室区域，这里的修炼室无疑比外面的都要显得精致一些，而且数量也大大减少，萧炎细细数来，发现高级修炼室竟然只有十八间。而此时，这些修炼室的门上，都挂着代表有人修炼的特殊牌子，显然，这些修炼室，早已经被人占据。

在高级修炼室的里侧，矗立着高耸的围墙，在围墙下方的铁门处，三名胸口佩戴着导师徽章的中年人正脸色淡漠地站立此地，瞧见停在对面路口处的萧炎，三人目光同时射去，其中的警戒之意甚浓。

望着那森严的守卫，萧炎无奈地摇了摇头，只得放弃想要打探的念头，目光随意地在周围看了看，然后便若无其事地转身，向着来时经过的中级修炼室区域走去。

虽然脚步在缓缓离开，可萧炎依然能够察觉到，那三名导师的目光，一直牢牢地停在自己的身上，这般谨慎的戒备，实在令萧炎有些无语。

"看来中央位置应该有什么不能公之于众的秘密吧，不然也不会这般严密防御。唉，这该死的陨落心炎，真是麻烦。"心中喃喃了一声，萧炎脚步微顿，抬头望着左方不远处的小型中级修炼室，这种小型修炼室只能容纳三至五人修炼，第一层的大空间明显不可与之比较。

左右看了看，萧炎发现似乎只有这上面挂着一个缺人的牌子，当下便移动脚步向着这处中级修炼室快步行去。

走近这处中级修炼室，萧炎轻轻推开房门，轻手轻脚地进入其中，再反手将房门合上。

修炼室之中，柔和的灯光照遍了房间中的所有角落。在这所修炼室中央，有

天焚炼气塔

五方间隔两三尺的黑石台，而此时的四方石台上，已经有人在盘腿修炼，因此，萧炎便抬腿向着那空余的石台行去。

或许是因为开门的声音，在萧炎进入修炼室之后，那四名闭目修炼的学员便睁开了眼，目露警惕地望着走进来的萧炎，直到未曾在其身上发现代表势力的徽章后，这才松了一口气。

萧炎目光也从四人身上扫过，同样发现他们胸口上并未有任何势力的徽章，想来他们应该是属于自由者吧，也就是未曾加入任何势力的学员。

然而虽然萧炎并未佩戴有势力徽章，可那四人却并未主动开口说话，只是用目光注视着他的一举一动。

"四名大斗师，不过看他们那不甚稳定的气息，想必应该是刚进入大斗师级别不久吧。"盘坐在漆黑石台中，萧炎随意地扫了其他四人背影一眼，旋即在心中喃喃了一声。

手掌一翻，青色火晶卡出现在萧炎手中。

"青色火晶卡？"晶卡出现在萧炎手中的刹那，四道惊呼声立刻在修炼室中响了起来，这些声音中，都蕴含着些许惊讶、羡慕，以及垂涎。

察觉到那从旁射来的四道垂涎目光，萧炎眉头不由得一挑，轻哼了一声，一股雄浑气息自体内暴涌而出。

感受着从萧炎体内涌出的强横气息，一旁四人脸色不由得有些变化，赶忙各自收回垂涎目光，不敢再表现出丝毫的贪婪。萧炎所展现出来的气息，无疑比他们要强悍许多。

见已将这些家伙震慑住，萧炎这才缓缓收回气息，青色火晶卡插进面前的凹槽之中，顿时淡淡的毫芒绽放而出，而在这毫芒暴射间，萧炎却突然发现，那火晶卡上的火能数目，居然一下扣了两天的火能！

眉头微微一皱，萧炎在心中喃喃道："难道越往下，修炼一天时间所需要的费用便越多？这内院，还真是够苛刻的。"

无奈地摇了摇头，萧炎眼眸逐渐闭上，双手在身前结出修炼印结，半晌，呼吸渐渐平稳，再度进入修炼状态。

宽敞明亮的巨大房间中，十几名老者错落地坐于其中，在柔和的灯光照耀下，能看清楚他们胸口处的徽章，赫然是只有长老才有资格佩戴的特殊徽章。

房间虽大，可气氛却略有些沉闷，许久之后，坐于首位的一名有些看不清容貌的老者，轻轻咳嗽了一声，率先打破房间中的平静。苍老的声音，缓缓在房间内回荡着："这几天，那东西又开始有些不稳定起来了……"

听到他这话，其余的老者皆是眉头紧皱。

"经过这段时间的观测，我发现'它'所散发的波动比以前剧烈了许多，而且从其散发出来的情绪来看，也越来越暴躁……"苍老的声音，依然自顾自地说道，"看这情形，恐怕近年内，它会出现一次大反扑，如果弄得不好，恐怕会是一次极大的麻烦。"

"我们联手再加固一次防御？要实在不行，就通知一下内外院的院长吧，这东西不能暴露，否则，黑角域的那些家伙，会红了眼地冲过来抢。我们内院虽然处在深山之中，但距离北面的黑角域不远，一旦出事，那几个一直关注着内院的老家伙，便会立马闻讯赶来。以他们的见识，这天焚炼气塔的封印，或许逃不过他们的注意。"一名老者沉吟道。

"防御肯定是要加固的，但院长大人正在进行深层闭关，外院院长又喜欢外出游历，谁也不知道他现在身在何处。"首位的老人缓缓摇了摇头，沉默了片刻，他忽然抬头向着角落处的一名老者投去目光，问道，"柳长老，那个拥有异火的小家伙，如今如何了？"

"正在第二层修炼，或许是有异火的缘故，他竟然不怕火毒的侵蚀。我也照大长老的吩咐，给了他足够的关照。"那名与萧炎有过一面之缘的柳长老连忙起身恭声回道。

天焚炼气塔

"嗯。"首位的黑袍老人微微点了点头，苍老的声音略有些低沉地道，"唉，真是没想到啊，一个陨落心炎让我内院崛起，而现在一个年龄不过二十的小家伙，居然能单独坐拥异火奇物，当真是让人羡嫉啊。"

"诸位长老，若是遇见这个小家伙，可以尽量予之方便，或许，说不定在日后陨落心炎暴动时，我们还得依靠他的力量。唉，不能小看异火的能量啊，如此奇物，聚天地之灵而生，又拥有毁灭性的力量，一个不慎，恐怕内院都有灭亡之祸啊。"全身上下包裹在黑袍中的大长老，叹了一口气，说道。

"是！"

下方十几名被内院学员敬畏有加的长老，此刻都站起身来，恭声应道。

"嗯，好了，都各自散去吧。对了，记得随时注意北面黑角域中那些大势力的动静，特别是那几个家伙。血宗最近也有些异动，听说是那老家伙儿子死了的缘故，真是不让人省心。"大长老挥了挥手，咳嗽了几声道。

众位长老微微点头，旋即身形晃动，便化为一道道模糊黑影，伴随着一阵轻风刮过，消失在这所严实的房间之中。

待房间中长老们全部消失后，那位全身包裹在黑袍中的大长老，方才缓缓站起身来，而随着其站起，身体居然渐渐变得虚幻，待他完全从椅子上站立起来时，身体便已经在房间内诡异地消失了。

无形火焰，在心中升腾燃烧，一缕缕斗气源源不断地从斗晶之中涌出，在经过火焰的淬炼之后，再度钻回气旋内的斗晶中。

在这般完美的循环之下，原本只有拇指大小的斗晶，现在已经足足有鸽蛋大小，而且，其上面所蕴含的毫光，也越来越光润。

斗晶的这般变化，自然没有逃脱萧炎的注意力，他因为处于修炼状态，所以并不太清楚过了多久时间。但是从现在斗晶中所蕴含的雄浑斗气来看，他如今应该到达了六星大斗师的巅峰，或许要不了多久，便能够真正地进入七星大斗师的级别！

心火源源不断地从心脏附近升腾而起，给予萧炎取之不竭的淬炼能量。如今萧炎体内的一切循环，在经过长时间的运转后，都出自一种自动的程序，斗气不需要萧炎心神操控，便自动从斗晶中涌出，然后按照循环路线，从火焰中穿梭而过，最后再度回归斗晶。

对于这种较为难遇的自动修炼状态，萧炎自然不会蠢到去将之打断，心神保持着平和，不因任何外物而有所动容，只是安静地注视着那光亮越来越强盛的斗晶。

修炼之间无时日，当萧炎有些混沌的心神再次被一阵奇异波动惊醒时，却惊喜地发现，此时气旋中，那枚菱形斗晶，居然犹如星辰一般，正在不断地释放着异样光芒。

斗晶的这般突兀景象，令萧炎略感诧异了一会儿后，便极为欣喜地明白，晋级的契机，已经来到！

强行压抑住心中升腾起来的狂喜，萧炎并未对斗晶发出任何命令，而是以旁观者的心态，注视着它的细微变化。

菱形斗晶悬浮在气旋之内，忽然间，有一股吸力自其中渗透而出。而随着这股吸力的出现，萧炎察觉到，那些依然还流转在身体各处经脉之中的雄浑斗气，犹如受到了牵引一般，开始化为奔腾的洪水，带着无声的震动，向着小腹处的气旋之内急速涌去。

此时，不仅萧炎体内正发生着变化，就是在体外，也出现了不小的动静。在斗晶散发出吸力的那一刻，弥漫在萧炎周身的能量，急速波动了起来，片刻之后，一股股温热的能量，开始以萧炎为中心，疯狂地灌涌而进！

由于修炼室中的能量远远超过外界，因此，那些能量在灌涌时，旁人甚至能够看见一个若隐若现的能量旋涡，正在以萧炎为中心，急速地旋转着。

修炼室内，其他四名学员也被突如其来的动静从修炼状态中惊醒了过来，而当他们瞧见萧炎体表的能量旋涡后，皆是一怔，旋即满脸羡慕。显然，他们也知道，这般动静代表着什么。

"这个家伙，不吃不喝地修炼了四天时间，真是个怪胎。"一名学员，望着那正疯狂吸收着周围能量的萧炎，不由得嘀咕道。

从萧炎四日之前来到这所修炼室，便从未有过半点动静，而在这四日间，其他四名学员都外出休息了好几次，方才继续回到塔中修炼，而萧炎，却是在他们那惊愕的目光中，一直修炼到今天，若非是因为萧炎呼吸依然平稳，恐怕他们都得向塔中导师报告了。

"我今天打听过了，这个家伙还是今年这届新生的领头人物，名叫萧炎，实力很强，据说连白帮的付敖，都被他打败了。"一名容貌略有些娇俏的女子眼睛盯着萧炎的面孔，小心翼翼地说道。

"原来他就是萧炎！嘿，对于他的传言，原本我还有些不信，可如今一见，感觉不假。"闻言，另外三名学员脸庞上顿时涌上一抹惊诧，显然，虽然他们并未加入任何势力，可对于萧炎的名头，却并不陌生。

"嘘，都小声点吧，万一打扰到他晋级，我们可就麻烦了。"那名女子手指放在嘴前轻声说道。

"嗯。"其余三人微微点头，他们同样清楚若是打破了他人的晋级状态，会惹得那人陷入何种暴怒。

……

气旋之中，斗晶依然不断地释放着吸力，那经脉之中的斗气已经尽数缩了回来，而那些从体外源源不断涌进身体的斗气，却并未如同体内斗气一般，被斗晶立马吸纳，而是从体内那缕无形火焰之中穿梭过去，经过淬炼，并且再度沿着体内经脉循环一圈后，方才在萧炎心神欣慰的注视下，纳入斗晶之中！

虽然无人控制斗晶的举动，可斗晶却将这吸纳、运转、淬炼等等步骤都进行得丝毫不差，而且对火候的把握能力，即便是萧炎亲自动手，恐怕都难以做到这般完美的地步。

萧炎这撒手不管不顾的举动，获得了最大的成效。

随着时间的推移，斗晶中所散发的吸力越来越强横，而那从外界灌注进入身体内部的能量，也是越来越急速。若不是此处地形的缘故，无形火焰可以源源不断出现，或许连淬炼能量的火焰，都会因为枯竭而罢工。

一旦无形火焰消散，那么淬炼这一步骤，就会自动消失，那时候，或许就得萧炎亲自掌舵了，不然，任由那些斑驳的能量进入斗晶之中，恐怕不仅晋级无望，还会对自己产生难以弥补的伤害。

身体内部以及外界，都在斗灵的指挥下，有条不紊地进行着变化。这一次的晋级，无疑是萧炎最轻松的一次，借助着无形火焰之功效，他成功地做了一次甩手掌柜。

斗晶之中的吸力释放了二十多分钟后，终于开始减弱，而随着吸力的减弱，那在萧炎周身所形成的能量旋涡，也缓缓变淡，直至最后完全消散。

最后一缕有些驳杂的能量从无形火焰之中穿梭而过，带着缩小了十分之一的体积，沿着经脉循环一圈，钻进了气旋的斗晶之中。

随着最后一缕斗气的灌入，略微有些颤抖的斗晶，陡然凝固，其表面上所散发的毫光，猛然大盛。璀璨的强光将体内每个地方都照了个通透，而在这阵奇异强光的照射下，萧炎能够模糊地感觉到，体内经脉、骨骼，甚至细胞，都在发出一阵舒畅呻吟之声。

奇异的强光仅仅持续了几十秒时间，便缓缓退缩，片刻之后，光芒越加黯淡，直至最后彻底消散。

强光一散，那枚隐藏在其中的斗晶，便现出了本身！

斗晶一现身，便再度发出一阵细微颤抖，一缕雄浑斗气涌动而出，最后如一条青色洪流般，蜿蜒盘踞在经脉之中，急速蹿涌，给萧炎带来一波波极为充盈的力量感！

心神瞧着比先前大了两三圈的菱形斗晶，再感受到其中较之先前雄浑了一倍有余的斗气储量,萧炎不由得长长地松了一口气,这般艰辛苦修,总算是没有白费。

随着紧绷的心缓缓放松,萧炎也逐渐有些保持不住修炼状态,灵魂一阵昏沉,旋即便从修炼状态中退了出来。

宽敞的修炼室中,萧炎缓缓地睁开了双眼,漆黑眸间,淡淡的青色精芒闪掠而过,微微抬头,目光扫向房间中的另外四人。而瞧见他目光扫视而来,其他四人赶紧转移视线。此时萧炎刚刚晋级完毕,浑身气势达到巅峰,怎是他们这些刚刚进入大斗师级别的人能够抗衡的?

萧炎并未太理会四人,一口浊气长吐而出,漆黑眸子顿时变得更加幽深清澈。

扭了扭身体,待稍稍适应后,萧炎方才抽出面前的青色火晶卡,眸子随意一瞥,却错愕地发现,上面显示已经扣了八天的火能。

"我修炼了有多长时间?"萧炎微皱着眉头,转头向一名学员问道。

"四天。"见萧炎发问,那名学员赶忙老实回道。

"居然修炼了四天……难怪……"无奈地嘀咕了一声,萧炎心中却是暗暗有些欣喜。这才仅仅修炼四天时间,居然便突破到了七星级别,若是放在外界,没有一两个月的时间,是绝对不可能的。

"这陨落心炎果然有无穷奥妙……分化出来的投射体便能够让人提升到这般速度,若是占用本体的话,那修炼速度将会是何等之快?"

暗自赞叹了一声,萧炎站起身来,径直向着修炼室之外走去。不眠不休地修炼了四天时间,也该休整一下了,虽然勤奋修炼很好,可萧炎却知道,过犹不及。

第六章
磐门的变化

走出塔门，温暖的阳光洒下来，让在塔内待了足足五天时间的萧炎有种躺在地上不想动的舒适感。手掌捂着脸，透过手指缝隙望着蔚蓝的天空，萧炎使劲吸了一口新鲜的空气。在天焚炼气塔内修炼，固然能让斗气修炼有极快的速度，可是，那种暗沉氛围，却实在是太过压抑人心了。

虽然内院已将塔内光线弄得尽量柔和，可不管怎样，塔始终是塔，不论其中光线如何充足，对于一个人来说，还是一个犹如囚笼般的地方。只有在外面，望着那广阔天空，方才能够感受到心情的开阔。

"难怪内院想方设法禁止学员在塔内久待，原来待久了，真的会令人心理出现畸形。"暗暗地嘀咕了一声，萧炎这才迈开步伐，缓缓地向磐门所在的区域行去。

"好几天没出来了，不知道薰儿他们现在如何，应该不会有什么事情吧。"心中这般想着，萧炎的步伐不由自主地加快了许多。

半个小时后，新生的住宿区，便出现在萧炎视线之中，目光粗略一扫，未曾发现有什么不对劲，他才将提在心口的大石放了下去，匆忙的脚步也减缓了一些。

踱着悠闲的步子缓缓走进住宿区，萧炎脚步忽然一顿，眉头微皱，望着站在住宿区门口处的四名学员，眼睛飞快地在他们胸口处扫过，却发现每人都戴着一枚同样的徽章，徽章呈淡青色，其中雕刻着一个黑色的东西。

"这些家伙是属于什么势力的？难道又是来找麻烦的？"心中闪过这个念头，萧炎脸色阴沉了许多。这些家伙，未免也太欺负人了吧，三番两次地前来捣乱，真当他们这些新生没有火气不成？

手掌微旋，巨大的玄重尺诡异地闪现而出，萧炎紧握着尺柄，脸色阴沉地向着门口的四名学员大步行去，脸庞上的阴沉怒意，任谁都能清楚地看出。

此时，门口处的那四名学员也瞧见了萧炎，当下一怔，旋即四人竟然向着他冲了过来。

微眯着眼睛望着径直而来的四人，萧炎脚尖一蹬地，然而其身形刚欲闪掠而出，对面四人口中兴奋的叫喊声，让他满脸错愕。

"头儿，你可回来了！"

手中重尺猛地一触地，萧炎才将欲冲出去的身形止住，愕然地望着已来到身旁的四人，半响，方才有些不太确定地道："你们……是磐门的人？"

"嘿嘿，嗯。"其中一名面貌平凡、一脸灿烂笑容的青年搔着头，笑着点了点头，解释道，"薰儿学姐说了，既然身为一个势力，那便应该有属于自己的徽章，她说这样能加强成员对磐门的归属感。"

心中松了一口气，萧炎有些汗颜，自己这首领当得实在是太不负责了，竟然连自己成员的面孔都记不住，刚才甚至还差点动手了。

萧炎目光在四人身上扫过，走得近了，才发现，那徽章上的黑色东西，不就是自己手中的玄重尺吗？而那淡青色的背景，则刚好与他的青莲地心火一个颜色。

"这个妮子心还真挺细的。"轻笑了一声，萧炎拍了拍身旁兴奋的四人，问道，"薰儿应该在里面吧？"

"嗯，薰儿学姐在。如今我们磐门也拥有自己的护卫队，每天四人轮流站岗守卫住宿区，而且里面还有十名成员随时待命，准备应付任何突发状况，而其他成员，薰儿学姐便派遣他们自由行动，尽快摸熟内院的形势。"那名青年貌似很能说话，

一面在前面引路，一面犹如倒豆子般诉说着这短短四五天时间，磐门所发生的变化。

萧炎安静地听着他的诉说，心中忍不住一阵赞叹，这妮子倒还真是有些本事，这短短几天时间，便把磐门整顿得焕然一新。这种手段，一直习惯独自一人的萧炎，还真是搞不出来。

在进入住宿区入口时，其他三名磐门成员停在那里继续放哨，而那名很能说的青年，则一路在前引路，直到将萧炎带到最里面的小楼阁处，方才停下脚步。

"嘿嘿，头儿你就自己进去吧，我还得回去放哨站岗。薰儿学姐说了，只要放哨满三天，并且其间没有出现什么意外事故的话，便能够领到一天的火能，现在这活儿，其他弟兄们都抢着来干呢，哈哈。"停下脚步后，这名青年笑着道。

望着他那张隐隐有些迫切与得意的脸庞，萧炎张了张嘴，心中已对薰儿佩服得五体投地。这个妮子，使点手段，竟然让那枯燥的站岗工作都被人抢着干。虽然这种手段并不太稀奇，可这内院中，有几个势力有魄力拿火能出来做奖励？他们自己还嫌不够呢，去过天焚炼气塔第二层的萧炎非常清楚，那下面的塔层，对火能的需求是何等庞大。

"你叫什么名字？"临走时，萧炎笑着问道。

"头儿，我叫铁木，以后有事一定要叫我，就算打不过，但我们磐门弟兄人多！"被萧炎询问名字，自称铁木的青年憨笑着摇了摇脑袋，有些受宠若惊地回道。

"呵呵，好，你去忙你的吧。"笑着点了点头，萧炎望着那大步跑出去的背影，再度为磐门的变化叹了一口气。如今的磐门，充满了凝聚力，这种力量是一个势力能够强大的最根本原因。

心中微微一笑，萧炎转身推开楼阁的大门，缓步走了进去。

进入楼阁，萧炎目光四处扫了扫，最后停在二楼窗台处正小心翼翼地给一盆花浇水的美丽背影上。

此时，淡淡的阳光从窗户处倾洒而进，照耀在少女那修长纤细的身姿上。少女宛如阳光下的一朵摇曳生姿的青莲，清雅脱俗，却又妩媚天成。

目光有些迷离地望着那道美丽倩影，萧炎保持着沉默，不愿打破这幅美丽画面。

"萧炎哥哥！"

画面再美，终有回归现实之时。少女将手中水盆放下，终于瞧见了下方的黑袍青年，清雅精致的脸颊不由得浮现出一抹淡淡欣喜与红润。

听得少女清脆的声音，萧炎回过神来，冲着前者笑了笑，缓步走上二楼，手掌揉着薰儿的脑袋，笑着道："妮子，不错啊，没想到这才几天时间，你便将磐门弄成这副模样，以前我还真是小看你了。"

"这也有琥嘉姐的功劳哦。"望着萧炎并无异色的脸庞，薰儿这才暗中松了一口气，颇为自然地挽着萧炎的手臂，娇笑道。

"还好有你们两人，不然，这磐门迟早会让我和吴昊搞得人心涣散。"萧炎苦笑道，他明白自己几斤几两，而且，吴昊那个战斗狂人，明显也不是什么管理人才。

"对了，琥嘉和吴昊呢？"目光四处扫了扫，萧炎疑惑地问道。

薰儿抿嘴轻笑，道："琥嘉姐去内院的斗技阁了，说是想要看看那里有没有什么适合她的高阶斗技。吴昊嘛，他去竞技场了，而且已经两天没回来了，不过萧炎哥哥不用担心，那里有我们磐门的人，有事情会有人来通报我们的。"

微微点了点头，萧炎望着那张巧笑倩兮的清雅脸颊，心头忍不住一动，伸出手臂挽着那盈盈一握的纤细柳腰，然后将有些羞涩的薰儿搂进怀中。

"辛苦你了，薰儿。"下巴抵在薰儿前额处，萧炎轻声喃喃道。

"萧炎哥哥怎和薰儿这般客气了？小时候……"薰儿嫣然一笑，然而话还未说完，便被萧炎打断了。

"小时候我的那些误打误撞的举动，这些年，你已经百十倍地还给我了。"萧炎轻叹了一口气，这个妮子，对自己的付出也太大了点，原本以她的那种清雅如莲的性子，应该很难将某个男人牵挂在心中，以她的出色程度，也真的很少有同龄男子能够入其法眼。虽然她现在表面上的实力不过六七星大斗师水平，可萧炎始终不会忘记，当年在乌坦城，还是一名斗者的她，就因为那加列家族请来的炼

药师柳席，而爆发出了大斗师的实力。

三年之前，她便能达到大斗师实力，三年之后……

想到这，萧炎便再度苦笑了一声。

脸颊轻轻地靠在萧炎胸口处，薰儿却不以为意，嘴角牵起一抹略带着一分倔强的浅浅弧度。片刻后，忽然似是想起了什么，脸色一正，从萧炎怀中挣脱，然后拉着他快步走进她的房间之中。

"怎么了？"薰儿的举动让萧炎一怔，疑惑地问道。

"带你见一个人。"薰儿笑了笑，纤手轻轻一拍，只见房间中的一处阴影，忽然缓缓延伸了出来，然后汇聚在一起，急速蠕动着……

在萧炎略有些惊诧的目光中，阴影逐渐凝聚成一道苍老人影，最后，一张略有些熟悉的笑脸，出现在萧炎眼中。

"呵呵，萧炎小友，别来无恙啊。"望着萧炎错愕的目光，老者不由得笑着道。

"您……您是凌老？"眼睛盯着面前的老者，片刻之后，萧炎犹自有些不敢相信地问道。

凌老，出现在萧炎面前的老者，赫然便是当初萧炎闯云岚宗时，那位不知底细的神秘斗皇帮手。

望着萧炎那一脸错愕以及震惊的模样，凌影笑着点了点头，冲着薰儿微微躬身："小姐。"

逐渐从错愕中回过神来，萧炎听到凌影对薰儿的称呼，不由得将目光转向后者，眼中略有了一些释然，眉头微皱地道："你们……"

"呵呵，萧炎少爷，自从你离开乌坦城之后，不到半年时间，我便听从小姐的派遣，来到加玛帝国，并且寻找到了你的踪迹，然后一路暗中保护着你。"凌影笑了笑，说道，"你不要责怪小姐自作主张干涉你的事情，只是那时候你势单力薄，单身独闯加玛帝国很危险，来到迦南学院后，小姐实在是放心不下，便让我前去暗中保护你。"

"本来我是家主安排给小姐的最后防护，那段我不在其身旁的日子，或许是小姐周围防备最差的时候，现在的你或许也能模糊知道小姐背后势力的庞大，因此打小姐主意的人也并不少，不过好在这迦南学院不愧是闻名大陆的古老学院，倒也未让小姐出什么岔子，不然，我肯定会受到家主极其严厉的斥责。"凌影含笑道。他这话的潜在意思，便想让萧炎清楚薰儿为了他的安全付出了多大风险，而不要再因为这事，对薰儿产生什么不满的情绪。与萧炎接触过一段时间的他，心中清楚地知道，这个家伙对被人暗地监视有些排斥。

凌影的话中之意，萧炎自然听了出来，当下轻叹了一口气，拍了拍一旁薰儿的脑袋，苦笑道："你这妮子，我能有什么事情？你也太小瞧我了吧？"

见萧炎并未有什么责怪，薰儿心中悄悄松了一口气，嫣然一笑，并未开口辩解。

"凌老，上次分别仓促，此次见面，萧炎再次为您老的出手说声感谢。"萧炎站直身子，对着凌影微微躬身，沉声道。

"呵呵，萧炎少爷何必客气？我不过是奉命行事而已。"凌影连忙摆了摆手道。

"萧炎哥哥，此次让你与凌老见面，主要是前段时间我让他回去仔细调查了一下族中高手的动向，并未发现有斗皇强者在几个月前进入过加玛帝国。"薰儿轻声道。

闻言，萧炎一怔，他原本只是心中有些怀疑父亲的失踪与薰儿背后的势力有关系，但经过与她谈论之后，那丝怀疑便淡了下去，可没想到这妮子竟然还大费周折地派遣人去调查。

"萧炎少爷，你父亲失踪之事，的确与我们无关。萧家，或许应该说很久之前的萧家，与我们有一些颇深的渊源，但这渊源之中，恩怨太多，族中的确曾经有强者建议直接将你萧家所有人全部带回去，可最后因为争议太大，就选择了放弃。"凌影沉吟了一下，缓缓地道，"最近几年，也很少有人再提起这事，所以，你父亲失踪之事，是另有其人所为。"

萧炎紧皱着眉头，叹了一口气，声音低沉地道："可我萧家如今只不过是一个

帝国二流家族而已，怎么可能会惊动斗皇强者对其出手？如此说来，或许最大的嫌疑还得落在云岚宗身上，唉，那个该死的大长老。"

萧战是在被云岚宗大长老的追击中失踪的，而且当时并未有其他人在场，所以，人究竟是失踪了，还是被其暗中掳走，除了他，恐怕没人知道。可如今当事人已经死了，萧战的行踪，变得更加扑朔迷离，但是，不管怎样，这事都与云岚宗有关。

当初在暴怒之下，萧炎有些失去理智地当场击杀了大长老，事后便被云岚宗倾力追杀，一路逃亡，最后逃出加玛帝国，其间根本没有半点空闲时间来思考这其中的蹊跷。如今再度提起云岚宗，冷静下来的萧炎，心中则开始有几分怀疑，但是从那大长老临死前的表现来看，他又不像是在撒谎。

"唉！"使劲地甩了甩头，萧炎叹了一口气，不管如何，父亲失踪之事，都暗中与云岚宗有牵扯，这事，或许日后再度回到加玛帝国时，会得到一些线索。

而现在，被一路追杀的他，还尚未具备与整个云岚宗抗衡的实力，所以，此时萧炎唯一能做的，便是安静地苦修，随时准备将那陨落心炎得到手。他清楚，若是按照正常速度修炼的话，没个五年时间，他根本不可能具备回去向云岚宗复仇的实力，所以他的指望，全部都落在了陨落心炎上。只要有了这第二种异火，那么修炼神秘焚诀的萧炎，或许便能够得到真正与云岚宗抗衡的力量。

"云岚宗……"凌影嘴中也念叨了一下，提到这个当初不被他重视的势力，老者浑浊的眼中忽然闪过一抹异样神色，转瞬即逝。

"云岚宗，又和他们扯上了关系，当初被他们追杀出加玛帝国，我说过，我迟早会回去！到时候定要将这事搞得水落石出！"萧炎狠狠地握着拳头，声音中压抑着暴怒与杀意。

薰儿微微点头，轻声道："我会让人注意云岚宗，萧炎哥哥也不用太过着急，安心修炼才是正途。"

萧炎脸色略有些阴沉，片刻后，点了点头，手掌揉了揉额头，再度与凌影交谈了一会儿后，兴致不太高的他，便紧皱着眉头独自离开了薰儿的房间。

望着萧炎离开的背影，薰儿纤手轻挥，一股劲风将房门紧紧关上，旋即似是怕有些不保险，一道金光从掌心中射出，将房门覆盖。

"凌老，你似乎知道了一些与云岚宗有关的消息？"将隔音工作做好，薰儿忽然轻声道。

闻言，凌影一愣，迟疑了一会儿，点了点头，压低了声音道："这次回去，我特地查探了一下云岚宗的一些情报，却从中发现了一些以前不知道的东西。"

"说。"薰儿眸子微眯挥手道，震人心魄的淡淡金芒从眼中掠过。

"这个一直龟缩在加玛帝国之中的势力，似乎和'那些家伙'暗中有一些极为神秘的来往。"凌影缓缓地道。

"那些家伙？"薰儿微微一怔，旋即俏脸微变，"你是说他们？"

"嗯。"凌影点了点头。

"云岚宗怎么会和他们牵扯上？再怎么说，云岚宗里也出过在大陆上拥有不小名气的顶级强者啊，又怎会与他们纠缠？"薰儿诧异地道。

"不清楚，不过似乎来往时间也不算太久，或许只是和上一任云岚宗宗主、如今的斗宗强者云山有过来往吧。而这事，云岚宗内，知道的人恐怕都不多，我在想，可能如今的云岚宗宗主云韵，都不知道云山与他们之间的来往，不然的话……"凌影说到这里，迟疑了一下，望着薰儿那恬静的脸颊，轻声道，"不然以她和萧炎少爷间的一些关系，不可能会什么都不表现出来。"

薰儿微微点头，神情依然平静，没有因为这句话而有什么变化，只是声音似是冷了一些："如果他们真是和云岚宗有牵扯的话，那么说不定萧战叔叔的失踪会和他们有关，毕竟他们也知道萧家有'那东西'的一部分钥匙。不过这些家伙明知道我们与萧家的关系，却还敢如此肆意妄为，当真是越来越猖獗了。"

"嗯。"

凌影点了点头，目光盯着薰儿，有些迟疑地道："小姐，您已经在萧家十几年了。当初族中让你来到萧家，本意是想让你暗中取得萧家的那部分钥匙，可你却来了

迦南学院。如今已经这么多年，却没有任何有关钥匙的消息。这次回去，我可是听见族中有一些不太满意的意见已经出现，若非是碍于萧家祖辈曾经与族中有过血誓，恐怕一些人都打算用强了。"

薰儿眸子轻抬，灵动眼眸中有着金色火焰跳动，声音平淡地道："不用理会他们。"

闻言，凌影苦笑了一声，只得点头。

"关于云岚宗与'他们'之间的牵扯，暂时不要告诉萧炎哥哥，等到他有实力与云岚宗抗衡时，再说也不迟，如今说了，怕会对他不好。"薰儿提醒道。

"是。"凌影点了点头，恭声应道。

"嗯，你先离开内院吧，这里强者太多，若是发现了你的行迹，总是少不了一些麻烦。"薰儿挥了挥手，吩咐道。

"是。"凌影再度点头，道，"我会在深山中待着，小姐若是有事，发族中特殊信号便成。"

凌影说完话，身形一颤，身体便发生一阵诡异的扭曲，最后化为一道阴影，无声无息地融进房间内的黑暗中。

在凌影消失片刻之后，薰儿这才轻叹了一口气，眼中奇异的金色火焰缓缓褪去，纤手揉了揉脸颊，让那淡然的脸颊多了一分柔和，然后转身出了房间。

来到屋外，薰儿目光四下扫动，最后停在了楼阁的最顶层处，然后她缓步走了上去。走上顶层，此时天色已暗，黑漆漆的天空点缀着几颗星辰，一轮浅月挂在天际，散发着淡淡月华。

萧炎坐在北角地面，手中把玩着一枚散发着奇异毫芒的古玉。在月光的照耀下，古玉表面上的那些奇异纹路，似乎在呼吸一般，时亮时暗。不过这并没有吸引萧炎的注意力，他的视线，只是紧紧地盯着古玉之中那一点不断游移的灵动光点。这个光点，代表着父亲的生死。这种时候，也唯有这依然散发着生机的光点，方才能够让萧炎真正地潜心修炼。

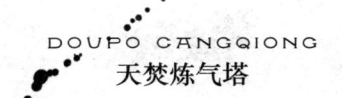

"萧炎哥哥。"

少女清脆的声音，忽然在不远处响起，萧炎抬头，望着微笑着走过来的薰儿，站起身来。薰儿微笑着走向萧炎，然而当其目光忽然被古玉光亮吸引而停在萧炎手上时，脚步却陡然停下，清雅的俏脸上，一抹惊愕缓缓浮现。

第七章
陀舍古帝

"陀舍古帝玉？"

听着从薰儿口中冒出来的奇怪词语，再看着她脸颊上的惊愕，萧炎眉头微皱，紧握着手中这块温凉的神秘古玉，道："你认识这东西？"

深深地吸了一口冰凉的空气，薰儿脸颊上的神情变幻不定，许久之后，方才一咬银牙，快步走至萧炎身旁，低声道："萧炎哥哥，这玉，你是从哪得来的？"

"家族迁移时长老所给，让我保管的。"萧炎望着薰儿那异样的神色，眉头皱得更深了一些，沉声道，"怎么了？"

"原来就是这东西，萧家所掌握的那部分钥匙，原来就是陀舍古帝玉。"薰儿目光紧紧地注视着萧炎手中的古玉，心中念头如潮水一般急速翻涌，半晌，她缓缓闭上眸子，旋即睁开时，眼中的惊愕已经平淡了。

"萧炎哥哥，这陀舍古帝玉，日后你不要在任何人面前拿出来，记住，是任何人！"薰儿紧握着萧炎的手，脸颊上的神色有着一抹前所未有的郑重。

"虽然这个大陆上认识这东西的人或许只有极少数，但是若被其他人知道了你身怀陀舍古帝玉的话，恐怕你立刻会招来杀身之祸，甚至连这迦南学院，也会眼红出手。"薰儿声音说得极低，似乎生怕被人偷听一般。

瞧着薰儿那郑重神色，萧炎脸色也凝重了许多，手掌握着这块神秘古玉，一股淡淡的温凉从中散发而出，让他心中时刻保持着冷静。点了点头，他低声道："这东西为什么会叫陀舍古帝玉，它不是我萧家族长身份的象征吗？"

薰儿微微点头，轻声道："经过这么长久的岁月，或许现在萧家已经没有人知道这块玉的底细，因此只是按照口口相传将它当作是一种族长信物，并且将一点灵魂印记储存其中，以便让族人随时知道族长的生死情况。"

"那它究竟是什么来历？听你这般说，这所谓的陀舍古帝玉似乎还是一种极了不起的东西？它又如何会在我萧家之中？"萧炎沉声问道。

"何止了不起？"心中苦笑了一声，薰儿却是摇了摇头，"萧炎哥哥，出于一些缘故，现在我不能告诉你太多的事情，不然，对你没有半点好处。你若是相信薰儿的话，就听我一次，以后不要在任何人面前拿出这块玉！"

眉头皱成一条线，萧炎望着薰儿带有些许哀求的脸颊，片刻后，心头一软，只得叹息着点了点头，手一翻，便将那块神秘无比的古玉收进纳戒之中。

见到萧炎将古玉收好，薰儿这才松了一口气，轻声道："萧炎哥哥，好生保管它。虽然你手中的这块陀舍古帝玉并不齐全，可同样隐藏着极其庞大的能量和神效，只不过至今为止，萧家的列位长辈只研究出它能储存灵魂印记这一点微不足道的功能，日后，或许它会给你巨大帮助。"

萧炎微微点头，目光灼灼地盯着薰儿，一时间，两人都沉默了下来。

被这沉默气氛弄得浑身有些不自在，特别是在萧炎那灼灼目光下，薰儿心中不由得泛起一抹苦笑，叹了一口气，仰起头目光直视着萧炎，声音轻柔地道："萧炎哥哥，有些东西，我的确隐瞒了，可相信薰儿，这绝对不会对你有半点坏处。相信我，只要等到萧炎哥哥有实力与云岚宗抗衡时，我会将所有的事情原原本本都告诉你，包括薰儿背后的势力，以及我们和萧家的渊源。"

眼睛紧紧地盯着薰儿，半晌，萧炎缓缓点了点头，手掌揉着薰儿脑袋，低沉地道："好，我等着你对我和盘托出的那一天。"说完，他便转身，径直向着楼梯走去。

望着萧炎的背影消失在楼梯处,薰儿再度苦笑了一声,咬着银牙低声道:"唉,算了,不要再管族中的任务了,让我从萧炎哥哥手中取走陀舍古帝玉,我可办不到,反正此事没有其他人知道,族中的人,应该也猜不到它会在萧炎哥哥手中。"

漆黑房间之中,淡淡的月华从窗口处洒进,将房间内照得朦朦胧胧的。

萧炎盘坐在床榻上,灵魂力量全力破体而出,用灵魂感知力把这所房间里里外外都包裹在其中,房间中的每一处黑暗,都被其来回搜寻。如此谨慎地持续了十几分钟后,萧炎方才一弹漆黑戒指,顿时,一缕淡淡光芒飘射而出,片刻后,凝聚成苍老的身影。

"老师……"瞧见药老身影,萧炎嘴巴一动,刚欲开口,药老便挥了挥手,沉吟道:"我知道你想问与那陀舍古帝玉有关的事情,但是这东西,我也只是模糊听说过,倒也从未见过。"

闻言,萧炎略有些失望,试探地道:"那老师可知道这究竟是个什么东西?"

"我所能告诉你的,是这个陀舍古帝玉,或许与千年前那个陀舍古帝有些关系。"药老沉默了许久,方才缓缓地道。

"陀舍古帝?"

萧炎一怔,口中喃喃着重复了一遍这名字,片刻后,有些疑惑地道:"是一个人?"

"或许称之为神都不为过。"药老叹了一口气,语气中有着一股莫名的敬畏。

心头一震,萧炎喉咙动了一下,他自然知道,世界上根本没有什么神灵,若说有,那也只是一些将斗气修炼到了能与天地相抗衡的巅峰境界的生灵。

"难道,他……他是一名……斗帝?"

最后两个字,萧炎的声音中都有了几分颤抖,在这个大陆上,不管是谁,只要提起这个代表着无与伦比以及至高无上的巅峰一词时,都会忍不住地心生一股敬畏。

天焚炼气塔

"嗯。"

药老的灵魂体也在此刻颤抖了几下,低沉的声音在房间中回荡着:"斗气大陆上,斗圣强者或许凤毛麟角,可斗帝却是极难出现,那个不可跨越的障碍,让不少天资令天地都为之惊艳的修炼界巨擘,也黯然而退。抛开已经遗失所有信息的上古时期不谈,如今的时代,除了千年前那位陀舍古帝,据我所知,大陆上还未出现第二位。

"斗圣与斗帝虽一阶之差,可却宛如天地之别,这么多年,那些有资格冲击这一境界的巅峰强者,最终却都以失败收场。

"而你手中的这块陀舍古帝玉,或许便属于那位传说中的陀舍古帝所遗留之物吧。虽然不太清楚它的确切用途,而且看模样,它还只是其中的一小部分,但光是它前主人的这个名头,便足以引动大陆强者趋之若鹜前来抢夺。所以,你那小女友让你不要在任何人面前拿出这东西,还是有一定道理的。"

药老脸色也显得有些凝重,他也未曾想到,萧家竟然会拥有这等足以掀动大陆的奇物。若是这事情传了出去,可想而知,萧炎将会面临何等严峻的形势。这个东西所吸引而来的强者,可不是那云岚宗可以相比的,恐怕随便来一人,都会达到他巅峰时期的等级,而凭此时萧炎的实力,是没有丝毫反抗能力的。

"陀舍古帝……"

深叹了一口气,萧炎苦笑了一声,忽然间有种虚幻的感觉,原本以为只是一块普普通通的家族信物,如今却忽然和那一尊只存在于传说中的神一般的人物有了关系,这般突兀的变化,实在令萧炎感到有些不太现实。

"我知道这事情冲击太大,你便当今天这事没有发生吧,这事只有我们三人知道,想必不会泄露出去。日后,这块陀舍古帝玉或许会对你有帮助,可现在,你的实力根本不足以触摸到它的奥妙。所以,先让它安静地待在纳戒中吧。"望着萧炎的神情,药老无奈地摇了摇头道。

萧炎苦笑着点了点头,如今,也只能这样了,只不过忽然间身怀这等巨宝,心

里难免会感到忐忑。

"从明天开始，你进入天焚炼气塔进行闭关修炼吧，早日达到斗灵级别，也好为抢夺陨落心炎增加一些成功率。"药老笑着道。

萧炎点了点头，沉默了一会儿，心中释然了一些。所谓的斗帝啊什么的，距离他实在太遥远太高不可攀了。他现在，最想要得到的，还是天焚炼气塔中的陨落心炎，那东西能给自己实实在在的力量。而这所谓的陀舍古帝玉，姑且不说它究竟是不是那位传说中的陀舍斗帝所遗留下的东西，就算是，萧家那么多代先辈都未研究出什么，萧炎可不相信自己随便琢磨一下，便能够研究透彻。所以，与其将期望放在这还不确定有何作用的陀舍古帝玉上，还不如增加实力，将主意打到陨落心炎上。

翌日，当萧炎从房间中出来时，刚好在大厅中瞧见已经归来的琥嘉与吴昊，琥嘉倒是与往常没太大区别，可吴昊的形象却有些不太好看，脸庞上带着一点瘀青和许多伤痕，虽然如此，这个战斗狂人却是一脸兴奋狂热之色。萧炎观其模样，发现其隐隐间多了一分凶悍凌厉，显然，这几天的竞技场斗勇，也让这个家伙有些收获。

"萧炎，你竟然晋级了？"

两人瞧见萧炎，感觉到比前几日强横了许多的气息，不由得惊诧地问道。

萧炎笑着点了点头，在大厅中坐下，对着吴昊笑道："竞技场如何？"

"强者很多，而且都是那种在真正战斗中磨砺出来的强者，远不是外院中那些只知一味修炼的家伙可比。我在那里混了四天时间，战斗了八场，胜三负五，到头来还损失了二十天的火能。"吴昊点了点头，对于竞技场的评价倒是颇高。

"哦？"

闻言，萧炎略感讶然，连吴昊这等实力在竞技场都不能保持一半的胜算率，看来那竞技场中，还真是强者云集啊，这倒让他有了一丝兴趣。

"你若是有时间，也可以去竞技场试试，那里是一处磨炼的好地方。"吴昊将手中的一块糕点塞进嘴中，含糊地道，"接下来我恐怕很少会去天焚炼气塔了，我觉得还是竞技场适合我。"

萧炎笑了笑，刚欲说话，却听到身后的脚步声，偏头一看，原来是薰儿从楼上走了下来。

冲着薰儿微微笑了笑，萧炎沉吟了一会儿，道："正好人到齐了，我跟你们说一下，我打算在天焚炼气塔中闭关一段时间，这段时间，磐门中的事，就交给你们三人了。"

"闭关？"听得萧炎的话，大厅中三人都有些愕然，片刻后，薰儿方才轻声问道："多长时间？"

"直到突破八星级别吧。"萧炎轻笑道。

"呃？你才突破七星没多久，就又想突破？就算有天焚炼气塔的帮助，也不会有这般速度吧？"琥嘉皱眉道。

"在一层或者二层的确不会有这般速度，不过我们不是拥有青色火晶卡吗？呵呵，这东西足以让我们进入第五层甚至第六层修炼。"萧炎笑着道。

闻言，吴昊眼睛顿时一瞪，道："第五第六层？你难道不知道天焚炼气塔每下去一层，心火便越来越雄浑与炽热吗？以你这七星大斗师的实力，顶多在第三层修炼，第五第六层，那可至少需要四星斗灵以上的级别才能够扛得住啊。"

一旁，琥嘉也微微点头，经过这段时间对内院的熟悉，她也知道了一些天焚炼气塔中的事情。

"放心吧，萧炎哥哥能行的，在他身上出现的奇迹，你们还见得少吗？"与吴昊两人相反，薰儿听得萧炎的话，只是略微怔了一下，旋即纤手端起茶杯，浅浅地抿了一口，轻声笑道。她对萧炎的了解比两人更多一些，而且她也明白，以萧炎的性子，断然不可能去做没有把握的事情。

萧炎笑着点了点头，拥有青莲地心火的他，不用在意心火的旺盛以及火毒的侵蚀，这些侵蚀对于别的学员来说，是修炼中极大的阻碍，然而在他面前，却拖延不下他的半寸脚步。

见到萧炎心意已决，吴昊与琥嘉也只得点了点头。

"我闭关期间，你们多注意一点白帮，那白程不像是个肚量大的人，我想，即使有那半年约定，恐怕他也会暗中给我们使一些小动作。"提起白程，萧炎眉头便微微皱了起来，那个阴沉的家伙，总让人心存戒备。

"萧炎哥哥安心闭关吧，等你出来，会见到一个更加强横的磐门。至于那白程，他若真是要暗中使绊子，也就不能怪我们不遵守内院的规矩了。"薰儿点了点头，淡淡地笑道。

萧炎微微点头，有薰儿坐镇，他自然能够彻底安心，一个白程，还真不被其放进眼中。

"对了，内院中，有能够弄到各种药材或者魔核的地方吗？"将手中茶水一饮而尽，萧炎忽然问道。

"药材？魔核？"

略微沉吟了一下，薰儿点了点头，道："在内院的东区，那里属于交易场，有很多稀奇古怪的东西出售，其中也包括很多药材。这些东西都是内院学员自己在深山中寻找到的，想要购买的话，需要火能。"

将地点记在心中，萧炎这才向三人打了声招呼，拍拍屁股，便径直离开了新生住宿区，然后一路向着薰儿说的内院东区行去。这一次闭关，时间颇长，为了能够让闭关的成效最大限度发挥出来，他需要准备一些东西。

内院的面积极广，从新生区到内院东区，足足花去了萧炎半个小时时间，不过好在这所谓的交易区在内院是一处极为火爆的地方，因此，在通往它的道路上，总是人来人往，萧炎倒也不至于迷路。

半个小时后，萧炎停在一处极为宽阔的广场之外，广场中设立了不少石台，而此时，这些石台上摆满了琳琅满目的各种物品，在石台外，人群熙熙攘攘，那火爆的场面让萧炎有些咋舌。

走进这所庞大的交易区，周围喧哗的声音差点使萧炎迷失了方向，他身形扭

动,挤进人流之中,目光不断地在两旁那些石台上的物品中扫过。随着目光的扫视,萧炎心中越加惊异,他发现,这里所出售的一些物品,竟然丝毫不逊色于黑角域的一些大城市,或许是内院本身就处于茫茫深山的缘故,其中一些稀奇东西,甚至连黑角域的一些商店中,都难以见到。

惊异了一番之后,萧炎便开始寻找自己所需要的药材,由于他所需要的东西并不是用来炼制什么高阶丹药,所以不是太难寻找。一个小时后,用掉将近三十天的火能,他所需要的药材,便几乎全部到手。

望着青色火晶卡上那缩水的火能,萧炎无奈地摇了摇头,原本以为一百多天的火能已经算不错了,可没想到竟然如此不经花。

心中在为自己缩水的火能叹息了一番后,萧炎便打算离开这处喧闹之所,然而其身形刚刚转过,心中忽然响起药老的声音:"小家伙,前方第八个摊位,过去瞧瞧。"

听药老忽然说话,萧炎一怔,旋即有些疑惑地转过头,将目光投向前方第八个摊位,却是有些错愕地发现,原本拥挤的人群,在那里似乎被隔断了一般,一些从此经过的学员,都像奔跑的兔子一样,快速地蹿过去。

带着心中的一抹疑惑,萧炎迈开步子,挤进人流,向那处有些特殊的摊位走了过去。

随着越来越接近那人流隔断处,萧炎眼睛顺着摊位往上一瞧,只见那摊位之后,一名身着淡灰衣衫的男子正盘腿而坐,眼眸紧闭,不理会周围来往的人流,这模样,倒一点都不像是来出售东西的。

"这人气息真强,恐怕连白程都赶不上,想来又是一名强榜高手。不过气息虽强,却充斥着一股火暴戾气,看来这家伙脾气不怎样。"这名灰衣男子的气息收敛得极好,凭萧炎敏锐的感知力都没有感受到他的实力,当下心中闪过一道诡异。

目光从灰衣男子身上转移到他面前的石台上,然后缓缓扫视过去。

随着目光的扫视,萧炎心中越加惊讶,这石台上,摆放着不少各种属性的魔核,

而这些魔核的等级，竟然都在四阶左右，有这种等级魔核的魔兽，足以匹敌斗灵强者，没想到这人竟然一次性拿出了这么多。

惊叹地摇了摇头，萧炎移动的目光忽然一凝，心中低低地惊叹了一声，眼睛紧紧地盯着位于石台最中央的一样物品。

吸引萧炎目光的是一截半尺长的枯藤，藤身呈碧绿色，犹如一块上好碧玉，隐隐有着纯天然的纹路勾画其上，弯弯曲曲，犹如一条条蜿蜒的绿蛇一般。最奇异的是，这株碧绿枯藤，通体还散发着一股让人心旷神怡的奇异味道，一看便知此物颇不一般。

"这是……"

虽然从外表看，萧炎也能知道这东西应该便是这石台上最稀奇的东西，可以他的见识，也分辨不出这究竟是何物。

"青木仙藤！"药老淡淡的笑声中，夹着一抹难以掩饰的惊喜。

"青木仙藤？"

闻言，萧炎一怔，旋即心头微震，惊喜瞬间涌上脸庞。

青木仙藤，炼制地灵丹的必备之物，没想到竟然会在此处侥幸遇见，不得不说，幸运之至！

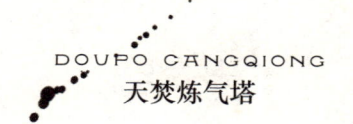

第八章
古怪的家伙

压抑住内心的惊喜,萧炎挤出人流,缓缓走向这处略有些特殊的石台。瞧见他的举动,周围的人都不由得停下了脚步,看向萧炎的目光中,貌似有一抹看热闹的戏谑。

脚步停在石台前面,萧炎眼睛直接投射在那株青木仙藤上,迟疑了片刻,手掌向着它伸了过去。

"咻……"

就在萧炎手掌即将触摸到青木仙藤时,一股尖锐劲风忽然破空而来,劲风之强,甚至使萧炎手臂上的汗毛微微竖了起来。

感受着那股劲风的凌厉,萧炎眉头微皱,心念一动,青色火焰瞬间从纳灵之中涌出,然后以极快的速度掠过几条经脉,最后猛然破体而出,将那急速后退的手掌包裹在其中。

"咦?"

就在青色火焰将萧炎手掌包裹的刹那,一道惊讶声忽然响起,旋即那股尖锐劲风,便急速湮灭。

顺利地收回手来,萧炎抬头望着面前的灰衣男子,此时,他已经睁开了眼,脸

庞略带着一抹惊讶地望着萧炎。目光从对方眼中扫过，萧炎微微一怔，只见对方眼中竟然充斥着异样红芒，这些红芒，皆掺杂着些许暴躁。

对于这种红芒，萧炎并不陌生，只要在天焚炼气塔中修炼得久了，便会出现这种状况，一般称之为火毒侵体。不过萧炎前几天从别人眼中看见的红芒，只有一丁点，而面前这个家伙的整个眼睛几乎都被红芒占据了，显然，火毒侵体已深，而这般严重的火毒侵体，萧炎还是这么久以来第一次看到。

"不买，就不要乱碰。"灰衣男子泛红眼瞳冷冷地瞥了萧炎一眼，收回并拢的如刀双指，淡淡地道。

萧炎被灰衣男子的态度逗得有些乐了，心中却无奈地摇了摇头，现在方才明白为什么旁人都对这个家伙退避三舍：买主看一下商品都差点被攻击，就算他摆放的东西再高阶，恐怕也没有几个人敢来买吧。

"谁说我不买了？"萧炎双臂抱胸，同样是淡淡的口气。

"别给我耍嘴皮子，要买就掏火能买，叽叽歪歪的浪费时间。"泛红的眸子中掠过些许烦躁，灰衣男子手掌猛地一拍石台，怒声道。

"火毒侵体竟然严重到这般地步，心智都受了一些影响。"并未在意灰衣男子的怒斥，萧炎脸色却是微微凝重了一点，没想到天焚炼气塔中的火毒竟然强悍如斯，看来日后修炼，就算有着青莲地心火护体，也得倍加小心啊。

"这株青藤，多少价钱？"萧炎指向那株奇异的青木仙藤，淡淡地问道。从对方将这株青藤摆放在最显眼的地方便能明白，这个家伙显然知道这东西很稀罕，所以萧炎想要像以前那般随意得到，怕是有些难度。

"四百天火能。"灰衣男子冷声回道。

灰衣男子这话一脱口，整片区域都陡然安静了下来，一个个看向前者的目光，犹如看待疯子一般。四百天火能，有些人整整一年甚至两年都弄不到这个数，这个家伙，狮子大张口也大得有些太过分了吧？他们虽然也能够瞧出这株青藤很奇异，但若说它值四百天火能的话，绝对没有一个人会相信。

在这般近乎天价之下，别说周围围观之人，就是萧炎，也忍不住地抽搐了一下嘴角，四百天……这家伙……

"怕是贵了点吧？"咽下噎在胸口的一口气，萧炎皱眉道。

"虽然我并不知道这株木藤究竟是何物，但是两位斗王级别的魔兽会拼死争夺它，足以证明它的价值。而且，为了得到它，我也差点丢掉一条命，所以，四百天火能，不贵，你若是买不起，便走开吧，别耽搁我做生意。"灰衣男子斜瞥了萧炎一眼，挥手道。

虽然灰衣男子嘴中说得轻巧，可他这话依然令周围的人群有些震动：从两位斗王级别的魔兽手中抢夺东西，这个家伙，真不愧是内院最疯狂的人。

萧炎眼中同样闪过些许惊诧，望向灰衣男子的目光中也多了一抹凝重。如果完全是凭借本身实力的话，萧炎扪心自问，他是没有太大的把握从两头斗王级别魔兽手中成功抢得这般奇物，面前的这个家伙，虽然狂，虽然傲，可的的确确有着一些本钱。

"能不能用其他方法，比如以物易物？四百天火能，我的确拿不出。"萧炎迟疑了一下。青木仙藤是炼制地灵丹的主要材料，而想要成功吞噬陨落心炎，地灵丹又是绝对不可缺少之物，所以，无论如何，他都必须在得到陨落心炎之前，将地灵丹所需要的药材、魔核，尽数弄到手中。

虽然炼制地灵丹的药材不多，可样样都是极为稀罕之物，比如这株青木仙藤，若是今天错过，萧炎甚至都不知道自己哪年才能再次遇见。所以，他自然不会轻易放弃。

"可以，我需要斗技，地阶级别的，你有吗？"对于萧炎的提议，灰衣男子倒并未迟疑，开口便提出一个交换物，但是，这个价码，依然再度令萧炎以及周围的学员无语。地阶，这个内院中，恐怕没几个学员掌握着这等级别的斗技。

当然，地阶斗技，萧炎的确是刚好身怀一种，而且还是身法斗技，可是，这是他要修习的，想要让他拿这来换青木仙藤，还真是不情愿。

脸色阴晴不定地变幻了一阵，萧炎在周围目光注视下，摇了摇头，缓缓地道："地阶斗技，我也拿不出……"

灰衣男子不屑地看了他一眼，这次是连话都懒得再说，直接再度闭目，不再理会。

瞧萧炎吃瘪，周围不由得响起一阵窃笑声，显然，萧炎去触霉头的举动让他们感到很好笑。

"果然是个怪脾气。"无奈地摇了摇头，萧炎没有理会周围的笑声，也并未就此离去，站在石台前沉吟了半晌，心头忽然一动，目光缓缓地在灰衣男子身上扫视着。

随着萧炎目光的扫视，两分钟之后，一股强横且蕴含着些许暴怒的气息，自灰衣男子体内暴涌而出，在这股强横气息的横扫下，周围围观的学员皆脸色大变地赶忙后退。

"这个傻子要倒霉了，竟然惹怒了林焱那疯子。"

"活该，明知道那个家伙是全院耐心最差的人，竟然还敢这般跟他磨蹭，不是找打吗？"

"不过这家伙好像挺眼熟的啊。"

周围学员在退后之余，有些惨遭池鱼之殃的怨气，一时间众多埋怨以及嘲笑声音都响了起来。

在灰衣男子那强横暴怒气息之下，萧炎脸色微变，退后了一步，心中略有些震动：光是看这股气息，这个家伙的实力，恐怕就在七星斗灵之上。

紧闭的眼眸再度缓缓睁开，泛红的眸子中充斥着暴躁的怒意，他望着萧炎，声音阴冷地道："你是欠打吗？"

"我不想打架，但是我对这株青藤倒是挺感兴趣。"萧炎耸了耸肩，轻笑道。

"一分钟时间，滚出交易区。"灰衣男子深吸了一口气，声音中透出些许暴怒。

"我没有四百天的火能，也没有地阶斗技……"萧炎苦恼地摇了摇头，然而话音未落，灰衣男子压抑的气息便彻底爆发，他猛然站起，一颤间，便出现在萧炎面前，

双眼赤红，拳头上的凌厉劲风几乎撕裂了空气，拳头挥过的地方，隐隐留下了一道淡红的拳影。

迎面而来的凶悍劲气并未让萧炎脸色变，他身体依然笔直，漆黑眸子淡淡地望着那对被火毒侵蚀的眼瞳，平静的声音缓缓传出："但是我能帮你驱逐体内的火毒。"

"咻……"

被淡红斗气所包裹的拳头，在离萧炎面门只有两寸时，陡然凝固，连带着拳头凝固的，还有灰衣男子那震惊的脸色。

"你……你说什么？"眼瞳中的赤红淡了一些，灰衣男子声音有些颤抖地道。

手指轻触着面前的拳头，将之缓缓撇了下来，萧炎直视着这位貌似在内院实力不弱的男子，淡淡地道："我帮你驱逐火毒，你把青木仙藤给我，这笔交易，如何？"

再次听清萧炎的话语，灰衣男子脸色顿时剧烈地变幻了起来。

他的心理交锋，萧炎并未在意，双手插在袖间，安静地等待着对方的答案。

喧闹的交易区中，这一片区域，却陷入了短暂的寂静，只是那一道道投射在萧炎身上的目光，皆带着些许错愕，这个家伙，竟然将内院最疯狂的疯子制服了，当真有些不可思议。

震惊在灰衣男子脸庞上持续了好一会儿，方才缓缓淡下来，他冷冷地看了萧炎一眼，道："我凭什么相信你有这能力？我体内的火毒，曾经让不少炼药系中的佼佼者查探过，可他们都说不行，你凭什么？"

"你中的火毒之深，的确是我第一次见。"萧炎瞥着因他这句话脸庞上再次涌上怒气的灰衣男子，淡淡地道，"不过你现在还有其他选择吗？或许你自己都已察觉到，现在火毒已经在暗中侵蚀你的理智，这般长久下去，恐怕你会变成一个一触就爆的火药桶。"

脸色微变，萧炎这话真正触到了灰衣男子内心深处，他迟疑了一会儿，紧握的拳头缓缓从萧炎面前移开，沉声道："你究竟是谁？若是你真有把握驱逐我体内

的火毒，那应该也不是无名之辈。"

"新生萧炎。"萧炎微微一笑，冲着灰衣男子拱手笑道。

"萧炎？他就是那个磐门的首领，萧炎？"萧炎话语落下，自然又是在周围人群中掀起一阵波动。这段时间，对于磐门以及萧炎的事情，大多数内院学员，都是有所耳闻。

"萧炎？我好像听过这个名字，是那个在火能猎捕赛上将老生全部干掉的家伙吧？"灰衣男子望着萧炎略微沉吟了一下，脸上旋即划过一抹讶异。

没有理会周围的那一道道诧异目光，萧炎微笑着点了点头。

"参加火能猎捕赛的，大多是一群没用的废物，打败了也不足为奇。你是炼药师？"灰衣男子的话中丝毫没有给那些参加猎捕赛的老生面子，话末，他忍不住有些怀疑地向萧炎问道。

"嗯。"萧炎屈指一弹，一缕青色火焰出现在指尖处，"我想，虽然不是绝对，但是大斗师实力便能够召唤出实质火焰，这应该能证明我的身份吧？你若实在不信，我可以把我的炼药师袍服给你瞧瞧。"

眼睛盯着那缕青色火焰，感受着其中所散发出来的炽热温度，灰衣男子眼中掠过些许惊诧，道："你的这火焰，的确比炼药系的那些家伙要强一些。算了，相信你吧，不过就算你能驱逐我体内的火毒，可就这样便把这株明显极其不凡的青木仙藤拿走，似乎有点……"

说到这里，灰衣男子笑了笑："这样吧，若是你真能完全驱逐我体内的火毒，再加上一百天火能，这株青木仙藤便是你的了，如何？"

眉头一挑，萧炎望着面前的男子，目光盯住那被红芒充斥的眼瞳，没想到这个看似极其暴躁的男子，竟然也还有这般奸商的一面。

"不加……"淡淡地摇了摇头，萧炎若无其事地道，"这笔交易你答不答应也无所谓，虽然我需要这东西，可也不是现在一定要到手，而你体内的火毒若是再拖延的话，我想，恐怕就算是炼药宗师，都束手无策了。你若不乐意的话，那就算了吧！"

"你威胁我?"眉头紧皱,灰衣男子沉声道。

"事实就是如此,我拖得,你拖不得,所以,不要再奢想其他的价码,因为你处于劣势。当然,如果你是那种视死如归的人,那我只得自认倒霉,但看情况,貌似并不是。"萧炎戏谑地道。

"你……"微微一滞,灰衣男子咬了咬牙,片刻后,狠狠点了点头,恶声道,"好,我答应你,只要你将我体内火毒完全驱逐,那么这株青木仙藤,便是你的了,但是,你记住,是完全驱逐!若到时候我发现体内依然有火毒残留,别说青木仙藤你得不到,恐怕还得受顿皮肉之苦。"

微微一笑,萧炎一弹衣袖,转身便向着交易区之外走去,而瞧他走来,拥挤的人流赶忙分开一条路。

后面,灰衣男子转身将石台上的东西犹如丢垃圾一般全部塞进纳戒中,然后快步向着萧炎跟了上去。

"你体内火毒淤积有多长时间了?"一处静室之中,萧炎向着坐在面前的灰衣男子皱眉查问道。在替后者驱毒之前,他需要将病况打听清楚。

"一年半左右吧。"提起这个,灰衣男子脸色有些不太好看,不过想到对面是驱毒的炼药师,他也只得咽下心中的暴躁,回道,"那段时间急切地需要提升实力,所以就一直在天焚炼气塔中闭关,而且一闭就是一两个月,火毒就这般不断淤积。到后来,等我发现时,它已经和斗气死死纠缠,分不出来了。对了,我叫林焱,你直接叫名字吧。"

微微点了点头,萧炎盯着林焱那泛红的眼瞳,半晌方才收回目光,沉吟了七八分钟后,缓缓地道:"你体内火毒淤积之深,有些超出我的预料……不想死你就给我安静点,我没说治不了。"

萧炎前半句刚刚说完,对面的林焱便红着眼要拍桌子,当下他只得怒声骂道,这个家伙,脾气竟然这般差。

"哼，和我说话别磨磨叽叽，反正我也不管，等你将我火毒驱逐成功了，我才会给你青木仙藤。"虽然被萧炎骂得坐了下来，可林焱还是摸着鼻子哼哼地道。

苦笑着摇了摇头，萧炎道："由于火毒太深，想要一次性驱逐，是不可能的，所以我只能采取渐缓形式。"

"要多缓？"

"这是冰灵丹，能够暂时压抑住体内的火毒，让它不会侵蚀你的理智。记住，每天吃一枚，这里共十五枚，够你吃半个月。"萧炎从纳戒中取出一个玉瓶，放在桌上。

快速地捞过玉瓶，林焱带着一分怀疑地从中倒出了一粒。雪白浑圆的丹药，散发着一股淡淡的凉意，见状，林焱脸庞上掠过一抹欣喜，一下就塞进了嘴中。

随着冰灵丹的入体，逐渐化开的冰凉之意让林焱眼中的红芒稍稍淡了一些。

火毒稍缓，林焱自然感觉得最清楚，当下望向萧炎的目光中，也多了一抹信服。

"当然，冰灵丹只能压抑，并不能彻底驱逐火毒。"萧炎摩挲着下巴，再度沉吟了一会儿，忽然手一挥，一尊药鼎便出现在桌面上，嘀咕道，"看来还是得费一番功法啊。你出去守着门，不要让人打扰我，我需要炼制一点东西。"萧炎向林焱挥了挥手道。

闻言，林焱一怔，在这内院中，即使是林修崖、严皓那几个牛哄哄的家伙也没这胆量吧，敢开口让他去守门。不过一想到自己身上的火毒，林焱咂了一下嘴巴，只得无奈地点了点头，老老实实地起身出门，然后将房门关闭。

见到林焱依言出去，萧炎这才将目光转回到面前的药鼎中，手指一弹，一缕青色火焰便飘射而进，最后化为熊熊火焰，在药鼎内升腾而起。

在火焰加热药鼎时，萧炎从纳戒中取出了十几种药材，最后还拿出了一枚散发着淡淡寒气的魔核放在药材之中。

"想要得到青木仙藤，不下点血本还真不行。"望着那枚从先前淘宝中买到的三阶冰系魔核，萧炎抿着嘴摇了摇头。这些药材加起来，价值至少也达到了十五万金币，不过为了青木仙藤，萧炎也只得忍痛割爱了。

虽然这次所炼制的东西材料不少，却并不需要太过精细的操作，对已经达到四品炼药师的萧炎来说，并不需要用掉太多的时间。

在青色火焰翻腾间，桌面上的药材一株株地被投进鼎中，约莫十分钟之后，桌面上孤零零的冰系魔核，也被丢进了药鼎之中。

熊熊火焰缭绕间，一股如冰般雪白的液体，悬浮在青火之上，翻滚间，一缕缕寒气升腾而起，与火焰互相交织，化为实质白雾，从药鼎中升腾而出。

眼睛直直地盯着那股散发着寒气的雪白液体，在经过火焰再度熏烤几分钟后，萧炎脸庞缓缓放松了下来，屈指一弹，药鼎盖子便自动脱落，手一挥，在一股轻巧吸力下，鼎中雪白液体便在半空中划出一道曼妙弧度，最后准确地灌入了桌面上的一个玉瓶之内。

萧炎长长地吐了一口气，望着那装满了寒液的玉瓶，微微一笑，手掌挥动，将桌面上的药鼎收好，这才朝着门口淡淡地道："进来吧。"

听到萧炎的声音，早在门口等得不耐烦的林焱赶紧推门而入，满脸期盼地望着萧炎："好了？"

"嗯。"

点了点头，萧炎将桌上的玉瓶抛向林焱，后者赶紧手忙脚乱地接住。

"这是洗髓寒灵液，在盛满清水的大盆中倒上一滴，然后在其中静坐修炼半小时，每天一次，直到用光为止，到时若火毒还有残留，我会再帮你炼制。记住，这段时间，你不能再去天焚炼气塔修炼，不然这些药效会即刻失去。"萧炎提醒道。

"好。"

略有些激动地捧着玉瓶，林焱对萧炎笑道："只要真能将我体内火毒驱逐，我林焱也算欠你一个人情了。"

"我对你的人情没多大兴趣，只要记着到时候把青木仙藤给我就行。"萧炎挥了挥手，然后便向门外走去，"我现在需要去天焚炼气塔闭关了，而且时间恐怕还

不短，所以你这段时间不用找我。"

"嘿，好……"点了点头，林焱望着萧炎的背影，忽然笑道，"小子，你修炼期间，你那啥磐门我会帮你照看一二，有我林焱在，别说一个狗屁白帮，就算是林修崖的狼牙，那也不敢对磐门怎么样。"

脚步一顿，萧炎嘴角牵起一抹笑意，微微点头。

"那便多谢林焱学长了。"

与林焱分开之后，萧炎便直接赶往坐落在内院北面的天焚炼气塔，此时塔门早已经开启，这倒是省去了他等待的时间。

进入塔中，萧炎并未在第一层逗留，而是直接下到第二层，或许是白天修炼人多的缘故，第二层中的所有高级以及中级修炼室，此刻都被占满了，见状，萧炎原本打算径直去第三层，不过在沉吟了一会儿后，却是随便找了个面积极小的低级修炼室。

萧炎所寻找的这种低级修炼室是面积最小的那种，里面只能容纳一人，而且看修炼室内累积起来的灰尘，明显是那种很少有人光顾的类型。毕竟这种修炼室之中的心火，甚至还比不上第一层的一些中级修炼室，因此，除非是实在没有地方修炼，一般人是不会专门来这种修炼室的。

萧炎寻找这种单独修炼室，也并非是想在此修炼，他只是需要找一个安静的地方炼制一些他闭关所需要的丹药而已。

进入修炼室，将房门紧紧关闭，萧炎并未进入那片面积很小的黑石台，而是直接就地盘腿而坐，手一挥，刚刚进入纳戒不久的药鼎，便又被其召唤了出来。

将药鼎摆放好，萧炎缓缓闭目，开始搜寻着药老交给他的几味药方。在闭目将近五分钟之后，萧炎便睁开双眼，眼中有着一抹淡淡的惊喜。

"青芝火灵膏，炼制所需材料：三叶青芝，火莲果，千灵草，火系魔核……速灵风丹，炼制所需材料：速龙涎，夜灵叶，风系魔核……"

两种丹药虽然级别不是很高，却都属于那种效果颇为稀奇的种类，这种异类

药方，其稀罕程度并不逊色于斗技之中的声波斗技。

第一种青芝火灵膏，在修炼时涂抹在身上，能够让人的皮肤对周围天地间的火属性能量有种极为敏锐的触觉以及奇异吸力，涂抹了这种火灵膏，就算你不主动运转功法吸纳能量，那天地间的火属性能量，也会受到牵引，源源不断地向着体内灌涌而来。当然，这种火灵膏也有一种弊端，那便是涂抹在身上时会让人有一种又麻又痒的感觉，心智不坚者，恐怕连修炼状态都保持不了，更何况吸纳能量。

而第二种速灵风丹，药效则更是稀奇，在服用之后，它能够让人体内的斗气加速运转，这就如同是凭空加注了狂风风车一般，令本就在运转的斗气，以更加凶猛的速度旋转。但是，任何东西都有利有弊，这种斗气运转加速，就犹如是一种透支，一旦斗气加快的持续时间过去，体内的斗气就会陷入一段时间的萎靡，这种情况下若是遇见敌人，恐怕只能发挥出本身实力的一半。

两种丹药能力古怪，放在平时，或许并未有多少人关注，可对现在的萧炎来说，却是极为有用。在这天焚炼气塔内，火属性能量浓郁得令人咋舌，有了青芝火灵膏的帮助，萧炎的吸纳速度无疑会倍增。

再者，体内心火升腾时，若是斗气运转速度能够陡然加快，这也会令淬炼速度加快。因此说这两种丹药是此时萧炎最需要的东西，并不为过。

两种丹药阶别不高，虽然种种材料间的配合有些古怪，但以萧炎如今的炼药术来说，炼制它们，只是时间问题而已。

在心中先将第一种丹药的各种材料的融合程度以及火候大小预习了一遍后，萧炎手指轻弹，一缕青色火焰再度射进药鼎之中，熊熊烈火顿时便让这间修炼室中的温度升高了许多。

盘腿坐在药鼎前，萧炎手一挥，一堆各种各样的药材便出现在地面上，眼瞳紧紧地盯着鼎中火焰，青色火焰反射在那双漆黑的眼睛之中，漆黑与青色交杂，显得略有些奇异。

萧炎身体纹丝不动，脸色凝重，偶尔手掌一挥，巧妙的劲气包裹着地面上的

药材，一株株地投进药鼎之中，不断地进行着提炼与融合……

第一次的炼制，足足持续了半个小时方才完结。当萧炎把一大团极为黏稠的红色膏状体装进一只玉瓶之中时，青芝火灵膏的炼制方才结束。

在将青芝火灵膏炼制成功后，萧炎并未接着炼制第二种速灵风丹，而是在吞服了一枚回气丹后，选择了盘腿恢复斗气。虽然炼制青芝火灵膏并未花费太多斗气，可习惯使然，萧炎总是喜欢在状态全满的时候炼制丹药，因为这种时候，不管是灵魂感知力，还是对火候的把握程度，都处在顶峰，炼制丹药的成功率也会达到最高。

盘腿休息了十几分钟，萧炎便脸露淡淡红光地睁开了眼睛，感受着体内经过一轮炼药而略有一点精进的斗气，不由得笑了笑，手掌挥动间，青色火焰再度在修炼室中腾起。

速灵风丹的炼制，因为需要成丹，因此，所需要的时间比青芝火灵膏要多一倍。一个多小时后，萧炎紧闭的眼眸陡然睁开，目光灼灼地望着鼎内升腾的火焰，在熊熊火焰间，还能模糊看见几枚浑圆丹药若隐若现的轮廓。

缓缓地吐了一口气，萧炎屈指轻弹，一缕劲风将鼎盖弹射开，手一招，几枚淡青色的丹药便从鼎内飞射而出，被萧炎吸进掌心。

手掌摊开，五枚拇指大小的淡青色丹药带着些许温热安静地躺在其中，淡淡的药香从中散发而出。光是闻到这股药味，萧炎便感觉到流淌在体内经脉中的斗气，速度微微加快了些许。

"嘿嘿，果然有用。"

感受到体内斗气的运转加速，萧炎脸庞上不由得掠过一抹喜意，从纳戒中取出玉瓶，然后小心翼翼地将丹药投入其中，做好这些后，他才将面前的药鼎收入纳戒，拍拍屁股站起了身子。

"东西都已经准备好了，那便进入第三层闭关修炼吧。"嘴中喃喃了一声，萧炎整了整衣衫，然后推门而出。

出了修炼室，来往的人流又出现在萧炎眼中，略微迟疑了一下，他拉过一名从面前走过的学员，询问了一下进入第三层的路线。

忽然被人拉住，那名学员有些不耐烦，刚要发怒，可听到萧炎的问题后，不由得闭了嘴：能够进入第三层修炼的，至少需要三星大斗师以上的实力。他上下打量了一下萧炎，然后颇为客气地指了西北的方向。

道了一声谢，萧炎迈开步子，飞快地向着西北方向行去，十分钟后，与第二层入口相同的螺旋楼梯，便出现在面前。不过此时在那楼梯口处，正站着两名导师身份的男子，萧炎看见一些进入其中的学员，都掏出了各自的火晶卡后，才被放行进入。

心中闪过一抹诧异，萧炎缓缓走近，两名导师瞥了他一眼，其中一人淡淡地道："想要进入第三层修炼，需要蓝色火晶卡资格，以及三星大斗师以上的实力。"

"原来是检验……"

听到导师的话，萧炎恍然大悟，取出那张青色火晶卡，递了过去。

"青色火晶卡？"瞧见萧炎手中的晶卡，惊呼声顿时从两名导师嘴中传了出来，旋即满脸诧异地望着萧炎。

"我可以进去吗？"望着两人惊诧的模样，萧炎微笑着问道。

"青色火晶卡足以进入前六层修炼，第三层自然够资格。"一名导师笑着点了点头，笑容中比先前多了一些客气。不管身份如何，实力强的人总是容易受到别人的客气对待。

接过导师递还的青色火晶卡，萧炎向两名导师抱了抱拳，便在身后众多羡慕的目光中，进入那螺旋楼梯，旋即消失不见。

"啧啧，如此年纪便拿到了青色火晶卡，这么多年，我还是第一次看见。"在萧炎消失后，先前的那名导师不由得惊诧地说道。

"是啊，不过我看他气息，似乎还是在大斗师级别啊，怎会有青色火晶卡？"另外一位导师，则是有些疑惑。整个内院之中，拥有这种青色火晶卡的学员，也不会超过五十个，而有资格拥有它的人，大多都是强榜高手，实力都是在斗灵级别。

"好像今年这届的几个新生代表，便获得了苏长老奖励的青色火晶卡吧？"旁边的导师迟疑了一下，忽然道。

"呃……那先前的这个小家伙……难道就是那个长老吩咐要特别关照的……萧炎？"

"好像……是吧？"

三层入口处，两名导师大眼瞪小眼，半晌，方才苦笑着点了点头。

第九章
闭关

进入第三层，萧炎明显感觉到周围安静了不少，抬起头来，望着与第二层相比显得略有些冷清的通道，他心中恍然，看来这内院之中，有资格进入第三层的学员，还是少数啊。

如果说在第一二层修炼的学员，属于内院基层部分的话，那么这第三四层，就属于中坚力量，这一部分学员，潜力最大，随时都能够成为最顶层的一员。至于能够进入第五第六层修炼的学员，则已经步入了内院的顶层部分，他们是内院中最令人敬畏的一群强者。

心中闪过这道念头，萧炎也对自己的实力定位有了判断，苦笑了一声：这内院之中，果然是天才云集啊！心里这般叹息一声，萧炎目光四扫了一下，然后顺着通道缓缓行进。

第三层的造型与第二层相差不多，所以萧炎并未费多大力气便寻找到了高中低区域。低级区域，自然被他抛弃，脚步在穿过中级修炼室时略微停了一下，萧炎站在一间空的中级修炼室前面迟疑了一会儿，旋即脸庞上闪过一抹狠色，并未进入其中，反而抬起脚步，径直向着高级修炼室区域行去。

在历练时，他萧炎什么苦头、困难没经历过？凭一己之力与那称霸加玛帝国的

云岚宗相抗衡，并且还轰杀了对方一名大长老，这般战绩，内院之中的天之骄子们，有几个拥有过？

面对着斗宗强者云山，萧炎还未曾有过畏忌，所以，他还真不信了，自己会在这内院之中，被一群年龄相差不了多少的学员给逼得窝囊起来。

踏着步子，走进高级修炼室区域，顿时便有一道道蕴含着若隐若现敌意的目光从各处射来，而对于这些目光，萧炎选择直接无视，同样冷淡的目光从周围缓缓扫过，肩膀微震，七星大斗师的气势彻底爆发开来，犹如暴风一般，席卷而出。

感觉到萧炎体内爆发出的强横气势，高级区域的一些学员脸色不由得微微有些变化，再次望向萧炎时，目光中多了一份凝重。在这个强者为尊的内院之中，畏畏缩缩只会让别人彻底瞧不起你，想要获得别人敬畏，那便需要展现出令别人敬畏的实力！

萧炎面无表情，缓缓进入高级修炼室深处，目光从一间间修炼室扫过。

第三层的高级修炼室比第二层要多上一些，萧炎数过，总共有三十八间，这些修炼室，有可纳二十人同时修炼的，也有只供一人修炼的，分类众多。

视线从这些高级修炼室门前扫过，很多修炼室门口处都挂着有人占用的牌子，不过萧炎并不着急，脚步缓缓地向深处移动着。

当视线即将移出高级修炼室最后一片区域时，萧炎的目光终于停了下来，望着那挂着空闲牌子的修炼室，他悄悄松了一口气，然后快速走近。

走到高级修炼室门口，萧炎手掌轻触着门板，眉头却是微微一挑。这从远处看犹如普通木板的房门，竟然隐隐间透着一丝寒气，手指轻轻地敲在上面，传出了清脆的异样声响，这响声不像是木头所发，更像是来自一种金属。

"看来应该是内院担心里面修炼的人，被人忽然踢门而入，打扰修炼导致练功出岔子而弄的设备吧。"听得那低沉的声响，再感觉着房门的坚硬度，萧炎心中松了一口气，如此这般，他也就不用担心修炼到紧要关头会被人强行闯进去而被迫中断修炼了。

天焚炼气塔

轻轻推开房门，萧炎缓步进入其中，然后将房门紧紧反锁上。

在关门的刹那，背对着房门的萧炎，自然没有发现，那些闲逛在此处的一些学员，在瞧见他选择了这间修炼室后，眼中所流露出的那份愕然以及戏谑。

进入这间修炼室，萧炎将房门紧紧关闭，这才开始打量室内。这处修炼室明显是供单人修炼的。在修炼室中央位置，有一块仅能容纳两人席地而坐的黑石台，在其他地方摆放了桌椅等，在修炼室最里面，甚至还有一张铺垫好的床铺。

"这第三层高级修炼室的待遇果然比上面两层要好一些啊。"望着修炼室中的这些设备，萧炎心中啧啧地赞叹了一声，走上黑石台，盘腿坐下。

屁股挨着黑石台，淡淡的温热浸入体内，让萧炎的骨头都有种懒洋洋的感觉。

手掌一翻，青色火晶卡出现在掌心中，萧炎看了一眼晶卡上面的数目："一百零三"，短短不到七天时间，这晶卡上的火能便足足缩水了三分之一，这般消耗速度，实在令萧炎有些心痛。

"照这样挥霍下去，恐怕这剩余的火能，也支持不了多长时间了。"

萧炎苦笑着摇了摇头，将火晶卡插进面前的凹槽之中，淡淡光芒闪过，那一百零三的数目，立刻变成了整数一百。

"果然，每下一层，所需要的火能便要增加一天。"瞧见火晶卡上减少的数目，萧炎叹了一口气。在三层修炼一天，便需要三天的火能。天焚炼气塔，还真是一个喂不饱的大胃王啊。

"既然费用都已经交了，若是不修炼回来，岂不是有些对不住人？"耸了耸肩，萧炎从纳戒中取出两个玉瓶，然后将黑袍脱下，露出略显瘦削，却隐藏着近乎爆炸般力量的赤裸上身。

将一只装盛暗红色膏状物的玉瓶拿起，萧炎手一翻，一块玉片出现在手中，然后用它从玉瓶中撬出一团红色药膏。

"不知道这青芝火灵膏涂在身上究竟会有多痒？不管了，我拼了！"眼睛死死

地盯着这团红色药膏，半晌后，萧炎狠狠地一咬牙，将之甩在了赤裸的胸口，然后再使用玉片将之涂抹开来，最后将整个上半身，都抹了一遍。

随着青芝火灵膏的敷体，萧炎浑身猛地一个激灵，他能清晰地察觉到，自己对修炼室中火热能量的感应，变得极其敏锐了起来，甚至，不使用灵魂感知力，闭上眼睛，他都能够隐隐地看见在修炼室中不断飘荡的淡红色能量。"果然有用！"察觉到这般变化，萧炎心中顿时一喜，但欣喜还未扩散到脸庞上，萧炎嘴角便陡然凝固，紧接着，牙关紧咬，细密的汗水瞬间密布了一脸。

"这……这就是青芝火灵膏的弊端吗……果然是又麻又痒！"牙关紧咬间，丝丝冷风从萧炎嘴中吐了出来，他能感觉到，此刻自己的皮肤，就犹如爬满了蚂蚁一般，那股麻痒的感觉，令准备不足的萧炎差点从修炼状态中退了出来。

深吸了几口气，萧炎紧咬着牙，将手中的青芝火灵膏放下，然后抓过另外一只玉瓶，从中倒出了一枚淡青色的浑圆丹药。

嘴巴微张，将丹药弹射进去，然后牙关再次紧闭！

速灵风丹入嘴不久，便化为一股略有些轻灵的精纯能量，顺着喉咙一路滚涌而下，然后，流转在体内经脉之中的斗气，便犹如脱缰的野马一般，疯狂地运转起来。

感应着体内因为高速运转而发出奇异声响的斗气，萧炎双手结出修炼印结，眼眸缓缓闭上，在经过十几分钟的适应后，终于进入修炼状态。

随着萧炎进入修炼状态，只见修炼室中猛然间波动了起来，一股股火属性能量凭空凝聚，最后甚至都凝聚成了一股股略有些实质的淡红能量。这些宛如实质般的淡红能量，在萧炎头顶呼啸盘旋，最后犹如受到了某种牵引一般，疯狂地撞击在萧炎赤裸的上身。

能量的撞击，却并未让萧炎身体颤动，反而倒像是撞进了一处不见底的黑洞一般，就这般极为诡异地被萧炎吞噬进去。

随着第一股能量动作的完成，那盘旋在萧炎头顶上空的无数能量，猛然向着萧炎源源不断地撞击而下。

天焚炼气塔

修炼室中，出现了一个极为奇异的场景，因为灌涌的能量实在是太过庞大，以至于盘坐在黑石台上的萧炎的身体，被完全包裹在了一圈淡红色能量光圈之中。

剧烈的能量波动犹如涟漪一般，在修炼室中急速扩散，而这些涟漪的中心点，则是盘坐在石台上的萧炎！

此刻的萧炎，犹如一个散发着无穷吸力的无底洞一般，将修炼室中那浓郁至极的火属性能量，尽数吞纳而进！

这般恐怖的吞噬，若是让人看见，恐怕当场就会骇得目瞪口呆。

宽敞的修炼室内，赤裸着上半身的青年眼眸紧闭，周围暗红能量盘旋飞掠，最后狠狠地撞击在其赤裸的身体上，旋即诡异地消失不见。

体内宽阔经脉之中，青色斗气犹如呼啸着腾空而起的火箭一般，在心神的注视下，带着低沉的呜呜声响，不断地在体内回荡盘旋。

在服用了速灵风丹之后，萧炎体内斗气的运转速度，在此刻增加了三四倍，一股股青色雄浑斗气自斗晶中飙射而出，最后奔驰在经脉之内，带动起奇异的闷响。

由于运转速度飞快，到最后，体内的循环几乎达到了首尾相接的地步。这一边的斗气刚刚从斗晶中出来，另外一边，被心火淬炼过的斗气，便已经汹涌地灌了回来。

而且，除了斗晶释放的斗气之外，那被涂抹了青芝火灵膏的身体，也在此刻变成了一个不断散发着吸力的无底洞，肉眼可见的淡红色能量源源不断地从皮肤毛孔中渗透而进，最后在体内再度汇聚成极为可观的庞大能量。

天焚炼气塔内的火属性能量，明显要比外界精纯许多，不过也不能直接便纳入斗晶之中，因此，对于这些野蛮的硬闯进来的火属性能量，萧炎分出了大部分的心神小心翼翼地控制着它们，然后沿着另外的一条经脉路线运转起来。

当然，这条经脉路线的终点自然距离心火源头不远，所以，在经过经脉中的运转整合之后，这些略有些杂质的火属性能量也开始冲进那团旺盛的心火之中。

体内斗气，就像两条各自流转的小河一般，在小河流转到心火处时，经过淬炼，

双河便汇聚了，完全融合成一股精纯的雄浑斗气，最后带着低沉的滚雷声响，灌注进入气旋内的斗晶之中！

在这般双管齐下的吸收以及淬炼中，萧炎能够清晰地感觉到，斗晶中的斗气，正在逐渐变得充盈。

借助着青芝火灵膏与速风灵丹，一切，都在向着最完美的方向进行着，按照这种速度，萧炎有信心在一个月之内，突破到八星大斗师！

萧炎的修炼，持续了两天时间，在这种能够清晰感觉到实力增长的修炼下，没有人愿意中途中断，因为这种增长的快感，让人有种由灵魂深处散发出来的战栗般的舒畅。

虽然萧炎不想从这种近乎完美的修炼状态中停下来，但是种种外在因素，却还是将他想要安静修炼的念头，彻底打破了。

修炼持续到第二天的下午时，原本有些喧闹的第三层高级修炼室区域，忽然因为一群人的闯入而变得安静了。

这群不速之客的领头者，是一名身着雪狐绒裙的女子。那女子模样颇秀美，瓜子脸，樱桃小嘴，如画柳眉，水灵灵的大眼睛，这一切的集合，都令旁人有种赏心悦目的美感。因此，她身边总是围绕着一群人，也不显得有多奇怪，毕竟这内院中，女孩子总是少数，漂亮的女孩子，更是被众人争抢的香饽饽。

不管在哪里，美人总是容易受到追捧与青睐。

被众星捧月般地簇拥在中心位置，这位雪狐绒裙女子虽然脸颊上噙着甜美平静的微笑，可细心者，依然能够从其眼中瞧出一抹自得与虚荣。这种眼神，是在抛开她表哥施加在其身上的光环后，众人对她的真实评价。

虚荣心，总是女人最不可抗拒的东西，看着众多男人为了自己而大打出手，女人心中难免会有种暗暗自得的心理。

进入高级区域，这名女子眼眸轻轻瞟了一眼周围为她而驻步的男子，而在她

那柔情似水的一瞥下，一些心智不坚者，脸庞忍不住地有些泛红，然后忽闪着眼睛躲了开去。

瞧见那些男学员在她视线下变得左右躲闪的目光，女子轻轻一笑，美丽的笑容令这封闭的塔内变得光亮了许多。

女子带着一群人径直穿过高级区域，旋即在最后一片区域中停下了脚步，而他们停下脚步的地方，正是萧炎修炼的那间单人修炼室。

瞧见女子驻步，周围目光扫来，看见挂着有人修炼的牌子，并且房门紧闭，一些人不由得一怔，旋即眼中流露出些许幸灾乐祸，难道里面的家伙不知道，这间修炼室是雪仙子柳菲的专用之所吗？

雪狐绒裙女子脚步停下，望着紧闭的修炼室房门，脸颊同样闪过一抹惊愕，这种修炼室被人占用的事情，她已经很久没有遇见过了。上一次遇见，似乎还是半年前吧？不过当时那个占用她修炼室的家伙，最后被她的追求者打得半个月下不了床，而自此后，这内院中，便很少有人再敢来这间修炼室，没想到今天，竟然又遇见了这种"令人怀念"的事情。

"呵呵，菲儿，看来又遇见了一些不开眼的呢。"在女子身后，一名身材高大的男子望着紧闭的房门，脸庞上有一点笑意，这无疑是他在美人面前表现的好机会。

柳菲淡淡地笑了笑，微微摇头，轻声道："雷纳，对人客气点。"

听到柳菲这大有意味的话语，那名被称为雷纳的男子，嘴角一咧，笑着点了点头，道："放心吧，让他明白一些事就好。柳擎大哥说了，让我护卫你，你是他的表妹，我自然不会让你受半点委屈。"

听到雷纳带着一丝敬畏说出的那个在内院中如雷贯耳的名字，柳菲不由得一抿嘴，眸子中掠过些许旁人难以察觉的情愫。那个霸气凌厉的男子，从小便在其心中留下了极为深刻的影子。柳菲跟随着他来到迦南学院，虽然身旁追求者络绎不绝，可在那道影子的比照下，其他人都不由得有些黯然失色。

雷纳缓步走近紧闭的修炼室，紧握的铁拳重重地砸在房门上，顿时，清脆的

金铁声响，在这片区域回荡。

响声持续了将近两分钟，才逐渐消散，而那紧闭的房门，却依然没有什么动静。

瞧着毫无动静的修炼室，柳菲黛眉微微一皱，雷纳脸色也微沉了下来，再度举起拳头，刚欲狠狠砸下，紧闭的房门却在嘎吱声响中缓缓打开。

"哼。"见到房门终于打开，雷纳冷哼了一声，这才收回拳头，退后了几步，目光不怀好意地盯着修炼室之内。

随着房门的开启，这一片区域的所有目光都快速地投射了过来。

在那一道道蕴含着各种情绪的目光注视下，身着黑袍的青年，脸色阴沉地从修炼室中缓缓行出。任谁被打断修炼，都没有什么好脸色。他抬起头来，望着那退后的雷纳，眉头一皱，冷声道："阁下这是何意？"

"小子，新来的？"雷纳笑了笑，斜瞥着萧炎，道，"难道不知道这间修炼室，旁人是不准动用的吗？"

"来时我查看过天焚炼气塔的规矩，上面并未标明这间修炼室旁人不准动用啊。"萧炎摇了摇头，极为认真地回道。

被萧炎这番认真的回答噎得滞了一下，雷纳脸色再度一沉，冷笑道："很有胆量啊，竟然敢消遣我？"

"没这闲空。"萧炎手指轻弹衣袖，淡淡地道，"若是没事的话，请让开吧，不要打扰我修炼。"说着，他便要转身回去继续修炼。

"阁下请慢。"

忽然响起的娇声让萧炎微微一顿，抬起目光，不咸不淡地望着那名身着雪狐绒裙的女子。从刚才出来，他便明白，这个女人，或许才是问题最主要的源头。

被萧炎淡淡盯住，柳菲不由得有些错愕，因为前者望向她的目光中，别说没有半点其他男子看她的那般躲闪及爱慕，就连对美丽事物的纯粹欣赏，都未有分毫。那副眼神，就犹如是在看待周围的那些大男人一般。

"有事？"

天焚炼气塔

"这位同学，这间修炼室是我的单独修炼地，抱歉。"柳菲回过神来，黛眉微皱，心中对萧炎的这副态度略有些不满，不过脸颊上还是带着一丝笑容轻声道。

听到柳菲的话，萧炎眉头也是紧紧皱了起来，半晌，他指着修炼室，道："这是内院给你的特别对待？有内院出示的证明吗？如果这间修炼室真是内院单独为你建造的话，那么我对先前的占用向你道歉。"

萧炎噙着些许冷淡笑意的话语，缓缓地在这片高级修炼室区域回荡着。听了他的这句话，所有本来打算看热闹的人，都不由得一怔，旋即有些怜悯地叹了一口气。

柳菲那原本布满甜美笑意的脸颊，在此刻，变得难看了起来。

第十章
柳家柳菲

　　在萧炎那冷淡的话语中，柳菲脸颊逐渐地变得难看。让内院单独给她建造一处修炼室？这话说出去，恐怕会笑死一大群人。以迦南学院在斗气大陆上的地位，别说是她一个天赋只能算作优秀的学员，就算是她那个在内院中拥有赫赫声望的表哥柳擎，都没有这种资格。因此，萧炎所说之话，无疑是对她的一种极大嘲讽。

　　整片区域，都在萧炎这话中，变得安静了。一股暴风雨来临前的压抑气氛，笼罩在这所修炼室之外。

　　一旁，雷纳也从萧炎的话中回过神来，当下一张脸庞阴沉得可怕，眼睛紧紧地盯着萧炎，略有些嘶哑的声音中压抑着暴怒："小子，有种！"

　　"你难道不懂得规矩？若是想要挑战，都必须按动修炼室之外的挑战铃，你像蛮子一样使劲地捶门，是想显示你力气大？"萧炎眼睛轻抬，淡淡的寒意自漆黑眸子闪掠而过，手指向门旁不远处的一个黑色按钮，声音阴冷地道。

　　虽然天焚炼气塔中，的确是谁拳头硬，谁便能够享受最好的修炼条件，但是同样，若是有人先行进入修炼室中修炼的话，后来者想要挑战，便需要按动修炼室之外的一个挑战铃。按动这个挑战铃需要插入自己的火晶卡，并且还要扣取一天的火能。

只要有人按动了挑战铃，那在修炼室中修炼的人，便会逐渐地感觉到心火降低，而随着心火的减弱，修炼之人则能够毫无风险地从修炼状态中退出来，这是内院对修炼中的人的一种保护措施。但是，先前雷纳明显没有理会那所谓的挑战铃，而是选择最容易将人从修炼状态中惊醒的手段：强行砸门！

虽然这房门是内院用特殊材料所造，但是这般大力砸下去，所发出的刺耳声音依然会对里面修炼的人造成干扰，甚至被迫退出修炼状态。

故而，先前萧炎自出来之后，脸色便极阴沉，连带着说话，都略有些刺人。

被萧炎这番训斥，雷纳一愣，脸庞上的怒意更盛。由于平日跋扈惯了，他很少在意这些规矩，而且在他看来，在第三层修炼的人，实力又能强到哪去？所以，他才无视挑战铃，而是用最蛮横同时也最有效的办法来将里面的修炼之人惊醒。

手指指着萧炎，雷纳怒极反笑地道："好，果然有本事，手痒了好几天，今天我倒是要好好松下筋骨。"随着雷纳话语落下，一股强横气势，自其体内暴涌而出，强烈的压迫之力，令一旁的学员忍不住后退了几步。

"四星斗灵左右，比付敖要强一些。"感应着雷纳的气势，萧炎面无表情，心中却是分辨出了其真实实力。

一旁，柳菲难看的脸色终于恢复了一些，瞧见雷纳向萧炎踏出步子，她并未开口阻止。这些年来，她从未受过气，今天萧炎这钉子，却将她刺得颇痛，因此，有人要去教训他，她自然乐意。

"雷纳大哥，下手不要太重，不然到时候表哥又会责怪我。"柳菲淡淡地瞥了萧炎一眼，向雷纳说道。

"嘿嘿，好嘞。"雷纳笑着点了点头，旋即转头冲着萧炎露出一抹狞笑，拳头之上，强横斗气急速凝聚。

瞧见这边即将打起来，周围的人更是赶忙后退，生怕受池鱼之殃。

冷冷地望着一脸狞笑的雷纳，萧炎脸色阴沉了许多，轻吸一口塔内略有些温热的空气，冷声道："你真要打？"

"怕了？"雷纳狞笑道，"马上滚出这间修炼室，然后给菲儿道歉，并且日后不准再进入这片高级区域，我可以放过你。"

闻言，萧炎微微垂下了眼帘，默默地点了点头，手指一晃，一枚紫色药丸被塞进了嘴中，缓慢而安静地轻轻嚼动。

"嘿，小子，想要吃丹药强行提升实力？"瞧见萧炎的举动，雷纳不由得冷笑了一声，面容上略有些不屑。他能够感应到萧炎的气息，大斗师左右，根本不能与他战上十个回合。

没有理会他，萧炎嘴巴微张，吐出一口紫色火焰，然后握在左手掌心中。

"嗯？"见到萧炎手上的紫火，雷纳一怔，旋即眉头微皱地冷笑道，"似乎有点本事，难怪这般嚣张，不过光凭这东西便想打败我，还差了点。"

萧炎依然没有理会，右手缓缓张开，青色火焰猛然闪掠而出。

望着那一手持紫火，一手持青火的萧炎，雷纳眼中终于掠过些许惊异，他为人虽然狂妄，却并不傻，两种火焰所散发出来的炽热，足以让他提起正视之心。

"不能再迟缓了。"心中闪过一道念头，雷纳身体微震，肉眼可见的深黄色能量自其体内暴涌而出，然后将整个身体都包裹在了其中。

"小子，今日便要告诉你，在内院做人，最好低调点！"黄色能量团中，忽然传出雷纳冷笑的声音，旋即其脚掌重重一跺地，身形便犹如一头横冲直撞的巨型魔兽般，带起凶悍的压迫劲风，向着萧炎狠狠撞去。

冷冷地望着冲撞而来的雷纳，迎面而来的强烈劲风，将萧炎的黑袍压得紧紧地贴在身上，漆黑眼瞳中，雷纳的身形急速放大，萧炎脸色一冷，手中所持的青紫火焰，猛然重重拍在了一起。在火焰对碰的刹那，萧炎脚步向左轻轻地移动了一步，刚好将雷纳的冲击完全躲避开。

脚掌重重地擦在地面上，雷纳头也不回，反身便是一记将空气都震得发出霹雳声响的鞭腿，向着萧炎脑袋狠狠甩去。

萧炎双手紧紧地贴在一起，在双手间，青火与紫火正在迅速纠缠，火苗犹如电

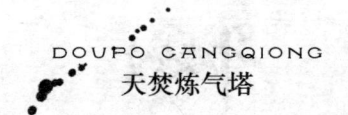

光一般，呲呲地冒探而出。感觉到那向着脑袋射来的尖锐劲风，萧炎身体猛然倾斜了许多，他脚掌轻踏地面，一道能量猛然炸响，萧炎便在这冲击力中，急速倒退。

脚掌跺在地面，雷纳身体半跃上空，然后双掌成爪，犹如凶鹰扑食一般，向着急速倒退的萧炎扑杀而去。

一脚踢在身后的石墙上，借助着反推力，萧炎再度闪避，躲开了雷纳的这记凶悍扑杀。在躲避之余，他眼角扫了一眼手掌中的火焰，那里，青紫火焰已经逐渐融合，只要再过片刻时间，佛怒火莲便能够形成，一击伤敌！

现在的他，并不需要持久战，为了避免日后的麻烦，他需要用绝对的力量，来让自己拥有震慑整个内院的声望，不然日后这些打扰他修炼的人，还会不断地出现！

而佛怒火莲所造出的震慑，将会比任何东西都要管用！

雷纳双手重重地落在地面上，尖锐的劲气令坚硬的黑石板都出现了丝丝裂缝。

短短不到两分钟的时间，两人一攻一闪，足足十几回合，凌厉的劲气以及闪掠的人影，令周围围观之人忍不住地惊呼出声。他们一是惊呼雷纳下手之狠，二是惊呼萧炎以大斗师的实力，竟然能在雷纳手中坚持这么久。要知道，这个家伙可是四星斗灵强者啊，即使放眼整个内院，能胜过他的，也不会超过百人。

又是一记极猛烈的攻击，这一次，身形略微迟缓了一点的萧炎，黑袍一角被雷纳狠狠地撕裂了，不过好在并未伤及身体。

蓄意已久的攻击被再次躲开，雷纳脸庞上怒意更深，抬起头来，向着不断躲避的萧炎讥讽地笑道："你是属兔的不成？有种与我正面相战！"

听到雷纳这话，一些围观的学员不免有些暗自嗤笑，你以斗灵实力欺压一名大斗师，还让别人不要躲？真以为别人是傻子？

然而就在这些围观学员心中嗤笑时，那一直身形飘忽的萧炎，却真的停下了脚步，一张清秀脸庞此刻布满阴冷寒意，漆黑眸子冷冷地看着对面的雷纳。

见到萧炎竟然还真的不再躲避，雷纳顿时大喜，脚掌狠狠踏在地面上，身形

暴射而出。

淡漠地望着暴射而来的雷纳，萧炎身体再没有丝毫移动，缓缓抬起手掌，掌心一翻，一朵巴掌大小的青紫火莲，悬浮而出。

随着青紫火莲一出现，萧炎手掌处的空间便猛然泛起阵阵波动。众人视线望去，只见得那处空间都扭曲了起来，当下全都目瞪口呆。

向着萧炎暴射而去的雷纳，同样发现了萧炎掌心中火莲所带起的异象，顿时，惊骇之色从脸庞上飞速划过，他能模糊地感应到那火莲中蕴含着何等恐怖的力量。

"糟了，凭他的实力，怎么可能施展出这等恐怖的斗技？"他心中闪过这道念头，惊骇之下，脚掌急忙死死地擦在地面上，双掌向着地面轰出一阵劲气，借助着这股劲气的反推力，他那前冲的身体终于停了下来，然后双脚并用，急急地倒退。

淡淡地望着后退的雷纳，萧炎前脚轻轻踏出，然后落下地来，能量炸响声从脚底传出，旋即萧炎的身体化为一道模糊黑影，犹如一抹黑色闪电般，瞬间便出现在了雷纳面前，手中火莲向着其脑袋狠狠地砸了下去。

青紫火莲在雷纳眼瞳中急速放大，映照出那张被惊骇扭曲的脸庞。

看萧炎那股凶悍劲头，竟然没有丝毫留情的打算。

"住手！"

然而，就在火莲离雷纳还有两尺距离时，一道苍老的低喝声猛然由远而近传来，由于喝声中所蕴含斗气之强大，这片区域的学员顿时被震得耳膜一阵发疼。

听到喝声，萧炎脸色微变，心中急速闪过念头，猛然下砸的手掌强行僵在了半空处。不过饶是如此，火莲上的炽热温度，依然在一瞬间将雷纳的头发焚烧成了一堆漆黑灰烬。

在萧炎手掌停滞的刹那，一道极为强悍的劲风猛地自半空闪掠而来，不过却不是对着萧炎所发，而是重重地射在雷纳身上。在这股凶悍劲气撞击之下，雷纳的身体顿时犹如断线的风筝一般，在半空中翻了几个滚后，重重地砸在墙壁之上，当下便一口鲜血喷了出来，将漆黑的地板渲染成一片暗红。

面前的雷纳被一击打飞,萧炎也失去了攻击目标,只得缓缓挺直身子,手掌托着一朵巴掌大小的青紫火莲,随着场中目光一起转向那喝声传来之处。

在光线明亮的通道尽头,几道影子闪掠而来,当中一人明显是一位老者,速度极快,众人仅仅看见其身形几个闪跃间,便已经出现在了这处事发地点。

"赫长老?!他怎么会被惊动出来?"

瞧见出现的这位身形略有些佝偻的老者,一些围观学员不由得脸色微变,旋即失声惊呼了出来。这些守塔长老在内院地位极高,一般这种学员间互相斗殴的事情他们根本不会出面。没想到今天,这位第三层的最大管事,竟然会现身,这让这些学员不由得有些惊讶。

在老者闪掠而至后不久,四五道身影紧紧跟随而至,这几人都是塔内的导师,同样是感觉到这边恐怖的能量波动,才赶过来的。

"你们在干什么!"身形有些佝偻的老者,凌厉目光环顾四周,冷声喝道。

听到老者的喝问,周围的学员都紧闭起了嘴巴。这些长老在内院的声威,是不可侵犯的,得罪了他们,准没好果子吃。

"赫长老,怎么会惊动您老人家?这里只是普通的切磋而已啊。"略有些甜美的娇声打破沉默,原来是那柳菲快步上前,冲着赫长老笑着道。

"普通切磋?哼,若是再来晚点,恐怕就得出人命了!"赫长老冷斥了一声,转动的目光停在了萧炎身上,当其目光扫到萧炎掌心中的那朵青紫火莲上时,眼瞳骤然一缩,他能感觉到那火莲之中所蕴含的恐怖能量。

"小家伙,能先把你手中的火莲化解吗?这里的事,我会主持公道。"向着萧炎走了一步,赫长老便停了脚步。在这个范围内,若是有任何突发状况,他都能瞬间解救。

"全听长老吩咐。"听到赫长老的话,萧炎略微迟疑了一下,便点了点头,他也清楚这些长老在内院所拥有的能量,自然不愿轻易得罪他们。

萧炎右手缓缓覆盖上悬浮在掌心处的青紫火莲,灵魂力量暴涌而出,然后侵

入火莲中，将紧密结合的一些火焰能量，再度分离开来。随着实力的增长，如今萧炎对这佛怒火莲的掌控也越来越炉火纯青，以前连融合都掌握不好，现在却已经有了收放自如的本事。

随着灵魂力量的侵蚀，青紫火莲开始出现了剧烈波动，而瞧见火莲的波动，那赫长老脸色顿时紧张了许多，犹如鹰爪般的干枯双掌微微曲卷，凌厉的斗气在掌心中若隐若现，随时准备出手。

不过好在并未出现赫长老所预料的最差情况，青紫火莲在波动了一阵后，便逐渐变得虚幻，片刻后凭空消失在萧炎掌心之中。

见到那恐怖火莲终于消失，赫长老悄悄松了一口气，紧绷的身体也缓缓放松了许多。

"小家伙，你叫萧炎是吧？"放松下来后，赫长老上下打量了一下萧炎，再想起先前的那恐怖火莲，眼中闪过一抹讶异，对萧炎道。

微微一怔，萧炎没想到自己的名字连这位赫长老也知道，当下忙笑着点了点头："小子萧炎，见过赫长老。"

"呵呵。"笑着点了点头，面向着萧炎，赫长老那冷厉的脸色明显缓和了许多，问道，"这里发生了何事？"

"赫长老，您也知道，这处修炼室是菲儿常用之处，今天被这人霸占，雷纳大哥只不过是想替菲儿讨个公道，但没想到这人竟然下手如此之狠，刚才若非是长老出声，恐怕雷纳大哥就得命丧此处了。"听到赫长老询问事情始末，那柳菲急忙上前一步，俏美的脸颊上略有些委屈地道。

因为长久在第三层修炼，所以柳菲与赫长老倒是有着几面之缘，而且因为前者生得貌美，因此平日偶尔说话，赫长老倒对其颇为温和，如今她先开口，自然是打着让赫长老处罚萧炎的念头。

若是放在平时，换个普通学员，赫长老或许也就念着男人不和女人计较的分上，斥责前者一番，但是今天这犯事之人可是萧炎，是大长老点名说了要让他们照顾

的学员，所以，柳菲的愿望，要落个失望结局了。

果然，听到柳菲的诉说，赫长老只是淡淡地翻了翻眼皮，并未理会，将目光扫向萧炎，笑着道："萧炎，你说说吧。"

见到赫长老竟然没有理会自己，柳菲不由得一怔，旋即悻悻地退了回去。她清楚这些长老的实力，若是换作她表哥亲自来的话，或许还能给几分面子，可以她的实力和修炼天赋，还是省省吧。

淡淡地瞥了一眼恶人先告状的柳菲，萧炎脸庞上划过一抹丝毫不加掩饰的冷笑，向赫长老一拱手，将事情始末详细地说了一遍。因为有众多旁观者，所以萧炎并未添油加醋，只是按照实情说了一遍。

随着萧炎的诉说，赫长老的脸色不由得难看起来，微微偏头，他冷冷地瞥了一眼正从墙角处爬起来的雷纳，而被他这一瞥，那原本还嚣张的雷纳顿时脸色白了许多。

在一旁的柳菲，听到萧炎竟然把她也抖了出去，当下俏脸更难看了。

"雷纳，身为学长，却不守塔中规矩，责罚你三十天火能，三天之内缴清，否则一月之内，禁止进入天焚炼气塔。"在萧炎将事情始末说完之后，赫长老微微点了点头，旋即在众多视线注视下，将目光转向雷纳，冷声道。

听到赫长老的处罚，周围的学员不由得一愣，旋即将怜悯目光转向了脸色苍白的雷纳，这个家伙，这次可是要大出血了。

"柳菲，虽然并非主犯，却有怂恿之错，责罚十天火能，三天之内缴清，否则同上处罚。"赫长老冷厉目光再度转向柳菲，喝道。柳菲不由一呆，她没想到赫长老竟然连自己都要处罚。

"萧炎，虽事出有因，可下手过狠，责罚五天火能，以示警戒。"赫长老最后目光再转向萧炎，轻声喝道。

听到赫长老对萧炎的这不痛不痒的处罚，周围人等再次感到惊愕，面面相觑，旋即像是明白了什么似的保持了沉默。切磋间下死手，按照规矩，可是要受到极

重的处罚，有些倒霉的，甚至会一两个月不准进入天焚炼气塔中修炼，这与萧炎那扣五天火能的处罚相比，自然是天差地别。

众人都没想到，那萧炎竟然还有这般后台，柳菲和雷纳，这次也算是踢到铁板上去了。

"赫长老，你对萧炎的判决是不是有些太轻了？切磋间下死手，可是要被禁止进入天焚炼气塔的！"柳菲脸颊铁青，声音都变得尖锐了许多。

"若是不服判决，可去向大长老或者院长申诉。"赫长老看了柳菲一眼，淡淡地道。

闻言，柳菲气急，这大长老平日极少出现，她去哪寻找？至于院长，从进入内院到现在，她从未见过那神秘院长一次面，更遑论去找他申冤？

"好了，今日之事，到此结束。日后若是再有人不守塔中规矩，便不要怪我从重处罚了。"赫长老目光扫过四周，而与其目光接触的人，都赶忙低头应是。

赫长老看了萧炎一眼，然后便转身向着来时道路走去。

"小家伙，下次与人切磋，不要再这般拼命，想要立威固然是好，可过犹不及啊……"望着离开的赫长老，萧炎刚欲弯身恭送，低低的苍老声音，便在其耳边响起，听得这声音，萧炎一怔，旋即默默点头。

随着赫长老的离开，这一片区域陷入了一阵尴尬的安静，那些再度望向萧炎的目光中，多出了一分敬畏。这并非是因为赫长老对他的袒护，而是因为先前萧炎所施展出来的恐怖火莲，明眼人一眼便能够瞧出，先前若是萧炎攻击没停或者赫长老不出现的话，现在的雷纳，恐怕早就变成了一具死尸。

并未在意周围的目光，萧炎转身再度向着那间高级修炼室走去，在路过柳菲时，脚步一顿，淡淡地道："不打你，只是因为你是个女人，若是换作男人，你下场比雷纳好不了多少。"

说完，萧炎一拂衣袖，径直走进修炼室之中，留下咬着银牙、一脸铁青的柳菲。

第十一章
再次突破

　　进入修炼室之后,萧炎背靠着房门,原本红润的脸色猛然间变得苍白了许多。由于在修炼之前服用了速灵风丹,可以短时间内使斗气运转加剧,但当修炼被打断之后,那速灵风丹的弊端便表现了出来,体内缓慢流转的斗气让萧炎浑身上下都流淌着一种虚弱的感觉。先前一与雷纳交手,萧炎便直接使用出佛怒火莲,一个原因是想借此立威,而另外一个潜在因素,则是因为体内虚弱的斗气根本不足以让他支撑太久。

　　目光斜瞥了一眼那破碎的衣袍,萧炎轻吐了一口气,有些心有余悸。先前若是雷纳的攻击再快上几回合,恐怕自己就得被逼出破绽而受到重创了。不过还好,佛怒火莲的出现让雷纳首先丧失了斗志,而自己所需要的震慑效果,也完美地达到了,这一切,都有一点好运的成分掺杂在其中。

　　轻轻地咳嗽了几声,萧炎缓步走向黑石台,有些艰难地盘坐其上,深深地吞吐了几口温热空气之后,这才结出修炼印结,再度进入修炼状态,运转着斗气,缓慢地恢复着。

　　经过三四个小时的盘坐修炼之后,萧炎体内的虚弱感才逐渐退去,而那因为速灵风丹而造成的斗气迟缓,也开始缓缓地恢复正常。

在体内状态恢复之后，萧炎再度掏出一枚速灵风丹，吞服下肚，再一次进入了闭关修炼状态！

从先前柳菲口中得知，她似乎还有一个实力颇强横的表哥，而且看雷纳对她那表哥的敬畏程度，其实力明显远远超过他。今日之事，虽然因为赫长老的偏袒，他算是占了优势，可如此，多半也会彻底将那个女人得罪，这种看似平和，可骨子里极为傲慢的女人，照萧炎所料，应该不懂得什么叫息事宁人，所以，为了杜绝日后的麻烦，现在的萧炎，还是需要迅速地提升实力！

修炼之间无时日，那日第三层所发生的事情，已经过去了五天，而在这五天内，萧炎的名字，已逐渐传进了整个天焚炼气塔之中的学员耳中。

一招恐怖火莲，将四星斗灵级别实力的雷纳骇得当场失去战斗力，丝毫没有给在内院拥有雪仙子之美名的柳菲半点情面，并且在下重手后，还未受到一向严厉待人的赫长老多大的处罚，这种种略有些奇异的事件，都在短时间内令萧炎成为天焚炼气塔中最热的话题人物。

当然，在互相间传播着这些话题时，不少学员都心生敬佩之意，且不说为何平日颇为严厉的赫长老会如此客气对待萧炎，光是他那能够将雷纳骇得当场失去战斗力的恐怖火莲，便足以让他们对萧炎感到敬畏。在这天焚炼气塔乃至整个内院之中，始终都是强者为尊，也正因为萧炎所施展现出来的恐怖火莲，一些暗中爱慕着柳菲的追求者，都未敢前来向萧炎挑战，不然萧炎在得罪了柳菲这名在内院艳名不小的美人之后，怎可能会如此安静地闭关五天时间，还未曾有人来打扰？

看来，萧炎所需要的那个震慑效果，的的确确是成功达到了！

宽敞的第三层塔内，人来人往，极为热闹，时不时地有着一两处战圈在火热战斗，而在这些圈子外，围满了极多的好事者。

高级修炼室的区域，来往的人在经过一条走廊时，都会忍不住将目光投向一旁的一所挂着"有人占用"的牌子的高级修炼室，这些目光中，皆充满好奇与敬畏。这些天里，几乎所有在第三层修炼的学员，都知道这间修炼室，便是被那个一招火莲便让四星斗灵强者雷纳失去斗志的新生萧炎所占用。

也有不少慕名而来，想要一观其貌的学员，不过自从那日的战斗结束后，萧炎进入修炼室中，便再未出来过，这倒是令人略有些失望，不过如此，旁人也只能放弃这般念头。虽然普通的斗者乃至斗师，修炼一天时间或许就得吃饭填腹，但是随着斗气的雄厚，抗饿程度也越来越强悍，到得大斗师这种级别，虽然不敢说能够无视一切食物，但是在闭关修炼状态中，身体所消耗能量已达到最低点，五六天不进食，除了身体会虚弱一些外，不会有其他大碍。

所以，在瞧见紧闭的修炼室房门后，那些慕名而来的学员，都只得失望离开，毕竟他们也不知道萧炎这次闭关会持续多长时间。

……

"嘎吱……"

忽然间响起的房门开启声将一些目光吸引了过去，特别是当这些目光瞧见那房门号数时，顿时一怔，旋即视线火热了许多。

整条喧闹的走廊，忽然间都变得安静了，一道道目光，全部投注在那开启的房门上。

在众人的目光注视下，身着黑袍的青年面色平静地从中缓缓走出，待他瞧见走廊上那些投注在自己身上的目光后，眉头不由得微微一皱，无奈地摇了摇头，便转身离开这所修炼室，向着天焚炼气塔的第四层入口，缓步行去。

在第三层修炼了七天时间，萧炎所取得的进展完美得令他自己都感到目瞪口呆，虽说其间有速灵风丹、青芝火灵膏和心火淬炼之功，可这才短短七天时间，萧炎便隐隐感觉到自己进入到了七星大斗师的巅峰，按照这种速度，或许要不了多久，他便能够触摸到八星的屏障，进而一举突破！

心中为自己的进展感到兴奋，不过就在萧炎打算继续修炼，一举突破八星时，

却忽然有些错愕地发现，经过斗气对心火淬炼七天的适应，以如今斗气的运转速度，第三层的心火，居然已经满足不了供应，断断续续，令萧炎不得不中断修炼，选择了中途出关。

如今第三层的心火强度已经满足不了萧炎所需，所以，他只能继续下往第四层，否则其修炼速度，将会锐减。

在众多炽热目光的注视下，萧炎缓缓消失在走廊尽头，而瞧见他去的方向后，走廊中的人群，不由得发出了低低的窃窃私语。

"他好像是要去第四层了？"

"呃，第四层似乎要达到斗灵级别实力方才能够进入吧？萧炎好像并未达到吧？"

"嗯，不过谁知道呢，他连雷纳都能打败，想必应该能够进入第四层吧？"

走廊中，众人面面相觑，旋即苦笑摇头。

并未听见后面的这些窃窃私语，萧炎经过走廊，转了几个弯，便看见了有塔内导师严加把守的通道，他略微迟疑了一下，快步走了过去。

"进入第四层需要斗灵实力，实力未达者，禁止下去！"一名导师瞧见远远走过来的萧炎，懒懒地道。

"呃？"脚步一顿，萧炎脸上掠过一抹诧异，旋即苦笑了一声，没想到进入第四层的条件竟然如此苛刻，难道自己只能继续在第三层修炼？可一想到那面向着如今体内斗气运转有些显拙的心火，他不由得感到有些头疼了。

"你……你是萧炎？"就在萧炎头疼间，另外一名正上下打量着他的导师却忽然惊诧地开口道。

听到同伴的惊诧声音，先前那个懒洋洋的导师也诧异地抬起头，望着已经来到面前的黑袍青年，瞧见那有些熟悉的面目，再想起赫长老的交代，忙问道："你是前几日和雷纳有冲突的那个萧炎？"

见到两名导师惊异的目光，萧炎略微迟疑了一下，微微点了点头，旋即向着两位导师拱手道："既然学生未达到要求，那还是继续在第三层修炼吧，打扰了，两位导师。"

"哎，等等！"

见到萧炎转身要走，先前那名导师急忙拦住，笑容满面地道："赫长老已经提前交代过，若是你要进入第四层，可以不必按规矩办事，所以请吧。"

瞧见这名导师那微笑模样，萧炎不由得一怔，顿时一抹喜意浮现脸庞，如果真能进入第四层修炼的话，那么突破到八星大斗师，便指日可待了。当下，他急忙向着两人拱手："多谢赫长老与两位导师了。"

"呵呵，不碍事，你虽然等级未达到，可论实力，已有了这份资格。"瞧见萧炎欣喜的脸色，两位导师轻笑道。

"好了，你先下去吧，我看你这次闭关了好几天时间，进入第四层后，还是先吃点东西吧，不然这样闭关身体可扛不住。"

"多谢导师关心。"

冲着两人感谢了一声，萧炎一抱拳，急急忙忙地走进通道，然后在身后一道道惊异的目光注视中，消失在转角之处。

能够有资格进入天焚炼气塔第四层修炼的学员，基本上能够算作内院之中的佼佼者了，在这等层面混迹，如今的萧炎，倒也并未展现得犹如在第三层那般强势。因此，在进入第四层后，他料理了一下吃饭的头等大事后，便选择了一所中级修炼室，继续进行闭关大业。

虽然这第四层的中级修炼室的修炼效果比不上高级修炼室，但是论起心火雄浑程度来，却比第三层的高级修炼室要强上许多，这对于现在的萧炎来说，刚好合适，而且也不会因为与人争夺高级修炼室而被打断修炼。

在寻找到空闲的修炼室之后，萧炎再次拿出药鼎炼制了一些青芝火灵膏和速灵风丹，上次炼制的膏药，在长达七天的闭关之中，早已经消耗殆尽，所以，如今他需要再度开鼎炼制。

有了上一次的炼制经验，萧炎这一次的手法自然是显得更加纯熟一些，因此，不仅所花费的时间大为减少，而且炼制出来的膏药品质数量，也明显比第一次更胜一筹。

而在将所需要的两种丹药再度炼制成功之后，萧炎便再度不闻不问地开始了自己的闭关突破大计！

这一次萧炎的闭关，中途再没有人来打扰过，而如此，也给予了他最为顺畅的修炼时间。

……

弹指间，半个月时间过去了，在这段深居简出的闭关中，萧炎虽然偶尔出过修炼室，但是将近百分之九十五的时间，他都窝在那间中级修炼室中，坚持不懈地冲击着八星屏障。

在这般近乎废寝忘食的苦修之中，半个月之后，早已达到七星大斗师巅峰的萧炎，终于模糊地触摸到了八星的界限。如今又经过两三天的修炼，体内斗气终于达到一个满盈的地步，这就犹如一个盛满水的水缸，如今萧炎体内的斗气，便如那即将满溢的水一般，只要再加注一点点，便能够冲破水缸的束缚，进入更加广阔的天地！

而这一点点的契机，终于在萧炎某一次浑浑噩噩的修炼中，突兀地来到了。

……

宁静的修炼室中，萧炎赤裸着上身，盘坐在黑石台上，双手结出修炼印结，面目如老僧入定般，平和淡然，在其周身，一缕缕肉眼可见的雄厚能量，出于敷在身体上的青芝火灵膏的缘故，正源源不断地灌注而进。

安静的气氛不知道持续了多久，忽然一道极为细微，但又如在人耳边重重擂鼓的异样低沉声响起，细细听来，声音原来是从萧炎体内发出！

就在这道奇异沉声响起之后不久，萧炎原本木桩般纹丝不动的身体，却犹如受到电击一般，猛然一颤，旋即脸庞上涌出一股异样红润。当然，有所变化的不只

是外表，在其体内，似乎也发生了极大的变化，首先，便是其体内忽然暴增的吸力！

在这股强悍的吸力之下，那些盘旋在其周身，原本还依次向着体内涌进的暗红炽热能量，此刻却犹如惊慌失措的野牛群一般，顾不得半点顺序，疯狂地向着萧炎体内涌去！

此时，萧炎的身体，也再度变成了一个无底洞，不管涌来的能量如何庞大，都照单全收。强大的吸力，将修炼室中充盈的能量尽数搅动了起来，最后直接导致整间修炼室中的能量都犹如被投入大石的平静湖面一般，猛然波动了起来，一个极其庞大的能量旋涡以萧炎为中心点豁然形成。

……

修炼室中的异象，持续了十来分钟时间，方才在一道骨骼的清脆爆响声中，缓缓变淡。修炼室中那巨大的能量旋涡，片刻后，终于完全消散，而随着能量旋涡的消失，盘坐其中的人影，再度显露了出来。

此时的萧炎，身上的黑袍几乎在先前那能量狂涌间被震成了碎片，皮肤上被涂满的青芝火灵膏，也已经挥发殆尽，依然瘦削的身子，除了那缠在手臂上休眠的七彩小蛇之外，其他地方，与先前并未有太大的不同。

萧炎紧闭的眼眸缓缓睁开，青色火焰诡异地腾升而出，最后缭绕在漆黑眸子中，半响，方才逐渐褪去。

火焰退去，那双漆黑眸子，却比先前显得更加深邃和暗沉了，一口浊气顺着喉咙被长长地吐了出来，竟然还略微带着一点点黑气。

瞧见气息中的黑气，萧炎的眉头顿时紧皱了起来，心中这才记起都快要被他遗忘的东西：烙毒，那个一直深深埋藏在自己体内，难以根治的变异毒素。

"没想到借助着突破之功，还排除了这么一点烙毒，这个该死的东西，潜伏在身体内，真是让人浑身不舒畅。"萧炎苦笑着摇了摇头，虽说如今这烙毒因为青莲地心火护体，并未表现出什么危害，可这东西一日不除，就一日是萧炎心中的一根刺，毕竟他亲眼见识过它的力量，连纳兰桀斗王级别的实力，都被这东西搞得

差点丧命，更遑论他这小小的七星，哦不，现在应该说八星大斗师。

　　萧炎轻叹了一口气，将心中对烙毒的担忧暂时放下，缓缓站起身来，扭了扭身体，顿时，一阵响亮的骨骼碰撞声便犹如放鞭炮一般，在修炼室中噼里啪啦地响了起来。

　　随着噼里啪啦的声音响起，萧炎有种从骨子里渗透而出的轻松以及充盈感。闭关二十多天，终于如愿以偿地突破到了八星大斗师，如此丰硕成果，对得起这二十多天深居简出的苦修！

　　"八星了，看来距离斗灵级别不远了。"微微一笑，萧炎低头望着手臂上带着些许冰凉的七彩吞天蟒，不由得笑道，"小家伙真是越来越贪睡了，这么大的动静都吵不醒。"

　　然而嘴上虽然这般笑骂着，萧炎心中却略微沉了许多，吞天蟒的这种长时间沉睡，是很不合理的。按照常理，处于成长期的吞天蟒应该极为活泼才对，可如今，它却整日昏昏欲睡，没有半点精神，对于这种异状，萧炎心中隐隐猜到一些端倪，当下变得忧心忡忡了起来。

　　"看来吞天蟒的灵魂已经开始被美杜莎女王反压制了啊，按照这情况，恐怕不出一年时间，美杜莎女王就会成功占据吞天蟒的身体，到那时候，灵魂与肉体完美融合，她也便真正地成了斗宗阶别的超级强者。按照那女人的狠辣程度来看，掌控了吞天蟒身体后，第一件事就是拿我祭刀。"手掌抚摸着吞天蟒有些冰凉的身体，萧炎眉头皱成了一条线，低声喃喃道。

　　"放心吧，在她未得到融灵丹之前，还不会对你出手，灵魂与肉体，哪有那般容易完美融合？她必须借助着融灵丹，先将吞天蟒的灵魂吞噬，然后才有可能与吞天蟒的躯体融合，不然达不到彻底控制，即使得到吞天蟒的躯体，也只会成为她的累赘。"苍老的笑声，忽然在萧炎心中响起，安抚着他那忐忑的心。

　　"老师！"

　　听见心中的声音，萧炎面色一喜，待听完药老的话语后，他方才重重地松了一口气，笑着点了点头，在心中道："如此就好，只要她还需要融灵丹，那便有和她谈条件的价码，若能拉拢一个斗宗强者，那自然是最好的。"

"嗯，突破了斗皇限制的美杜莎女王，日后的确潜力无限。当年斗气大陆也出现过一名进化后的美杜莎，但是她的本体却并非是七彩吞天蟒，而是另外一种远古凶兽：七翼紫金蛇，虽然比吞天蟒要弱一点，但是当年为了剿杀她，可是出动了三名斗尊强者呢。"药老笑了笑，声音中略有些怀念的味道。

"三名斗尊？"

嘴角一咧，这蕴含着极大压迫力的称号，令萧炎有些不知作何言语，愣了半天后，将目光转向手臂上的吞天蟒，苦笑着喃喃道："这个姑奶奶难道以后也会那么彪悍吗？那我岂不是要倒霉了？唉，吞天蟒啊，你可要坚持住啊，千万别被那女人给吞噬了，不然我们都不好过。"

想起每次美杜莎女王出来时对自己所表现出来的若隐若现的冷淡杀意，萧炎心中便打了个冷战，被这等恐怖的女人盯上，实在是算不得什么好事……

第十二章
霸枪柳擎

　　走出塔门，萧炎望着外面葱郁的颜色，感受着从天际挥洒而下的温暖阳光，有种恍若隔世的感觉。双臂张开，良久之后，他忽然苦笑了一声，没想到闭关不到一个月，竟然差点让人神经过敏。

　　如今玄重尺成了他萧炎的标志之物，所以为了省去一些麻烦，他也不常将之背负在身上，虽然如此少了几分锻炼的效果，但也让萧炎省心了不少。

　　一路晃悠了将近半个小时后，萧炎才回到了新生区域的磐门，望着门口处那些笔直站立的守卫，他不由得暗赞了一声，果然如同薰儿所说，这磐门一直都在变化着，光是这几名磐门守卫，萧炎观他们的气息，感觉都已在斗师巅峰左右，显然，最近这一个月，磐门的不少成员都在天焚炼气塔中修炼，而且看似效果还极为不错。

　　缓步走近大门口，那几名站岗的守卫见了萧炎的面孔，在一怔之后，脸庞瞬间涌上兴奋，几人扯开了嗓子齐声喊道："头儿！"

　　嘹亮的声音将一些来往的视线吸引过来，萧炎冲着那站岗咧嘴傻笑的几人无奈地摇了摇头，走上前来，拍了拍其中一人的肩膀，便晃悠悠地向着新生区域里面行去，留下那因为他的举动，而一脸受宠若惊的守卫。

　　"嘿嘿，快一个月不见，头儿的实力貌似又精进了不少啊，看来很快我们磐门就能出现斗灵强者了,到时候也不用看谁脸色啦。"望着萧炎若隐若现的背影,先前被萧炎拍着肩膀的守卫咧嘴笑道。

"喊,头儿现在又怕过谁?你们最近经常在天焚炼气塔中修炼,难道连那件事都没听说过?嘿嘿,一招将四星斗灵骇得失去战斗力,内院中,有多少人能办到?"

"那件事我也听说过啊,哈哈,如今在塔中修炼,别的势力听见我们是磐门的人,再没有像以前那般狗眼看人低了,这都是头儿的缘故!"

……

萧炎自然听不见这些守卫间的谈话,不过从进入新生区到现在,偶尔来往的磐门成员,见到他时,都是一怔,旋即便赶忙让开道路,目光带着敬畏与尊崇。

萧炎径直回到小楼阁之中,进门后,发现不仅薰儿、琥嘉、吴昊三人都在,甚至连那林焱,也出人意料地出现在大厅之中。

大厅中的这四人,薰儿首先发现进门的萧炎,不过反应最为剧烈的,却是林焱,只见他犹如兔子般从椅子上蹦起,闪电般地蹿到萧炎身旁,在后者那愕然的目光中一把抓住他的衣袖,火急火燎地骂道:"烦死了,你这小子终于回来了,快点,你给我的冰灵丹还有洗髓寒灵液都用光了,我已经等你三四天了,如果明天你还不回来的话,我就要进天焚炼气塔去找你了。"

使劲抽回被林焱扯住的袖子,萧炎翻了翻白眼,道:"急什么?一两天不驱毒又死不了。"

说完,他便不再理会林焱,径直走进大厅,在一张椅子上坐下,冲着薰儿三人笑道:"怎样?最近磐门没什么事吧?那白帮没啥动静吧?"

"嗯,本来在你闭关的前一两天,还有成员来说在塔中修炼会遇见白帮一些人捣乱,不过托你后来在天焚炼气塔中的威风,如今白帮已不敢太过放肆,那些小举动也少了一些。而且,现在还有不少属于自由身的老学员想要来加入我们磐门,经过一些考核,如今磐门成员,可是比你闭关前多了四分之一哦,并且那些老学员的实力颇不错,大多都是大斗师呢。"薰儿亲自给萧炎斟了一杯温茶,抿嘴笑道。

"哦?"

闻言,萧炎一怔,旋即哑然笑道:"我只是想在闭关期间不被打扰,方才借助雷纳之事杀鸡儆猴,没想到竟然还有这般好处。"

"嘿,的确有点好处,不过坏处也不小,你让雷纳变成一个大光头,现在他提起你,就恨得咬牙切齿。而且你还得罪了柳菲那个有胸没脑的女人,原本得罪了她倒也没什么,但是,你别忘了她表哥是什么人——霸枪柳擎,他在内院可不是无名之辈。嘿嘿,他若是要替柳菲出头,或许就是你那青紫火莲,也奈何不了他的裂山枪。"见到萧炎回来,林焱也平息了急躁,踱回大厅,冷笑道。

"那柳擎有多强?"再一次听见柳擎这个名字,萧炎皱眉问道。

"你问吴昊,他最近常常混迹在竞技场,对柳擎应该有所了解。"林焱缩回椅子,对于解释什么事情,他向来最嫌麻烦,所以只是向着吴昊撇了撇嘴。

瞧见萧炎目光射来,吴昊无奈地摇了摇头,沉吟了一会儿,道:"霸枪柳擎,强榜前十的顶尖高手,内院之中能胜过他的学员,屈指可数。另外,他在竞技场中,是为数不多曾经保持了八连胜的强悍家伙,内院中,不少人都对这个名字保持着敬畏。"

浅浅抿了一口手中茶水,萧炎默默点头,以吴昊的实力,在那强者云集的竞技场中,还是胜少输多,因此,他也能够模糊猜到那所谓的八连胜会是何等艰难,看来这个柳擎,还的确是个极其难对付的人物啊。

"不过你也可以暂时放心,那个家伙现在没空来替柳菲出这个头,再有半年多时日,便会举行五年一届的内院大赛,他现在正在没日没夜地闭关,就算偶尔有时间从塔中出来,也是在竞技场中修炼斗技。所以,在大赛完结之前,他不会找你麻烦,但在那之后嘛,嘿嘿,就不好说了。"林焱有些幸灾乐祸地笑道。

"内院大赛?"眉头一挑,萧炎诧异地道,"有这个比赛?为什么我们没有听见这消息?"

"这大赛又不关你们的事,这是强榜高手间的比赛,常人只能在下面看热闹,

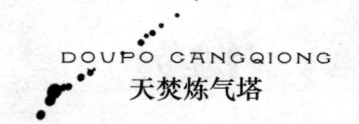

所以你们自然是没资格知道。"林焱撇了撇嘴，道，"只要能够在这比赛中进入前十，那便有资格成为长老备选人，并且，还能获得进入天焚炼气塔第九层接受一次心火本源锻体的资格！

"知道什么叫心火锻体吗？简单来说，受过这心火本源锻体，只要你不是那种倒霉的天怒人怨的人，那便相当于得到了晋阶斗王级别的通行证。现在，明白了吗？"

"斗王级别的通行证？"这几个字闪进耳中，琥嘉与吴昊的眼睛，瞬间便变得火热了起来，斗气修炼，斗王级别几乎是一个近乎逆天的分水岭，无数修炼天赋不错之人，都被卡在斗灵级别的尽头，迟迟未能踏出那一步。

"心火本源？"

与他们两人不同，萧炎却是将注意力放在了另外一个词汇之上，本源……难道说的是……陨落心炎本体？

手中茶杯微微哆嗦了一下，些许茶水溅了出来，萧炎强行压抑住心中的震惊，缓缓地将茶杯放在桌上，抬头向着林焱轻声问道："第九层，需要什么资格才能进去？"

"你别有这指望了。"林焱翻了翻白眼，淡淡地道，"简单来说，学员根本不可能进入第九层或者更深入的第十层，只有学院长老，才有那个资格。所以，那些原本应该毕业离开可却依然逗留在学院的家伙，都是打着想成为长老的念头，因为只要成为长老，就能进入第九层乃至第十层修炼，这样便能够快速触摸到斗皇级别的屏障。"

"斗皇强者。"萧炎轻吐了一口气，与一旁的吴昊对视了一眼，皆从对方眼中瞧出一抹震惊，这个级别，放眼整个大陆，都能够成为一方巨擘枭雄的，没想到这内院中的一些家伙，竟然还有这等野心。

"那个大赛只有进入强榜的人才有资格参加？"萧炎手指轻轻地弹在桌面上，低声问道。

"嗯，即使放低了权限，难道你还指望一些入内院不久的新生能够达到备选长

老的资格?"林焱的话,依然是那么直白,他丝毫忘记了面前的四人,正是才进入内院不到两个月的菜鸟。

对于这个家伙的毒舌,萧炎只得无奈地摇了摇头,微微仰起头,望着天花板,眼芒闪烁不定。这或许会是一次机会呢。

房间内,萧炎细细观察着面前林焱的脸色,待发现其眼中的红芒比当日变淡了许多后,方才微微点头,轻声道:"看来冰灵丹的内服和洗髓寒灵液的外敷,的确对这火毒有显著效果。"

"嗯,的确很有效,每一次在滴有洗髓寒灵液的水中修炼之后,那水都会变得跟血一样红,而且我也能感觉到体内火毒正在迅速变淡。"林焱脸庞上尽是兴奋,这困扰了他许久的问题如今竟然真的能够根治。这对他来说,无疑是一个天大的好消息。

"再使用这丹药一个月,想必你体内火毒便能够彻底驱逐了。"萧炎笑了笑,从纳戒中取出一瓶冰灵丹以及洗髓寒灵液,这些丹药是他在闭关时炼制的,如今倒是省去了再次炼制的麻烦。

闪电般地从萧炎手中夺过两瓶丹药,林焱咧嘴一笑,手一抛,一道淡青影子射向了萧炎。

轻巧接过射来的青影,入手处,淡淡的温凉犹如一块上好凉玉一般,萧炎眼睛一瞟,却是有些惊诧地发现,这淡青影子,竟然便是那青木仙藤。

"你这是……"紧紧地握着青木仙藤,萧炎抬头笑着对林焱道,"现在就把它给了我,就不怕我给的丹药并不能彻底医治好你?"

"你又不是孤家寡人,这么大的磐门在这里,我怕你跑哪去?而且经过切身体验,这东西效果有多强,我比你这炼制者更清楚。"林焱翻了翻白眼,撇嘴道。

"呵呵,那便多谢了。"冲着林焱一抱拳,萧炎小心翼翼地将这好不容易到手的青木仙藤收进纳戒之中,心中顿时长长地松了一口气。如此一来,炼制地灵丹所需要的材料,便只有最后两种了,不过,这最后两种,也是极其难得之物啊。

天焚炼气塔

"好了，东西到手了，我也该走了。"对萧炎挥了挥手，林焱转身便向门外走去，在出门时，又转头向着萧炎笑道，"虽说我们之间是交易，但是我林焱欠你份人情，你别和我说这青木仙藤已经能够抵消，我林焱的命，可比这枯树枝娇贵得多。"

闻言，萧炎只得苦笑着点了点头。

"日后若是那柳擎要来找你麻烦，可以派人通知我，我也很久没和那家伙交过手了，不知道他的裂山枪比以前凌厉霸道了多少？"说完，林焱便走出房门，脚步声逐渐远去。

"这个家伙虽然脾气暴躁，可也不失是个可交之人。"萧炎轻笑着摇了摇头，站起身来，伸了个懒腰，缓缓走出了房间。

……

"萧炎哥哥，你火晶卡上还剩多少火能？"大厅中，薰儿把玩着手中的三张青色火晶卡，望着上面的数字，不由得苦笑着摇了摇头，抬头向着刚刚下楼的萧炎道。

"呃……好像只有三十多了……连在第四层修炼十天都不够。"萧炎一怔，旋即无奈地道。

闻言，薰儿叹了一声，表情略有些苦恼。

"怎么了？你们需要火能？"瞧她这副模样，萧炎不由得错愕地问道。

"不是我们需要，是磐门需要。"一旁的琥嘉接过话来，道，"你又不是不知道，磐门有一些奖赏是需要奖励火能的，如今磐门刚刚起步，所需要的那些奖励火能，自然是我们几个人自掏腰包。薰儿的已经被用得差不多了，最近她可一天都没进天焚炼气塔中修炼过。我的上次兑换了一本斗技，也所剩不多，现在全都交出去了。至于吴昊嘛，这个家伙在竞技场都快输得入不敷出了。"

听得琥嘉最后的话，吴昊不由得有些脸红，干笑道："我以前是因为不太适应，最近我不是胜率越来越高了嘛，再过不久，应该就能将损失的赚回来了。"

"等你赚回来时，磐门就得因为给不起内部奖赏的问题而信誉大失，一旦信誉没有了，恐怕那些因为火能慕名而来的新成员，就得立马闪人了。"琥嘉白了他一眼，

冷哼道。

听得琥嘉这么一说，萧炎不由得有些愧疚，自己倒是快活地自顾修炼，可薰儿她们却是一天都没进入过塔中。

"萧炎哥哥不用多想，你如今是磐门在外的门面，而这个门面，自然需要实力方才能衬托起来，没有你在外的震慑力，不管我们施展什么措施，这磐门都是难以起来的。"似是知道萧炎心中的愧疚，薰儿微笑着柔声道。

苦笑了一声，萧炎沉吟了半晌，缓缓地道："如今大家因为火能猎捕赛而得到的火能差不多也要用尽了，的确是该打算一下如何赚取火能了。你们知道在内院中怎样才能得到火能吗？"

"效率最低的，便是接一些打扫、清洁天焚炼气塔等等之类的低级任务，不过这样来得太慢，而且还挺累，因此大多数人都在等着每月内院火能的发放。但是也有一些实力较强的学员，会选择进入竞技场用战绩来赢取火能。这样来得比较快，但是不稳定，因为万一说不定遇见个比自己更强的对手，那么不仅赢不到火能，还会输掉不少。"薰儿纤手拂开飘落在额前的青丝，沉吟道。

"也有一些人会进入深山中猎取魔兽或者寻找各种各样的药材，况且内院之外，便是绵延千里的茫茫深山，这么广阔的地域，里面不乏一些前辈高人所遗留下的洞府，若是能够好运遇见，则就是一笔意外财富。那些前人所遗留的高阶斗技功法等等，在内院中极为畅销，而且价格也普遍偏高。"

十指交叉在一起，萧炎默默点了点头，轻声道："内院之中，丹药，会有人用火能购买吗？"

"自然有，丹药可是能够和功法斗技相媲美的稀罕物呢。"薰儿笑着点了点头，流转的眼波停留在萧炎身上，水灵眸子隐隐带着一点笑意，"怎么？萧炎哥哥打算出售丹药？"

"这是我所擅长的，自然不能舍弃。"萧炎笑了笑，道，"内院之中，有其他什么人出售丹药吗？"

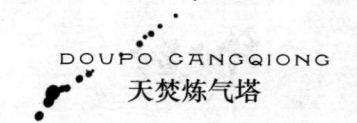

提起这个，薰儿黛眉忽然一皱，苦笑着点了点头，道："还的确有其他人出售，并且不是一个人，而是一个势力。"

"势力？"闻言，萧炎一怔。

"这势力名叫药帮，帮里所有人，都是从炼药系进入内院的炼药师。"薰儿沉吟道，"这个药帮，几乎垄断了整个内院百分之九十的丹药销售，其他的一些零星炼药师，都难以与他们相抗衡。据说，这个药帮的首领，甚至能够炼制出四品丹药。如果我们也要销售丹药的话，恐怕将会和这个药帮有直接的冲突。"

"能够炼制四品丹药吗？"微微点头，萧炎淡淡一笑，道，"不要管太多，毕竟我们也需要生存，竞争自然是难免的，只要他们不来阴的，正面交锋，我倒是不惧他们。"只是能够炼制四品丹药而已，这对于曾经炼制成功三纹青灵丹的萧炎来说，并不算太难以战胜的对手。

见到萧炎并未退缩，薰儿也点了点头，笑着道："既然如此，那我们磐门也销售丹药吧，不过那样的话，萧炎哥哥就得劳累了哦。"

"作为这磐门的首领，我自然也需要付出，不然和你们相比，我岂不是得愧疚死？"萧炎笑着道。

"如果你要出售丹药的话，我建议着重竞技场，那里每天都有因为比试而负伤的人，并且，如果炼制例如上次在猎捕赛时，你给我们服用的那种可以恢复斗气的丹药，不需要太大气力，就会有无数人争相抢购。"吴昊建议道，最近他经常混迹在竞技场，自然是知道在那里，什么丹药最为稀缺以及昂贵。

"回气丹吗？那倒并非很困难，但是这种恢复斗气的丹药，难道那药帮炼制不出来？"萧炎略微沉吟，笑着点了点头，以他如今的炼药术，炼制回气丹几乎是手到擒来的事。

"能倒是能，不过他们炼制的那种恢复斗气的丹药，并没有你的那回气丹有效果。我曾经买过一枚，花了两天火能，所以能够辨别两者间的差距。"吴昊摇了摇头，道。

萧炎微微点头，身体靠着椅背，眼睛忽然一亮，轻笑道："除了竞技场外，或许天焚炼气塔内，也是一块吞噬丹药的大好地方，在其中修炼的人，因为害怕火毒侵体，所以不敢持久修炼，若是有一种可以让他们在一定时间内无视火毒侵蚀的丹药的话，我想，会有很多人乐意购买。"

"无视火毒侵蚀？"

"呵呵，彻底无视自然是很难，不过却是能够让本来只能在其中修炼一天的人延长到两天。"萧炎笑道。

"嗯，这对于一些急于修炼的人来说，的确是个极大的诱惑。"薰儿三人相视一笑，点了点头。

"那就这般决定吧。从明天开始，我会给你们一张炼制丹药所需要的药材单子，你们去帮着收购，至于炼丹的事情，就交给我来吧。"

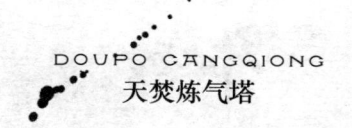

第十三章
大批炼制

翌日清晨，整个磐门犹如机器一般运转了起来。一大早，薰儿三人便各自带着人出了新生区，在内院中到处奔波，按照萧炎给他们的药材单子，四处收购所需药材。

而在这般忙碌一整天之后，一群人方才在夜色中，带着兴奋与疲惫赶回了新生区。小楼阁中的一处安静密室中，萧炎望着面前摆放整齐的大堆药材，在瞧见薰儿三人脸庞上残余的疲惫时，不由得轻笑道："辛苦了。"

"这些药材整整花费了一百八十多天的火能，这些火能我们四人本来都凑不够，不过阿泰他们一些别的磐门成员主动捐献贴补了一些，现在的这些药材，是我们磐门最后的家当了。"薰儿轻叹了一口气，道。

萧炎默默点头，略有些感动地道："放心吧，记住阿泰他们捐献的火能数，等炼制出丹药并成功销售后，双倍还与他们。"

"嗯。"薰儿点了点头，纤手抚摸着一堆药材，黛眉微蹙地道，"在内院收购药材，价格颇昂贵，我想等这批丹药炼制出来了，就在磐门中组织一支队伍或者在内院中聘请一些人，专门为我们磐门在深山中寻找所需要的药材，然后按照每人交纳的药材质量或者数量，来给他们月供。这样的话，或许成本会降低许多。"

闻言，萧炎赞同地点了点头，目光扫过面前的大堆药材，这些药材其实也不算很多，但是却是磐门的所有心血，轻叹了一声，这担子可是有些沉重啊。

"呵呵，萧炎哥哥，接下来的事情，便只能全部交给你了，这种炼丹的事情，我们是帮不上半点忙的。"薰儿娇俏地笑道。

"嗯。"郑重地点了点头，萧炎轻声道，"放心吧，一天之后，我会把这些药材变成我们所需要的丹药，绝不会辜负大伙的心意。"

"对了，这是我特意派人从药帮那儿购买的两种丹药，一种是吴昊说过的那种恢复斗气的丹药，药帮称之为回春丹，另外一种是疗伤药，对外伤效果不错。"薰儿忽然从纳戒中取出两个小玉瓶，轻轻放在萧炎面前。

闻言，萧炎一怔，旋即心中不由得为薰儿的聪慧暗赞了一声。

"好了，萧炎哥哥，接下来，便看你的了。"薰儿嫣然一笑，向着琥嘉与吴昊挥了挥手，三人缓缓地退出了房间，然后将房门紧紧关上。

随着三人的离开，密室之中再度陷入了安静。萧炎盯着面前的大堆丹药，半晌，长长地吐了一口气，盘腿坐下，手一挥，药鼎便出现在面前。

将药鼎取出之后，萧炎顺手取过薰儿所购买的两种丹药，先倒出那粒回春丹，一枚绿色的丹药，有着极淡的药香，轻嗅着这淡淡药香，萧炎眉头一挑，略有些不屑地轻轻摇头。这所谓的回春丹，所需要的药材恐怕不会超过四种，而且全都是那种极为常见的药材，这在萧炎这个炼药术已很丰富的人看来，只能够成为一品丹药。

"看来没有人竞争，这药帮连炼制丹药都有些不尽心力啊。"淡淡地笑了笑，萧炎又取过另外一瓶疗伤药，这种疗伤药呈药膏状，暗红色，萧炎放在鼻下一嗅，便分辨出其中掺和了一些别的药材，当下不由得微微耸了耸肩。

将两种丹药都放回原地，萧炎目光转回药鼎，脸色逐渐变得平静起来。

一旦开始炼丹，萧炎便会进入凝神状态，眼神平和地盯着面前的药鼎，脑中念头微微翻滚。这一次他打算炼制三种丹药，一种是恢复斗气的"回气丹"，这种丹药的炼制萧炎早已是炉火纯青，如今以他的炼药水平，炼制回气丹成功率至少能保持在百分之八十以上。

　　第二种是一种内服的疗伤药，名为"复体丹"，这种疗伤药不仅对内伤有一定的治愈作用，并且对外伤，也有较为不错的愈合作用。这种复体丹，不论药效、等级，都远远超过药帮出售的那种膏状疗伤药。而且最为关键的，这种丹药所需要的药材，比那所谓药帮制出的疗伤药所需材料更少！

　　对这种成本又低、药效又好的疗伤药的销售，萧炎有绝对的信心，只要脑子没有被门夹过的，傻子都知道该如何选择。

　　第三种丹药名为"冰清丹"，这种丹药，服用之后，能够极有效地缓和火毒的掺杂。若是论等级的话，冰清丹或许能够进入二品顶级，甚至从某方面来看，说这种丹药是三品等级也并不为过，因为这种能够助人修炼的辅助丹药，价值可远远高于疗伤药等类型的丹药。

　　而这种丹药，将会令磐门一举压过药帮，成为内院之中又一丹药垄断者，因为至今为止，药帮并未有任何能够对抗火毒的丹药！

　　脑海中闪过这三种丹药的药方，萧炎深吐了一口气，面色逐渐肃穆，双指微微搓动，青色火焰瞬间从指尖升腾而起。

　　袅袅的青色火焰，犹如精灵一般，在萧炎指尖活泼跳动，而在这火焰精灵的跳动下，密室中的温度正在缓缓攀高。

　　漆黑眸子紧紧盯着升腾的青色火焰，半晌，萧炎屈指轻弹，青色火焰在半空划过一道扭曲弧线，穿梭过火口，最后猛然间腾烧而去，炽热的温度，将药鼎熏烤得直发出细微的滋滋声响。

　　眼睛眨也不眨地盯着药鼎之内，萧炎修长手指缓缓地在左边的药材堆中移动而过，猛然间，手指一颤，几株不同种类的药材便被准确地夹在了指尖之中。

　　手臂轻挥，几株药材直接被丢进青火升腾的药鼎之中，而随着药材进入炽热火鼎，青色火苗猛然一探，便将之尽数吞噬。

　　萧炎脸色未有丝毫变化，手掌隔空向着药鼎，修长指尖微微弹动，而随着其

指尖的弹动，只见药鼎之内，青色火焰豁然舞动，火焰升腾间，一摊瞬间被提炼精纯的丹液，便悬浮在火苗之上。

萧炎眼神淡然地望着悬浮的丹液，炽热的温度不断渗透而出，将丹液中残留的杂质缓缓驱逐。

此时，萧炎的灵魂力量已经侵入了药鼎之内，在其灵魂力量的操控之下，青色火焰的温度升高降低，全在一念之间，在这般完美的控制下，丹液，被提炼得越加精纯……

……

宽敞的大厅，薰儿三人坐于其中，说话也略有些心不在焉，偶尔目光扫向楼上的一处紧闭的房门，眼中隐隐有着一点焦虑之色。

"都快一天半了，萧炎怎么还没出来？"被略有些压抑的气氛搞得坐立不安的吴昊终于忍不住率先开口道。

"再等等吧，我们都不是炼药师，所以也并不清楚炼丹的程序，不过无论如何都不能去打扰萧炎哥哥。"薰儿摇了摇头，轻声道。

一旁，琥嘉也只得无奈地叹了一口气，如今之计，也只能等了，现在几乎整个磐门都在等着萧炎出来呢，他若是失败了，对磐门人员的士气，都将会是一个极大的打击。毕竟，从认识到现在，那个一直以常胜将军姿态出现在他们面前的萧炎，可从来没有失败过，希望这一次，也不例外吧。

"嘎吱……"

气氛沉闷的大厅中，忽然有房门开启的声音，三人一怔，旋即猛然抬头，将视线投向那原本紧闭，现在确实缓缓开启的房门。

在三人注视中，萧炎缓步走出，那张清秀的脸庞上虽然布满着疲惫，可眉宇间的喜悦，令大厅中的三人，将那紧绷的心弦，悄悄放松了下来，互相对视了一眼，皆松了一口气。

站在二楼，冲着大厅中的三人笑了笑，萧炎快步走下楼梯，来到大厅中央的

桌子旁，手一挥，顿时间，百多个玉瓶，便闪现而出，将整个桌面都摆得满满的。

"三种丹药，回气丹八十三枚，复体丹六十二枚，冰清丹三十六枚，总计一百八十一枚。"萧炎脸庞上浮现一抹灿烂笑容，向着三人朗声笑道。

"这么多。"望着桌面上满满当当的玉瓶，三人满脸惊讶，特别是听到萧炎的报数后，眉宇间都涌上一抹惊喜。

"幸不辱命，接下来销售的事情，便只能靠你们了，我已经油尽灯枯了。"萧炎一屁股坐在柔软的椅子上，满脸疲倦之色，向着三人轻声说了一句。

薰儿三人兴奋地点了点头，三人拥到桌旁，细细数着玉瓶。

"萧炎哥哥。"与两人商讨好销售步骤，薰儿转过头来，刚刚叫了一声，却愕然地望着那手掌撑着脑袋，闭目睡去的萧炎，当下清雅动人的俏脸上闪过些许心疼，从一旁取过柔软的毯子，盖在萧炎身上，柔声道，"睡吧，萧炎哥哥，等醒来薰儿会向你汇报好消息的。"

当萧炎从熟睡中醒来时，天色已经渐暗，斜阳淡红的余晖从窗户倾洒而进，在地板上形成密集的光斑。

从椅子上坐起身来，萧炎望着盖在身上的毯子，心中微微一暖，起身来回走动着活动了一下身子，睡了一个饱觉之后，先前的疲倦不翼而飞，取而代之的是一脸的神采奕奕。

"嘎吱……"

在萧炎来回走动时，房门忽然间被轻轻推开，一个人头小心地探了进来，在瞧见萧炎醒后，这才松了一口气，嘿嘿笑道："头儿，您可真能睡，从大清早一直睡到晚上。"

"呵呵,是阿泰啊。"瞧见探头探脑的人，萧炎不由得轻笑了一声，招手让他进来，笑问道，"薰儿他们还没回来？"

"嘿嘿，是啊，薰儿学姐他们几乎把整个磐门的人都带走了，不过看时间想必应该也快要回来了。"阿泰挠了挠头，笑着道。

"这次多谢你们了。"萧炎端过身旁的一杯冷茶,浅浅地抿了一口,抬头向着阿泰轻笑道。

"头儿您也太客气了,如今大家都是磐门的人,我们所有成员都受您的庇护,总不能什么都不做吧?"被萧炎一声谢搞得有些受宠若惊,阿泰讪讪地道。

"既然当初决定组建这磐门,这些责任,自然需要我来负责,等丹药销售出去后,我会让薰儿将你们捐献出来的火能双倍补还。公是公,私是私,可不能混淆。"萧炎摇了摇头,沉声道。

闻言,阿泰刚欲推辞,忽然听得门外响起杂乱的脚步声,当下脸上一喜:"薰儿学姐他们回来了!"

他的话刚刚落下,房门便再度被推开,一大群喜气洋洋的家伙拥了进来,而薰儿三人正是带头者,看他们那欣喜的脸色,似乎有一个不错的结果。

"萧炎哥哥,你醒啦?"进入房间,薰儿正欲提醒众人小点声,却一眼见到坐于椅上的萧炎,当下喜道。

"嗯。"笑着点了点头,萧炎含笑道,"先坐下休息休息吧。"

望着那依然镇定的萧炎,薰儿抿嘴浅笑,与一脸兴奋的琥嘉、吴昊在前者身旁坐下,而其他磐门众人因为座椅不够,有的就直接一屁股坐在地上。一时间,原本空荡的大厅,顿时被挤得满满当当的。

见到众人坐下,萧炎这才将目光转向薰儿,笑着问:"如何?"

"还不错。"薰儿轻笑了一声,道,"回气丹销售了三十枚,复体丹三十五枚,至于冰清丹嘛,则要少许多,只售出十四枚。因为初期缺少信誉的问题,所以回气丹我们设定的是一枚一天火能,比药帮的回春丹价格略低一点,复体丹也是一天火能一枚,而冰清丹,是三天火能一枚。这般算来,今天我们所售总共获得一百零七天火能,已经快要达到我们所付出的成本了。这丹药出售,果然是一本万利,难怪炼药师始终都是大陆最吃香、最令人嫉妒的职业。"

刚一听到售出的数量,萧炎眉头微微皱了皱,旋即心中略微释然,轻声道:"的

确算不错了,我们磐门第一次出售丹药,尚还没有信誉度,别人也很难相信我们所售丹药的药力,价格的确要放低一点。至于那冰清丹嘛,价格略有些高,一般学员,还真舍不得买。"

至于薰儿最后的话,萧炎却是心中暗笑,若非自己有异火相助,大大地提高了成丹成功率,普通炼药师,即便能够赚上一笔,可想要得到他们这般利润,依然是有些困难的。

"本来就没指望每个人都能买得起。"薰儿笑了笑,道,"那十几位购买冰清丹的学员,大多实力不错,而且也不缺这三天火能,所以将信将疑地买了试试。不过我想,只要等一两天时间,那些尝到了我们所售丹药妙处的人,会成为活广告帮我们磐门宣传,到时候,这些丹药,或许会在顷刻间被抢购精光。"

"嗯。"萧炎点了点头,只要信誉以及丹药的效果传播出去了,那到时候哪怕自己不出去销售,也会有人自动找上门来收购了。

"萧炎哥哥,这第一批赚取到的火能,我建议先全部购买药材,现在因为我们的突然行动,药帮还根本没有反应,可一旦等他们有所察觉,恐怕会有所行动。"薰儿略微迟疑了一下,提议道。

"你是怕药帮暗中把所有药材都收购光?"闻言,萧炎一怔,旋即眉头紧皱了起来。

"不管怎么说,药帮比我们根基厚实,这么多年销售丹药,让他们肥得流油,万一他们真要垄断药材来路,那我们可就有些麻烦了,毕竟,他们还真有那种经济实力,所以,我们必须未雨绸缪。"薰儿沉吟道。

"嗯,你说得对。"重重地点了点头,萧炎沉声道,"这个药帮,不能小觑,从明天开始,派出所有人收购我们所需要的药材!"

"嗯!"

缓缓吐了一口气,萧炎站起身来,目光在大厅中磐门成员身上扫过,笑道:"辛苦诸位了,今天参加丹药销售的成员,等我们丹药大卖时,每人可领五天火能!我

萧炎说到做到，绝不食言！"

"头儿万岁！"

听到萧炎这般大口气的丰硕奖励，大厅中的磐门成员先是一怔，紧接着满脸狂喜，顿时，兴奋的吼声几乎要将天花板掀破。磐门成员四五十人，每人奖励五天火能，那便得拿出两百多天火能，这手笔，即使放眼整个内院，也是极为阔绰了。

而这般手笔，若是以前，萧炎自然是拿不出，但是现在有了丹药出售，以他的炼药术，火能迟早会源源不断地收入囊中，所以他自然不必小家子气。

"至于阿泰等人捐献的购买药材的火能，到时候，双倍补给，记住，都不许拒绝！"目光再次转向阿泰一行人，萧炎朗声道。

被萧炎一口堵死，那些捐献了火能的磐门成员，只得笑着点了点头，不过在这笑容之下，有些许感动。

望着在萧炎重赏下，士气高昂得无以复加的磐门成员，薰儿三人不由得相视一笑，暗中向萧炎竖起大拇指。

……

第二日，磐门成员分工行动，薰儿三人依然带人前去销售丹药，而萧炎则带人横扫了交易区，几乎将手中火能全数用光之后，才带着收购来的药材意犹未尽地回到新生区。

至于薰儿等人那边，销售情况也比昨日火爆了一倍之多。一些尝到了丹药甜头的人，暗中偷偷告诉自己好友，虽然因为私心叮嘱一定不要外传，可短短一夜之间，三种丹药的名头便已经传遍了整个内院。特别是冰清丹，那能够延长在天焚炼气塔中修炼的特效，使一些修炼狂人当场就红了眼。

到第二日薰儿等人归来时，第一批所炼制的丹药，近乎销售殆尽，到手的大批火能，令整个磐门都陷入兴奋之中。

在一处宽敞奢华的巨大房间中，十几人坐于桌旁，气氛略有些低沉，隐隐间

有些许暗波流动。

在大桌子的首位上，一名身着炼药师袍服的男子斜靠着椅子，在其胸口处，绘制着一个古朴药鼎，药鼎表面上有着四道银光闪闪的波纹闪掠，刺眼的光芒令房中其他十几人不敢直视。

"谁能告诉我，这个磐门什么时候出现炼药师了？"沉默气氛持续了许久，男子终于缓缓开口了，声音低沉且暗中蕴含些许怒气。此时，在他面前，正摆放着三枚丹药，这正是萧炎他们所出售的三种丹药。

"据说好像是他们首领，也就是那个萧炎炼制的。"下方有一人低声回道。

"他竟然也是炼药师？"男子眉头微皱，道。

"嗯，看情况应该是了。"

"这三种丹药，比我们所出售的任何一种都要好，都要便宜。"眼睛盯着面前的丹药，男子声音阴冷地道，"若是让他们彻底将名气打开，恐怕我们出售丹药的垄断地位，将会被打破。"

"那我们现在该怎么办？总不能坐看他们壮大吧？"一人略有些火暴地道。

男子没有理会下方的吵闹，手指轻轻敲打在桌面上，许久之后，声音阴冷地道："调查他们购买的药材，他们所买的，我们用双倍价格全部收购，我药帮别的不多，就火能多！"

"是！"听到首领开口，下方吵闹的众人立刻齐声应道。

"对了，磐门似乎和白帮有些冲突吧？"似是忽然想起什么，男子淡淡地道。

"嗯，据说萧炎曾经打败了付敖，而且还当众与白程有过冲突。"

"呵呵，真是一群嚣张的新生啊。去找人把白帮首领请来，我有些事，想与他谈一谈，这个磐门，的确太不知天高地厚了，一个萧炎，还翻天了不成？"

第十四章
药帮韩闲

　　大厅之中,萧炎望着自己那张青色火晶卡上高达三百四十八的数字,不由得有些失神与感慨,如今有了这丹药销售之路,终于不用再为火能苦恼了。

　　此时,薰儿三人也坐于大厅,经过两天的丹药销售,丹药也打出了一些名声,因此,如今磐门算是逐渐进入正轨,所以他们也不用再亲自出面销售,而是将固定的销售地点公布出去,再让磐门的人守在那里,而他们则直接等着收取火能便可。

　　瞧见萧炎那副感慨模样,薰儿轻笑道:"虽说销售丹药的确是一本万利,但若是没有萧炎哥哥炼制丹药的速度以及成功率,也达不到如今的成效。我听说,那药帮全体上下共同炼丹,一日的成果,也不过只比萧炎哥哥一人的成果略胜一筹而已,且不说物力,光是这人力,就得消耗不少。"

　　萧炎笑了笑,他也只是仗着异火以及药老的从旁协助而已。直起身子伸了一个懒腰,萧炎倒是感到有些无聊了起来。这几日每天都不停歇地炼制丹药,如今磐门的丹药储备,足够销售一周时间,所以现在他休息的时间颇多,这倒令修炼惯了的他感到有些不太自在,但又因为刚刚突破八星不久,若是再闭关突破的话,未免会有些过犹不及。

　　"今天派去收购药材的人还没回来吗?"塞了一块糕点在嘴里,萧炎声音含糊

地问道。这几日的炼制，已将先前所购买的药材用得差不多了。

"嗯，不过应该快了吧。"薰儿微微点头，然而其话语刚刚落下，门外便响起一阵急促的敲门声，旋即几道人影急匆匆地跑了进来。

"怎么了，阿泰？"瞧着气喘吁吁的阿泰几人，萧炎有些诧异地问道。

"头儿，出事了！"阿泰深吸了一口气，平息下急促的呼吸后，方才脸色阴沉地道。

"何事？"眉头微微一皱，萧炎咽下嘴中的食物，声音也缓缓变冷。

"今天去收购药材的人，全部空手而归。"阿泰怒声道。

"果然，看来是药帮下手了，不过他们的反应倒也快得有些出乎我的意料。"薰儿柳眉一蹙，冷声道。

萧炎眼眸虚眯，些许寒芒闪掠而过。

"还有，我们派出去销售丹药的弟兄，都受到了一些人的阻拦，有些脾气火暴的弟兄想要反抗，还被对方打伤，现在销售的地点，十之八九都被破坏了。"阿泰咬牙切齿地说出了最后一件令他愤怒的事情。

"什么！"此话一出，大厅内四人脸色顿时一怒，萧炎更是当场拍桌而起，脸色阴寒得犹如暴风雨前奏。

"这药帮竟然还敢这般嚣张？真当我们磐门好欺负不成？"琥嘉俏脸阴沉地怒叱道。

"不是药帮的人。"阿泰摇了摇头，咬着牙道，"据回来的弟兄禀报，那些前来捣乱的，好像是白帮的那些家伙！"

"白帮？"先是一怔，旋即脸庞上寒意闪过，萧炎森然地道，"这些浑蛋，果然还是不肯消停。"

"头儿，现在我们该怎么办？这事可不能忍啊！"

萧炎脸色阴沉，感受着大厅内那望向自己的一道道灼热视线，半晌，他手一挥，声音阴冷地道："阿泰，把人全部叫上，跟我找白帮去！想在我磐门头上踩，那他也得给我伤筋动骨才行！"

"好！头儿，干掉他们！"听得萧炎竟然没有回避，阿泰脸庞涌上一股热血，重重地点头，飞快跑出楼阁，然后便听到他大吼大叫的吆喝声音。

"萧炎哥哥，你打算现在就与白帮相斗了？"薰儿沉吟了一会儿，问道。

"斗就斗吧，这段时间磐门也受了不少白帮鸟气，若是一直无视的话，不仅会长他们威风，也会让磐门被人指着脑门骂软弱。"吴昊脸庞上闪过一抹凶气，冷笑道。

"吴昊说得对，就算打不过，也得让他们知道我磐门不是好惹的！"琥嘉杏眼怒瞪，叱喝道，她的性子本来就是天不怕地不怕，这段时间因为初进内院，才收敛了许多，但也容不得白帮这般挑衅侮辱。

"这次白帮的确过分了，若是再息事宁人毫无作为的话，恐怕会寒了那些受伤弟兄的心。"萧炎脸色略带着一丝铁青地点了点头，片刻后，他转向薰儿，道，"薰儿，你上次提议组织或者聘请采药队伍的事情，或许得提前了，以药帮的经济实力，若是想要在药材路上堵住我们的话，我们毫无反抗之力，所以，就只能依靠自己了。"

"嗯！"薰儿微微点头，道，"这事明日就开始筹备！"

萧炎点头，脸色阴冷地道："现在，所有人都放下手中东西，全部跟我去白帮，我们要让白程那浑蛋知道，想踩我这长满刺的磐门，不留下一脚血痕，简直是妄想。"

"好！"

……

宽敞的林荫大道上，来往路人望着那一大群杀气腾腾的人流，不由得都满脸错愕地停下了脚步。这群人，大多数都手持明晃晃的兵器，脸上的凶气令人发寒。

看着这大群人流消失在视线尽头，被震慑得一片平静的道路中，方才响起阵阵窃窃私语。

"这些家伙想干吗？一副深仇大恨的模样，想砍人了？"

"看他们胸口上的徽章，好像是磐门的人吧？"

"呃？最近那个销售丹药的磐门？那领头的黑袍青年，难道就是传说中炼制这些丹药的萧炎？"

"听闻今天白帮的人在踹磐门的场子，看这情况，磐门应该是冲着白帮去的吧？嘿嘿，这下可是有好戏看了。"

平静的内院，忽然因为杀气腾腾的磐门，而变得喧哗，许多想看热闹的学员，奔走相告，一时间，吸引了许多好事者向着白帮所在地拥了过去。毕竟内院虽然争斗不少，可类似这种大型的帮派大战，还是颇为少见的。

......

"不好了，老大！"

嬉笑声阵阵的房间之中，忽然房门被推开，一道人影有些仓促地冲了进来，大声喊道。

"什么事这么慌慌张张？"首位的白程眉头皱了皱，不悦地道。昨天药帮出了一个让他极为心动的价格，只是让他整治一下磐门，他本来早就看磐门极其不顺眼，如今还有人出大价钱请他们出手，这如何让他不喜？因此对方一开口，他便满口应承了下来。

只要有了这些药帮支付的火能，他白程便能够在斗技阁中换取一本威力强横的斗技，到时候怕是在强榜上的位置也能够向上挪上一挪，而在这种时候被人大呼小叫打断思绪，他自然没什么好脸色。

"萧炎带磐门的人向着我们白帮杀过来了！"

闻言，起初白程还只是微微一怔，但瞬间，回过神的他脸色骤然大变，猛然站起身来，冷笑道："没想到这小子还有这般血性，不过鸡蛋碰石头，自讨苦吃而已！"

"一个斗灵强者都没有的磐门，也想和我们白帮争斗？老大，上次因为我的关系，害得我们半年内不准动他们，可如今他们自动找上门来，这赌约，自然也就没有用了！"付敖脸色涨红地站起身来，大笑道。

淡淡地瞥了得意并且大喜的付敖一眼，白程冷笑道："也不要大意了，那家伙的火莲斗技据说连雷纳都不是他的对手，恐怕即使正面战斗，你也胜不过他。"

听到白程的话，付敖脸色略有些泛红，兀自嘴硬地道："那种斗技的确强横，

133

但以他的能力，一天能够施展一次便已经是极限，只要我能扛过一波，他还不是只能犹如一团毫无反抗能力的软泥一般，任我捏玩？"

"现在说有屁用，立刻召集人手，磐门这么大张旗鼓地来找麻烦，我白帮可不能露半点怯相，不然还如何在内院立足？"骂了一声，白程厉声喝道。

"是！"

听到白程命令，房中众人齐声应喝，旋即冲出房门，开始大喊着召集帮内人士。

听到外面的喧闹混乱声音，白程脸庞上闪过些许寒意，冷笑道："既然是你们自己找上门来的，那就别怪我不客气了，这次不让你们在内院丢尽颜面，还真有愧我那'强榜'排名，一群不知天高地厚的菜鸟！"

说罢，白程一拂衣袖，脸庞噙着一丝讥讽冷意，大步走出房门。

在白帮门口不远的地方，便是一块宽敞的广场，而此时，这块空旷了许久的广场，却被来自四面八方的人群围得水泄不通。

窃窃私语徘徊在人群之上，一道道夹杂着各色情绪的目光，望向广场中央对峙的两方人马。

场中的两方人马，一方人数偏多，簇拥在一起，起码有四五十人，不说其他，光是这等声势，就足以让人感到诧异。而另外一方人数偏少，粗略数去，大概只有三十来人，但是这三十来人无论从气势还是面色来看，丝毫没有因为对方人多而有所惧色，反而一个个一脸嚣张，眼神中挑衅之意极浓。

"萧炎，你今天带这么多人上门来，是想给我白帮来个下马威不成？"白帮人群领头位置，白程抱着膀子冲着对面的萧炎戏谑地大笑道。在他身后，站立着白山以及付敖两人，看这两人气势，似乎也并不比白程弱多少。

"白程，我磐门未曾招惹你们，你们却阻我磐门销售丹药，未免有些欺人太甚了吧？"萧炎脸庞略有些阴沉，声音中的冷意任谁都能清晰可辨。

"内院之中，本来就不约束争斗，这些小打小闹每天都在发生，有什么好大惊小怪的？若是要怪，就怪自己没实力吧。"白程翻了翻眼皮，淡淡地道。

"看这情况，白帮是想率先毁掉当初的约定了啊，唉，我也的确是有些异想天开了，一直还天真地以为你们虽然人品差了一些，但总会信守诺言，现在看来，原来是一群没诚信、没信誉、没脸皮的三无帮派。"萧炎摊了摊手，轻声笑道。笑声中的讥讽，任谁都能够听出。当下，围观的人群便响起一阵哄笑，毕竟当初付敖败给萧炎时所下的承诺，不少内院学员都曾听说过。

听到周围的哄笑，白程脸色难看了许多，眼神阴冷地望着萧炎，道："看来你不仅在靠女人这一点上很出色，嘴巴也很能说。当初约定的确说不随便找你磐门麻烦，嘿，但是却并不包括受人之托给你们这群嚣张的新生一些教训。"

"受人之托？受谁之托？"萧炎眼神微凝，冷笑道。

"无可奉告。"白程同样还以冷笑，微微扭动脖子，他眼神不怀好意地望着萧炎一干人，森然道，"如今你们自己找上门来，想必约定已经没什么用了，既然这样，也就别怪我白帮以大欺小了！"

"你来试试！"萧炎眼神阴寒如蛇，右手微旋，巨大的玄重尺闪现而出。今天他已打定主意，若是真到了那个地步，就算是拼着施展焰分噬浪尺，也要把这个浑蛋给打成重伤。

"哟，好热闹啊！"

然而，就在萧炎心中怒火渐涌之时，忽然一道熟悉的戏谑声音从人群中传出，旋即一道灰影犹如鬼魅般地闪掠而出，最后出现在萧炎等人面前。

"林焱？"瞧见来人，萧炎一怔，旋即微微皱眉，"你怎么来了？"

"这么热闹的事情，已经传遍了内院，我自然也要来看看。"林焱冲着萧炎耸了耸肩，笑着道。林焱刚刚把今天的驱逐火毒程序坚持完，便听到了传闻，而他又一直认为欠萧炎一个人情，所以在略微迟疑了一会儿后，便也向着白帮这儿赶了过来。

林焱的出现，自然引得周围人群一阵骚动，他的名号，内院里几乎无人不知，而看现在这情况，他貌似和萧炎还挺熟。一时间，窃窃私语声四起，那些原本望向磐门的目光中充满的怜悯，也变淡了许多。有林焱帮忙，白帮恐怕也没有那么

大的胆子了，毕竟"疯斧林焱"的名头，可不是白程可以相提并论的。

同样，那白程在瞧见突然出现的林焱后，脸色也微微变了变，特别是见到他与萧炎笑谈后，脸色更是极为难看。林焱可是强榜排名第十的顶尖强者，实力自然远远超过他这个排在三十多名的人。

"林焱，这是我白帮与磐门之间的私事，你……"脸色难看归难看，白程却不愿就此退缩，当下只得向前走了一步，对着林焱拱手沉声道。

"不用废话了，我欠萧炎人情，自然要帮他们，而你要动他们，就只能问下我手中的离火斧了。"林焱撇了撇嘴，也没有什么客套话，手掌一翻，一柄足有半丈长的红色巨斧，便出现在手中，巨斧随意地挥动，锋利的斧刃把空气都划破了，留下淡淡的红芒残余在半空处。

"你……"被林焱一口堵死，白程一滞，有心想要发怒，可一想到林焱的实力，又只得将到喉咙的话语咽了下去，当下只得将目光转向萧炎，怒笑道，"萧炎，你什么时候能够不依靠别人？上次是韩月，这次是林焱，下次你还请谁？"

"我说你这家伙究竟要不要脸？你进入内院多久时间了？萧炎他们又进入内院多久时间了？你在这刚刚成立的磐门面前倒是挺牛的，你够本事的话，现在去找林修崖的狼牙拼一拼，你敢去，小爷也不挡你怎么收拾磐门，没胆子，就一边去，唧唧歪歪，还想激萧炎和你单挑？若是你们在内院待的时间相同的话，小爷同样不在这里碍事。"林焱脸色一沉，有些尖刻的骂声将白程气得脸色铁青。

广场周围围观的人也被林焱这番话呛得不轻，心中暗道这家伙果然不愧是内院最疯的人，说起话来，竟然如此不给人留情面，你让白程去找林修崖的麻烦，他恐怕宁可自扇耳光，也不会傻到去干那种事情。

萧炎同样被林焱的彪悍搞得有些哭笑不得，这个家伙，说话也挺恶毒的啊，不过听在他们耳中，却是感觉如此的舒心。

"哟，果然不愧是疯斧林焱啊，这骂人撒泼的境界，在内院还的确是无人能及。"忽然间，有讥讽的冷笑声从外面传出。众人目光急忙移动，只见人群之中，分开了一条道来，一大群身着炼药师袍服的人，大摇大摆地走进了广场，而这群人的领头，一名男子嘴角正挂着些许讥诮，显然，先前的冷笑，应该便是他所发出的。

"咦，这不是药帮吗？他们怎么也掺和进来了？"

"领头的那人难道就是药帮的首领韩闲？没想到他也出现了。"

"听这韩闲的口气，好像是来帮白帮振威的啊，这下可真有好戏看了，磐门有林焱，白帮有韩闲。"

瞧见走进广场的这群炼药师，白程铁青的脸上顿时流露出一抹喜意。药帮在内院拥有不低的地位，平日里与很多强榜高手都有关联，因此，若说这内院最不好惹的势力，除了强榜前几的那些变态家伙组建的势力外，便是药帮无疑了。

"嘿，原来是你这个卖假药的。"韩闲的出现，同样令林焱眉头微皱了一下，不过紧接着，同样讥讽的声音飘了出来。

韩闲并未理会林焱的讥讽，目光跳过他，与他身后的萧炎目光对碰在了一起，四目交织，有些许火花溅射。

"呵呵，这位，想必便是磐门的首领，炼制那三种丹药的萧炎了吧？真是没想到，阁下竟然也会是一名炼药师。"对视片刻，笑声从韩闲嘴中传了出来。

淡淡地看着面前的韩闲，萧炎目光在其胸口处的四条银色波纹上扫过，眼中闪过一抹讶异，没想到这个家伙竟然是一个四品炼药师，讶异一闪而过，冷笑涌现而出："韩闲学长，我想，那雇白帮来砸我磐门场子的人，应该便是你药帮吧？"

萧炎的话，让韩闲眉头微微挑了挑，并未承认，也并未否认，只是慢条斯理地道："磐门有这下场，为什么不想想自己犯了什么忌讳呢？既然作为新生，那么在刚开始的一年中，还是安分守己一点，胃口太大，到最后，只会把自己给撑死！"

"多谢学长提醒了，不过是撑死还是撑肥，只有做了才知道。"对于韩闲话中暗藏的些许警告威胁，萧炎冷冷一笑，道。

"不过很可惜，并没有撑肥的机会，一个白帮就能将你磐门弄得名誉扫地，你还想撑肥？"韩闲轻笑道。

"韩闲，听你话里意思，还真是你药帮让白帮对磐门出手的？"一旁，林焱眉头皱了皱，道。

"林焱，我劝你还是不要多管闲事，虽然你在强榜排名第十，可你要清楚，第十并非是第一，比你强的人，前面可还有九位呢，若真是要替人强行出头，那我也只能请排在你前面的人来收拾你，虽然价格很昂贵，可我药帮，还付得起！"韩闲脸色微沉，冷喝道。

闻言，林焱脸色同样是瞬间阴沉，刚欲喝骂，萧炎却一把拉住了他。

"林焱大哥，这些事，先交给我来吧。"冲着林焱轻笑了一声，萧炎在众目睽睽之下缓步走出，直视着韩闲，淡淡地笑道，"我知道你是怕我磐门断了你的财路，不过光凭你的这些打压，也只能取到一时之效，只要我萧炎有手有脚，便能够继续炼制，而且磐门与药帮之间的丹药优劣，自有旁人来分辨，到时候，你药帮的这些手段，依然无用。"

"是吗？"韩闲嘴角微翘，眼神却是如冰般寒冷。

"不过，你想要我磐门彻底收手，不沾丹药销售这一块，也行！只要你答应我的一个提议。"萧炎脸庞上忽然涌上些许冷笑，望着对面的韩闲。

第十五章
比试炼丹

"提议？什么提议？"

听得萧炎这话，韩闲怔了好一会儿，似乎很出乎意料，半晌，才有些警觉地道。

"既然大家同为炼药师，若是像常人一般真枪明干的话，未免有些不符身份。所以，若是韩闲学长有本事的话，我们大可用炼药师的方法一决高下，若是我输了，日后磐门不沾半点丹药销售，但若是你输了，那些暗地里的东西，就请好好收回去吧，怎样？"萧炎一掸衣袖，正视着韩闲，朗声笑道。

"你想和我比试炼丹？"再度一愣，韩闲不由得戏谑道，他的炼丹术别说放眼整个内院，就算是在整个炼药系中，也是名列前茅，四品炼药师的等级，足以让他傲视同龄的炼药师。

"当然，若是韩闲学长喜欢使用斗气比试的话，我也绝不会拒绝。"萧炎嘴角挑起一抹冷意，笑着道。虽然韩闲的实力也在斗灵级别，不过观其气息，顶多与雷纳相差不多，若是真要硬干的话，萧炎能使用小型佛怒火莲将雷纳骇得失去战斗力，那么这韩闲，恐怕下场也不会好到哪里去。

而对于萧炎战斗力惊人的传闻，韩闲同样是有些耳闻，所以他自然不会答应和萧炎使用斗气作战。比拼炼丹术，这个他倒是不惧，但是这个提议从萧炎口中说出，

不得不让他有些提防，一时间，竟不知作何回答了。

"这个家伙炼制的回气丹、复体丹、冰清丹，虽然药效不错，可炼制手法却略显粗糙，若是给我这三种丹药的药方，所炼制出的丹药，恐怕成色比他要好上一些。"韩闲心中念头飞转，但是他却忘记了，萧炎一个人炼制那么多的丹药，再精妙的炼制手法，都会变得粗糙许多。

"怎么？韩闲学长，你不敢接下？呵呵，这话若是传了出去，恐怕对你药帮的名声并不怎么好哦。"瞧见脸色变幻、迟疑不定的韩闲，萧炎不由得冷笑着讥讽道。

"你也不用激我，没用。"冷冷地瞥了萧炎一眼，韩闲也不是傻瓜，一眼便瞧出萧炎的用意。

"想要和我比试炼丹术，那也行，但是，赌注太小了。"心中闪电般地转过几个念头后，韩闲忽然道，"这样，若是你比试输了，不仅日后磐门不准再销售丹药，并且你还得将回气丹、复体丹、冰清丹的三种药方交给我；而若是我输了，不仅不会堵你路子，还会将内院之中五处人流最多的交易地点，让与你磐门！这五处交易地点当初可是花费了我药帮总计八百天火能，方才从内院手中购买到，远远比你那些随意找的交易地点好许多，所以，你也不算亏。"

"呵，没想到韩闲学长也看上了我手中的药方，当真是好算计啊。"萧炎嗤笑道。

"那你是敢，还是不敢？"被拆穿心中所想，韩闲也不急躁，冷笑着喝道。

"好，既然韩闲学长如此激将，那我萧炎再退缩，怕也得背个软弱之名。"萧炎一挥手，淡淡地道，"只是不知，韩闲学长，想要如何比试？"

"按照同一个药方，同时开鼎炼制，看丹成之后，谁的丹药品质更胜一筹！"韩闲沉声道。

"行，但是这药方，用谁的？"萧炎眼眸微眯，道。

"药方用我们双方谁的，恐怕对方都会心有怀疑。"韩闲平淡地道，"所以，我建议药方使用内院所藏，正好我与药方管理库的郝长老有过一面之缘，这次便从他老人家手中借一张药方，顺便再请他做裁判公证人，如何？"

"郝长老？与你认识？"眉头微微一皱，萧炎道。

"你不用怀疑这位长老是否会与我串通，我还没那本事，这位郝长老品性如何，你身边的林焱再清楚不过，整个内院中，恐怕就属这位长老最为公正严明。"韩闲似是清楚萧炎的怀疑，开口冷笑道。

"嗯，他说的没错，这个郝长老绝对是一个好选择，作假舞弊，是他最厌恶的东西。"见到萧炎目光望来，林焱点了点头，道。

"这样，那好吧。"萧炎略一沉吟，抬头向着韩闲笑着道，"待会儿我们一起去找那位郝长老，一切事情谈妥，明日北广场，炼丹一决高下，如何？"

"我很期待你的三种药方。"韩闲嘴角掀起一抹淡淡的不屑，手一挥，转身便向着广场之外行去。

"我也很期待你药帮的销售地点。"萧炎微微冷笑，目光忽然转向白程，淡淡地道，"白程学长，你砸场的'恩情'，我磐门记住了，日后，会来一并要回。"

"嘿嘿，只要到时候别又靠其他人，我随时奉陪。"白程翻了翻白眼，讥讽道。

萧炎淡淡一笑，如今知道事件的始作俑者，自然是要找后者算账，这白帮，只能向后靠靠了。

……

萧炎等人在离开广场后，便与韩闲一起去了药方管理库，在将比试之事与那位郝长老说了之后，后者就表现出了很大的兴趣，这内院中真枪明刀的战斗几乎每天都在发生，可类似这种炼丹比试，却极少出现。所以，在听到萧炎他们需要从此处借一张药方后，郝长老丝毫没有犹豫便答应了下来。

不过，这位郝长老却同样提出了条件，那便是药方要他亲自挑选，对此，萧炎与韩闲在愣了一下后，都只能无奈点头，然后便各自回去，约定明日北广场一决高低。

"萧炎哥哥，那个韩闲，似乎有几分底气的样子啊。"在回去的路上，薰儿有些担心地道。

"他自然是有底气，堂堂四品炼药师，随便放到哪里，都能够享受到斗王级别强者的待遇，而且以他的本事，放进炼药系中，都是属于佼佼者，来到内院三年，除了刚开始两年他会经常炼丹外，如今一年，已很少有人能够请动他出手炼丹了。"林焱撇了撇嘴，道。

"嗯，如此年龄便达到四品炼药师，这般炼丹天赋，的确能算是优秀了。"萧炎微笑着点了点头，并未反驳。

"那你有胜算吗？"吴昊皱了皱眉头，道。如今尝过丹药高额利润的甜头，他们自然都不愿意放弃这块巨大的蛋糕。

在几人注视下，萧炎只是抿着嘴，双手负于身后，缓缓地踱着步子，许久，方才笑了一声，轻声道："不就是四品炼药师嘛，有何可惧？明日，等着看他脸色吧。"

听到萧炎那自信得有些狂妄的话语，林焱几人脚步都顿了下来，面面相觑了一会儿，只得苦笑点头，事到如今，还能有其他办法吗？

……

短短一夜之间，磐门萧炎要与药帮韩闲比试炼丹的消息，便犹如长了翅膀一般传遍了整个内院。

这个震撼消息，让内院顿时轰动了起来。这种炼丹比拼，难得一见，所以，几乎所有学员，都对这种比试抱有极大的好奇心，一些在内院闲得无聊的长老，在听说了这个比试之后，也都产生了不小的好奇心，萧炎这个名字，这段时间他们可听得极为耳熟啊……

清晨的第一缕晨晖，在无数人的期盼之下，终于缓缓地从天际倾洒而下，将这座隐藏于深山结界之中的庞大内院，尽数包裹。

内院之中，设有东南西北四大广场，每个广场都足以容纳千人，而萧炎他们的比试地点，便设在位于北面的北广场之中。

今日，原本人影寥寥的北广场，变成了人山人海，喧闹的声音，竟比竞技场

还要火爆。望着广场上黑压压的人头，一些偷偷来此观看的长老都忍不住感叹，这内院除了交易区、竞技场等几个特殊地方之外，好久没有这么热闹了。

"咚！"

清脆的钟声，缓缓地在广场中响起，周围的喧哗声，顿时安静了许多。

在无数人注目的广场中，一道苍老人影忽然从天空闪掠而下，看其面貌，正是那位郝长老。

郝长老的目光缓缓地从黑压压的人头上扫过，偶尔间视线会在一些地方停顿一下，然后眼中浮现一抹笑意："这些老家伙，果然都是按捺不住。"

嘶哑的咳嗽声，从郝长老嘴中传出，顿时便将全场声音压了下去。

随着喧哗变为安静，一道身着炼药师袍服的人影忽然从下方闪掠上台，然后站立在郝长老身旁，看那胸口上极其显眼的四条银色波纹，显然正是药帮首领韩闲。

韩闲一露面，下方便响起阵阵喝彩声，看来这个家伙在内院的确拥有不小声望。

在韩闲上台之后不久，人群忽然让开一条通道，一脸微笑的黑袍青年在周围那一道道奇异目光注视下，缓缓登上石台，冲着满场微微弯身，神态从容而淡然，令一些暗中观测之人，心中暗赞。

在下方无数道目光的注视下，石台之上两道人影各自昂首而立，挺拔的身材，显得气宇轩昂，一时间竟使得下方广场中不少内院女生眸子微微泛光。

站在两人中间的郝长老一身朴素衣衫，虽然头发已经花白，可外表看去却有不输于年轻人的硬朗，长着皱纹的脸庞上，虽然因为今日的气氛而略有些笑意，但从那对隐隐泛着凌厉之色的眼睛来看，这位郝长老，还真是给人犹如林焱所说的那种铁面的感觉。

郝长老再度轻轻咳嗽一声，蕴含着雄浑斗气的声音将满场声音压下，目光环视全场，这才慢条斯理地从纳戒中取出一卷略微偏黄的古朴卷轴，淡淡地笑道："老夫素来对炼丹极感兴趣，但是因为成为炼药师的条件苛刻，所以只能黯然放弃，今日能够来给这内院难得出现的炼丹比试主持公道，倒也极为欢喜，诸位也知道老

夫平日名声，所以，还请将心中一些对比试公平性的怀疑抛去。"

听到郝长老的话，下方广场中顿时响起阵阵喝彩声，显然，前者在内院中，所拥有的公正声誉，是众所周知的。

"今日的比试试题，是由老夫亲自所选，至今为止，萧炎与韩闲，都不清楚他们需要炼制什么。"下方的应和声，令郝长老脸庞上的笑意也微微多了一点，他手掌轻轻地拍打在卷轴上，然后在众人注视下，偏头向着萧炎两人笑道，"事先说好，这试题，可是有些困难，不知两位可敢接下？"

闻言，萧炎与韩闲皆是一怔，互相对视了一眼，韩闲率先抱拳笑道："不管长老所选试题为何，韩闲都会竭尽全力。"他自信是四品炼药师，偶尔状态达到巅峰时，甚至能够勉强炼制五品丹药，只是成功率太小，所以，就算郝长老所选的试题真是属于那种很困难的级别，他同样自信，就算不成功，他也会比萧炎更胜一筹。

一旁，萧炎微微一笑，同样点了点头，并未有所反对。

"好，两位气势不弱，作为这内院药方管理库的管理者，我也有权利取出药方，今日为了感谢两位展示让我们大开眼界的炼药术，这药方，便权当是送给你们的礼物了。"郝长老抚须笑了笑，将卷轴冲着两人扬了扬，笑着道，"谁先看？"

"韩闲学长先吧。"萧炎轻笑道。

"既然如此，那便多谢萧炎学弟了。"韩闲淡淡一笑，也不拒绝，从郝长老手中接过卷轴，缓缓摊开，眼眸逐渐闭上，灵魂力量破体而出，然后侵入卷轴之中，获取其中那繁复之极的炼药资料。

在众目睽睽之下，随着药方资料被印射进脑海之中，韩闲脸庞上的笑意却缓缓收敛，到最后，甚至有些畏难的意味在其中。

瞧见韩闲脸色的这般变化，下方广场之中，顿时响起了窃窃私语声，一道道目光中充斥着疑惑，显然，他们都不太清楚其中发生了何事。

"似乎有点不对啊。"广场下，琥嘉皱了皱眉，向着身旁的薰儿等人道。

"先看看。"薰儿心中也闪过些许忐忑，不过却依然强作镇定地微笑道。

广场上，萧炎的眉头也因为韩闲的神色微微皱了起来。看这情况，似乎那药方有些问题啊，难道，真如郝长老所说，这药方极其高深，竟到了连韩闲这个四品炼药师都脸色难看的地步？

在广场无数疑惑目光注视下，半响，韩闲终于从药方中退回了灵魂力量，将药方递还给郝长老，勉强地笑道："长老所选的试题果然很难，韩闲只能尽力而为了。"

"年轻人总是要挑战一下极限嘛。"郝长老笑了笑，笑容中却有一分淡淡的奸诈，握着药方，转身递给萧炎。

接过药方，萧炎并未有所迟疑，将之展开，灵魂力量飞速侵入其中。

见到萧炎拿过药方，一旁的韩闲眼中不由闪过一抹冷笑，这药方连他都无奈苦笑，更何况你萧炎？

韩闲略有些幸灾乐祸地望着萧炎，期待着他脸色变得难看的那一幕，然而两分钟时间过去，萧炎脸庞之上，却并未出现犹如他先前那般难看狼狈之色，只是多出了一份凝重与惊异。

"这小子城府很深啊，竟然能在这般惊骇情况下，隐藏得如此巧妙。哼，不过这般虚作，到炼丹时，自然会不攻自破。"萧炎所表现出的镇定使韩闲皱了皱眉，他只得在心中冷笑着讥讽道。

"看来情况并不是很糟。"广场下方，薰儿见到萧炎脸庞上流露出的些许郑重，心中松了一口气，微笑道。

一旁，琥嘉、吴昊、林焱三人皆是摊了摊手，炼丹未到最后，现在说什么都有些太早。

在全场目光注视下，几分钟后，萧炎也从药方中退出了灵魂力量，揉了揉被这么庞大的信息塞得有些发胀的脑袋，将药方退还给一旁的郝长老，轻笑道："郝长老还真是有些为难我们啊，这五品丹药，就算是一般的五品炼药师，也没有多大的成功率啊。"

"五品丹药？"

听到萧炎的话语，下方众人不由得一阵惊哗，这才明白为什么先前韩闲脸色会变得那般难看。五品丹药，那可是五品炼药师方才能够炼制的品阶啊，虽然他是四品等级，可炼制五品丹药，失败率也会达到百分之七八十以上。

"呵呵，既然要比，那自然要比大一点，这五品丹药的炼制的确有些困难，不过实在不行，顶多都炼制失败嘛。"郝长老笑道。

萧炎无语。药方中所记载的丹药，是一种名为龙力丹的五品丹药。这种丹药能够让服用者在短时间内，拥有极其强横的力量，这种力量与斗气振幅无关，而是极其纯粹的肉体力量。因此，这龙力丹属于那种能够直接作用于增幅实力的丹药，所以，炼制起来比普通五品丹药还要困难一点。他没想到面前这郝长老竟然会选择如此困难的试题，这种级别的丹药，就算是那炼药系中，能够成功炼制出来的，怕也只有凤毛麟角的几人吧。

郝长老淡淡笑了笑，也不管两人的脸色，敞开卷轴，将龙力丹的等级，以及有关介绍读了出来。

下方的众人，听到这丹药竟有能够增幅力量的效果之后，都不由得眼睛微亮，心中暗道，果然不愧是五品丹药，竟然有这般奇异效果。

"这个老家伙，是来主持公正的，还是来捣乱的？竟然让两个小辈炼制五品丹药。"场中一些前来观看比试的长老，在听到那题目等级后，都不由得暗中嘀咕道。

"既然比试题目两位已经知晓，那么便请开始吧。"郝长老收好卷轴，手掌一挥，那广场之中两处黑布便被一阵狂风刮飞而去，露出了下方的两处石台，以及石台上摆满的各种药材。

"每人的药材，都准备了三份，因此，你们每人都有三次机会，在这三次机会中，谁先炼制成功，谁便胜出。"指着石台，郝长老缓缓说道。

"那如果都失败了呢？难道来个不分上下？"闻言，韩闲眉头微微一皱，道。对于这所谓的龙力丹，他可没有多大的把握，可若是炼制失败，自己岂不是和萧炎差不多了？那对他来说，无疑有些不公平，虽然这是他自己认为。

"若都未能炼制成功，那也总有炼丹的失败品吧？从此中，也能够一辨双方实力底细。"郝长老笑着道，因为对炼药术感兴趣，所以他对炼丹的步骤也是极为清楚。

听到郝长老这般说，韩闲方才略松了一口气，他自信就算炼制不出成丹，可就算失败品，也绝对会比萧炎的更加出色一些。

"萧炎，你可还有异议？"郝长老向着萧炎询问道。

萧炎微笑着摇了摇头，偏头与韩闲对视了一眼，从其眼中瞧出一抹淡淡冷笑，当下眉梢一挑，转身便向着广场中的一处石台走去。

韩闲冲着下方广场上人群潇洒地微微弯身，随后转身快步走向另外一处石台，在路过萧炎身旁时，他脚步略微顿了一下，轻声笑道："佯装镇定的家伙，我等着你的失败。"

"彼此。"萧炎微笑，走到了石台后面。

萧炎的平淡令韩闲脸庞上的冷笑更浓了一些，他嘴角一撇，也不再说话，闪身进入另一石台后面。

见双方都已经准备就绪，郝长老脸庞上的笑意也浓郁了许多，转过身来，面向着黑压压的广场，朗朗之声，在广场中响亮回荡。

"比试，现在开始！"

全场目光霍然转向石台后的两人，喧闹的声音逐渐变得安静了许多。

萧炎的视线缓缓地从石台上的药材中仔细扫过，发现并未有所遗漏，方才微微点头，手掌轻挥，暗红色的药鼎，便出现在面前的石台上。

萧炎所使用的药鼎，并非是什么高级货色，而且由于这段时间使用次数太多，导致药鼎表面的颜色略有些黯淡，一眼看去，灰不拉叽的犹如火炉一般。

"哧……"萧炎的药鼎刚刚出现，旁边不远处一直注视着这边的韩闲便忍不住地嗤笑出声，暗自摇了摇头，心中笑着道，"看来自己倒是有些高看这家伙了。"在炼药界，好的药鼎就犹如战士手中称手的利器一般，能够让炼丹成功率大大增加，而如今韩闲瞧见萧炎所使用的药鼎竟然如此破烂，心中自然不免有几分不屑。

韩闲收回目光，手掌一挥，顿时，一尊通体呈金黄色的药鼎，闪现而出，阳光照射在鼎身之上，顿时反射出刺眼的光华，令人不得不将视线转移开去。

　　光是从两尊药鼎的外表声势来看，无疑是天壤之别，一个犹如田园土狗，另一个，则是如同浑身镶金戴银，极为艳丽招摇的宠物狗一般。

　　萧炎没有理会那些来自各处的讥笑目光，视线扫过面前的药鼎，片刻后，手指轻轻地抚摸着药鼎表面的一条肉眼难以见到的浅薄缝隙，眉头不由得微微一皱，心中无奈地道："异火威力实在太大，这些低阶的药鼎的确难以承受这种热度，事后应该想办法弄个称手的药鼎了，现在，希望这东西还能坚持完炼制吧。"

　　心中轻叹了一声，萧炎忽然感受到一阵炽热波动，当下眉头微挑，偏过头来，却瞧见韩闲正手托着一团火焰。火焰颜色与药鼎相仿，金灿灿的极吸人眼球，并且细细看去，火焰之中就如同有金色岩浆在流动一般，颇为奇异。

　　"咦？"眼睛盯着那团金色火焰。萧炎心中惊叹了一声，没想到这个家伙竟然还拥有这等宝贝火焰，以萧炎的灵魂力量来看，这金色火焰虽然远远比不上异火，但也能算作一种颇为奇异之火，并且从空气中传递过来的热量来看，这火焰，论起炽热程度，恐怕要比他的紫火更胜一筹。

　　"这韩闲，也并不是毫无本事之人嘛。"萧炎略有些惊讶地扫向韩闲脸庞，却从其眼角处寻出了一抹得意，当下无奈一笑，暗道看来还是得收回这句话。

　　在萧炎这等内行人眼中，韩闲手中的火焰算不得太过稀奇，可在下方那些学员看来，却大感奇异。实质火焰，光是依靠斗气也能够实化出来，但是那至少需要斗王级别的实力，并且，无论斗气怎样实化，与真正的火焰比较起来，都少了一分真实性，更何况韩闲手中的这团金色火焰极具观赏性，其中流动的金色岩浆，更让人感到不可思议。

　　"我这火焰，名为幻金火，在七阶幻火蝎龙兽的幼兽破壳而出后，这种幻金火会残留在壳骸之中，壳骸会在三天之内将残留的火焰烧成灰烬，而想要得到这种幻金火，便只能在幻火蝎龙兽幼兽出壳后的三天中，找到它的壳骸。"下方射来的

一道道奇异目光，令韩闲心中虚荣心大涨，一时间竟然忍不住地朗声笑道。

"七阶幻火蝎龙兽？"这名字一出口，不仅下方的学员脸色大变，就连郝长老等一干长老，也微微有些动容。七阶，那可是足以媲美斗宗级别的超级强者啊，没想到这极为绚丽的金色火焰，居然有如此来历。

"难怪会比紫晶翼狮王身上的紫火更加凶悍，原来是来自更高一阶的幻火蝎龙兽的火焰，这家伙倒也是好运。"听了韩闲的介绍，萧炎眼中也不由得闪过一抹惊讶，这大千世界，果然无奇不有，种种火焰，令人炫目惊讶，光是这种兽火便如此绚丽，真不知道那异火榜上其他一些火焰，又会有何等的风采？

想起所谓的异火榜，萧炎心中便悄然有些火热，轻笑了一声，手指微晃，一小团青色火焰便出现在掌心之中，屈指轻轻弹在火团中，火焰便在半空划起一道弧度，最后掠进药鼎之内。顿时，呼呼火焰，便在药鼎内升腾燃烧了起来。

萧炎手中的青莲地心火自然引起了一直关注着这边的韩闲的注意，当下眼中划过一抹诧异，果然如消息所说，这个萧炎，掌握着一种不明底细的青色火焰，很是霸道，如今一见，霸道与否还未见证，但至少这火的外形颜色，倒是与情报消息所说无二。

"火焰仅仅是辅助，最主要的，还是得看个人的炼药术。"韩闲淡淡一笑，手一挥，金色火焰也掠进了金黄药鼎之中。一时间，金色药鼎承托着金色火焰，令他这边成为广场中最为吸引眼球的地方，而萧炎那边，已没有多少人关注了。

萧炎目光紧紧盯着药鼎之内，手指缓缓地从石台上的药材上掠过，偶尔指尖随意点下，便会有一株外形奇异的药材被夹在指间。

眼睛在紧盯药鼎之时，萧炎在脑海中急速地翻阅着那张药方上所记载的各种资料。炼制这龙力丹所需要的材料众多，大大小小林林总总加起来怕是要有四十多种，各种药材之间的融合程度，互相交杂，简直犹如揉在一起的乱麻一般，若不按照药方按部就班地炼制，而是误打误撞地炼制出来，那成功的几率不知道得有多么的微小。

不过就算如今萧炎两人都看了药方，并且把其中资料牢牢记在脑中，却依然感到手生，毕竟五品丹药，可不是寻常之物，这种级别的丹药，就算是放进黑角域中，也能够拍卖出一个天价的。因此，想要成功将之炼制出，自然极为困难，尤其是对于萧炎与韩闲这两个等级都未曾达到五品炼药师的小辈来说，更是难上加难。

因此，在场的一些懂得炼药术的长老，都是抱着一种看热闹的心态。韩闲炼药等级不过才四品左右，让他炼制五品丹药，那失败率简直高得令人咋舌。而至于萧炎嘛，虽然这些长老都知道这个小家伙拥有一种青色异火，但是拥有异火又不代表他炼药术有多杰出。所以让这两个小家伙来炼制五品丹药，简直是个极其错误的决定，真当那些珍稀药材不要钱啊？

当然，萧炎与韩闲都不知道这些长老心中所想，不然，会更加郁闷无语。此时的两人，都进入了第一步难题，那便是因为步骤的繁琐，不知道究竟该从哪一步开始。

一时间，场下众人便只能看见台上两个家伙傻傻地瞪着鼎中火焰，一些不明所以的学员还当这是炼丹的起始步骤。

持续发呆了两三分钟后，萧炎先回过神来，微皱着眉头吸了一口气，那夹满药材的手指微微一颤，便将有两种犹如枯叶般的药材投入药鼎之中。

萧炎右掌隔空对准着药鼎，指尖灵活地跳跃着，而随着其指尖的活动，药鼎中升腾的青色火焰，也在不断地扭曲，所散发出来的温度也是时高时低。

脸色凝重的萧炎右手控制着火候，左手却在石台上舞起了令人眼花缭乱的影子，一种种药材被抛上半空，然后呈抛物线一般，径直落进药鼎之中，最后被火焰一口吞噬。

石台上，那在半空中抛舞的药材几乎未曾断歇过，而瞧到萧炎这边一气呵成的步骤，下方广场顿时响起些许惊叹声。被这些惊叹声所吸引，一旁正沉思的韩闲，将头转过来，当他看见萧炎那几乎不停歇的炼制后，神情不由得呆滞。

广场中，负手而立的郝长老此刻也是眼睛微微放光，萧炎所展示出来的这般手法，犹如行云流水，没有半丝停滞，看上去，极具观赏性。

"噗……"

在全场目光注视下，忽然间，有一道极为沉闷的细微声响从石台中传出，旋即萧炎手掌猛然一顿，眉头微皱，手掌闪电般地将半空中即将落进药鼎的一株药材接住，瞟了一眼空空如也的药鼎，不由得微微摇了摇头，先前心分二用，一个不慎，火候稍稍偏高了一点，导致原本融合了将近一半的药液彻底蒸发。

"唉……"

萧炎的首次失利，顿时令下方目不转睛的人群惋惜地叹了一口气。

一旁，瞧见萧炎首次失败，韩闲方才冷冷一笑，心中暗道："让你嘚瑟。"

暗暗在心中讥讽了萧炎之后，韩闲也不再理会沉思中的萧炎，转头将目光投向自己的药鼎，脸色逐渐凝重，片刻后，深吐了一口气，手掌一挥，便将一株药材投进药鼎之中。

随着韩闲一株接一株地将药材丢入药鼎，场中的注意力，集中在了他身上，察觉到那些投射而来的目光，韩闲嘴角微微泛起一抹得意的笑容，然而这抹笑容并未持续多久，便在第八株药材投入药鼎后所发出的一道细微扑哧声响中，陡然凝固了下来。

"喊……"广场中，众人先是瞪大眼睛望着脸色僵硬的韩闲，半响，不由得响起了嗤笑声。韩闲这第一次的药材提炼融合，明显比萧炎失败得更加彻底，至少，萧炎在足足提炼了二十多种药材后，方才因为分心而前功尽弃，而韩闲，却是刚刚提炼到第八株，便已失败，这之间的差距，就是他们这些不懂炼制丹药的外行人，都能够瞧出。

第一次炼制，两人都以失败而告终，不过这失败，似乎萧炎要显得更加潇洒一些。

听得下方广场上响起的笑声，那韩闲脸色明显难看了许多，一道压抑着怒意的哼声从喉咙间传出，眼睛直直盯着药鼎中依然升腾的金色火焰，手掌快速地再

次抓起石台上的药材，向着药鼎之内投掷而去。

这一次，韩闲明显比先前更加专注，但是，似乎心境也因为第一次的失败而略有些涟漪波动。

另外一旁的萧炎，此刻已经完全紧闭了眼眸，丝毫没有因为韩闲的举动而有半分动静，瞧见他这般诡异姿态，广场下方的人群不由得有些诧异。

广场中，石台上的药材被韩闲一株株投入药鼎之中，这一次，他明显比先前走得远了点，在其凝神操作之下，短短五分钟时间，便提炼了二十多种药材。见到他这次状态竟然如此之好，那些前来替他助威的药帮成员，不由得喝起彩来。

"这韩闲不愧是四品炼药师，的确是有些底子。萧炎这家伙，究竟在干什么？"望着提炼药材已经逐渐超过萧炎第一次提炼数量的韩闲，琥嘉不由得微微皱眉，低声道，声音中略有些担心。

薰儿点了点头，望着闭目的萧炎，轻声道："不急，时间还有的是，而且萧炎哥哥也还有两次机会。"不过话虽如此说，可她心中，也略微有些焦虑，关于炼药师的这个界面，薰儿知之不深，所以也并不能保持平常对萧炎那般强烈的信心。

见韩闲炼制速度越来越快，场中原本的一些笑声完全湮灭了。不过与这些学员不同，一些眼光毒辣的长老，在沉吟了许久后，却微微摇了摇头。

"炼丹并不讲究速度，而是需要一颗不为外物所动的心，韩闲心已经因为先前的失败而波动，虽然现在走势良好，可……或许并不能持久。"台上，郝长老双手负于身后，望着那极其忙碌的韩闲，眉头微微皱了皱，在心中低声叹道。

"这点，这萧炎做得极好，而韩闲，则是落了下乘。不愧是大长老点名要求关照的人啊，如此年纪，便有这般心境定力，潜力的确不凡。"目光转向那闭目的萧炎，郝长老能够从其越来越平和的呼吸声中感觉到，先前的失败，并未令他心境有半分波动。

……

"噗……"

天焚炼气塔

低沉的声音陡然在广场上响起，而听到这声音，众人心头便猛地一沉，目光顺着声音望去，便见韩闲脸色苍白，身形摇摇欲坠。当下一片叹息声响了起来，没想到看起来极其顺利的炼制，竟然又出现了差错。

"怎么会……怎么会又失败了？"韩闲脸色苍白，眼睛死死地盯着药鼎，口中不断地喃喃道。先前他已经将所需要的药材全部提取成功，就等着小心融合就行，然而在这等关头，心情稍稍波动了一下，压抑的火焰便爆发出一阵炽热温度，将辛辛苦苦提炼出来的药材精髓，尽数焚化成漆黑灰烬，这如何令韩闲不受打击？

口中不断地喃喃着，接连两次的失败，并且还是在这大庭广众之下，这令韩闲苍白的脸色中渐渐多了一抹铁青。

"呼……"就在韩闲还沉浸在失败的懊丧之中时，一旁，忽然有长长吐气的声音响起，韩闲偏头一看，原来那闭目沉思了十几分钟的萧炎，此时已经睁开了眼睛，并且还伸了一个懒腰，那模样就如刚刚睡醒一般。

瞧见韩闲望过来，萧炎冲着他微微一笑，然后也不管前者那难看的脸色，手掌一挥，一团青色火焰涌进药鼎之内，接着左手拎起一种药材，丢进药鼎之内。看他这副平和的模样，与先前的如临大敌判若两人，仿佛他所炼制的并非是五品丹药，而仅仅是一些低阶丹药一般。

见到萧炎从闭目状态中苏醒过来，下方的薰儿等人微微松了一口气，望着现在萧炎那微笑从容的脸庞，他们虽然并不知道发生了何事，但却觉得现在的萧炎，似乎与先前有些不大一样，但是又说不出那种变化究竟是什么，颇为玄异。

而台上的郝长老，瞧见萧炎那般气质，不由得略微惊讶地咦了一声，旋即不着声色地与几个老家伙目光交织了一下，他们都从对方眼中瞧出一抹诧异。先不说萧炎究竟能否炼制成功，就这种波澜不惊的心境，就足以让他收获不浅。

望着萧炎再次开始炼制，韩闲在看了一眼石台上所剩的最后一副材料后，伸出的手忽然停顿了一下，旋即收了回来，这最后一次的机会，可不能再这样随便地浪费掉。

停下手中的动作,韩闲再度将目光转向萧炎,心中恶意地冷笑道:"装蒜的家伙,相信我,你也肯定会失败的。"

或许是韩闲的诅咒有着一定的效果,就在萧炎将最后几种药材丢进药鼎中时,由几十种药材的精髓所凝聚而成的一团淡红色药液,忽然剧烈地翻滚了起来,猛然间爆发出极为强横的冲击力,"嘭"的一声,便将药鼎盖子冲飞上天,而随着盖子的飞起,里面的药液也泼洒而出,洒落一地。

"唉……"

广场中,众人望着萧炎这边的动静,都不由得张大了嘴,发出惋惜叹气声。

"嘿嘿……"见到萧炎失败,韩闲这才松了一口气,笑了笑,转头将目光投向石台上的最后一份药材,心中笑道,"看来这龙力丹是都炼制不出来了,我也不用炼制成功,只要炼制出来的失败品能够比萧炎的好,那便行了。"

心中闪过这般念头,韩闲再度生火,开始最后一次的炼制。

像这样炼丹时就已经抱着炼制失败品的心境,还能炼制出真正的丹药吗?

并未在意下方的惋惜叹声,萧炎探出手掌,一股吸力暴涌而出,将即将落下地面的药鼎盖子吸掠而回,然后轻轻地盖在药鼎上,漆黑眸子反射着青色火焰,微微跳跃着。

"原来如此。"

目光盯着升腾的青色火焰,萧炎忽然轻轻一笑,经过两次的失败,他已隐隐掌握了一些炼制这龙力丹的奥妙。因此,这一次,他再没有丝毫的迟疑,右手掌控着鼎内火焰,左手在石台上缓缓移动,猛然间,手掌一颤,紧接着手臂化为道道虚影,一株株药材几乎是呈首尾相接之势,源源不断地被投入药鼎之内。这般速度,几乎比第一次炼制时,还要迅猛几分。

而瞧见萧炎这般恐怖炼制速度,广场中众人已目瞪口呆,先前那般小心翼翼地炼制都失败了,现在还敢搞这么快?这个家伙是打算破罐子破摔了吗?

薰儿等人同样被萧炎的举动搞得有些错愕,面面相觑中,都只能保持着安静,

不敢出声打扰。

在所有目光的注视下,全神贯注的两人,皆开始了最后的炼制,而石台上的药材,也在逐渐减少……

时间悄然从指间溜过,短短十几分钟时间,在众人眼中却是如此的漫长,广场中间一青一金两色火焰,各自升腾。

薰儿等人紧紧地注视着萧炎,紧握的手心不知不觉被汗水浸湿,然而就在他们目不转睛时,忽然广场中飘溢出一股淡淡的药香,当下几人一怔,紧接着脸色微变,目光顺着药香传来的方向,转移到韩闲面前的药鼎中。

药香同样将广场中其他视线吸引了过来,一时间,一道道惊诧的目光,都集中在了韩闲身上,他似乎快要炼制成功了!

郝长老微眯着眼睛,片刻后,无奈地摇了摇头,这个家伙,竟然自动放弃了炼制成功丹药的机会,反而退而求其次地炼制一种失败品。他明白韩闲所想,韩闲肯定是认为萧炎也不可能炼制出龙力丹,所以,既然大家都炼制不出成功的丹药,那便来比比谁的失败品更出色吧。这种想法真是令人无语。

"嘭!"

又过了两三分钟时间,韩闲手掌猛地一挥,药鼎盖子自动脱落,一枚颜色斑驳,带着一丝椭圆的丹药从药鼎中飞出,旋即被他抓在了手中。

低头望着手中这枚不仅成色斑驳,而且形状颇不规则的丹药,韩闲的脸皮有些泛红,不过一想到有个半成品,总比完全失败来得好,他这才好受一点,快步走出石台,将手中丹药交给了郝长老。

接过韩闲手中的丹药,郝长老有些哭笑不得,这东西也叫丹药?

"唉……"叹了一口气,郝长老随手握着丹药,不再理会韩闲,而是将目光投向了那正全神贯注地注视着药鼎之内的萧炎身上。半晌,他忽然斜瞥了身旁的韩闲一眼,淡淡地道:"恐怕这次萧炎胜算会比你大。"

闻言,韩闲脸色略有些难看,眼睛死死地盯着萧炎,冷笑道:"那可不一定。"

随着韩闲的炼制结束，广场中窃窃私语之声再起。

"那家伙炼制成功了？"吴昊对战斗虽然极为热衷，可这炼丹则是一窍不通，瞧那韩闲走出石台，并且将手中的丹药交给郝长老，眉头不由得紧皱了起来。

"应该没有吧，据说五品丹药成形，可是有一些异象的，但先前除了一阵普通药香之外，并未出现半点异象，而且看郝长老那脸色，似乎也不像是见到五品丹药的样子。"薰儿略微沉吟了一下，微微摇头，轻声道。

听到薰儿分析，一旁吴昊等人微微点了点头，抬头将目光转向依然全神贯注炼制中的萧炎，低声道："但是就算韩闲没有炼制成功，可好歹交了一份东西，若是萧炎还如前两次那般双手空空，就算最后两人都炼制不成功，那胜利，依然会归到韩闲头上啊。"

"那就祈祷萧炎哥哥能够炼制成功吧。"薰儿苦笑了一声，这种时刻，她也只能这般安慰道。

……

在广场中所有目光的灼灼注视下，萧炎犹若未觉，眼睛紧紧地盯着药鼎之中，在那熊熊青色火焰上，一大团淡红色的精纯药液正在急速翻滚，即使隔着厚实的药鼎，萧炎依然能够透过延伸到鼎内的灵魂力量，清晰地感觉到这团药液之中所蕴含的庞大力量。

"提炼已经完成，接下来……便该融合了……"眼睛死死盯着翻腾的淡红色药液，萧炎心中轻轻呢喃道。

上一次便失败在这里，所以这一次，清楚了失败原因的萧炎，灵魂力量分为两股，尽数涌入药鼎，一股死死地压制着火焰，另外一股，则闪电般地将药液包裹起来，然后猛然间爆发出极其强大的压缩之力。

似是感受到来自周围的压缩力量，淡红色药液忽然剧烈地波动了起来，而随着它的每一次波动，都会有极其强横的能量涟漪从中暴涌而出，最后与灵魂力量所形成的无形大手碰撞在一起。

"嘭！"

石台上，药鼎忽然微微一颤，一阵清脆的碰撞声响从里面传出。

药鼎颤抖间，萧炎脸色微微变了变，脚掌猛地一跺地，隔空向着药鼎的手掌突兀地朝前狠狠一握，那模样，就犹如是要将面前的空气捏碎一般。

随着萧炎手掌的紧握，药鼎之中剧烈翻腾的药液陡然一滞，周围灵魂力量所形成的无形大手，顷刻间力量暴涨，原本一大团的药液，此刻已经只有杏子大小，不过当其小到这般时，便陷入了剧烈反抗，无论如何都不肯进入那最后一步。

萧炎白皙的脸庞，在药液的殊死抵挡中变成涨红。他没想到这龙力丹竟然如此难以炼制，这般反抗程度，就算三纹青灵丹也比不上。不过萧炎心中也清楚，如果自己这一次能够将这龙力丹炼制成功，那么自己怕是能够直接晋级五品炼药师了。

萧炎脸色的变化，被广场中的人群收入眼中，况且先前药鼎颤抖的状况也已被他们瞧见，当下众人皆将心提到了嗓子眼，眼睛眨也不眨。

"炼制五品丹药便已这般困难，真不知道炼制更高品阶的丹药，会是何等艰难？"灵魂力量在与药液中所蕴含的力量僵持间，萧炎心中快速地闪过一道念头，旋即深吸了一口带着热度的空气，脸庞瞬间涨红，隔空向着药鼎的右手掌先是逐渐张开，然后再度颤抖着缓缓握拢，低沉的喝声，自其喉咙间传了出来："凝！"

喝声落下，萧炎手掌陡然紧紧握拢，而随着其手掌握拢，药鼎之中只有杏子般大小的药液猛地一阵颤抖，旋即以肉眼可见的速度迅速缩小，眨眼间，药液已然不见，取而代之的，是一枚拇指大小的淡红色丹药雏形。

丹药成形，最艰难的一步已经度过，萧炎额头上冷汗滴落而下。他急促地呼吸了几口空气，那被死死压抑的青色火焰，开始缓缓地释放出炽热的温度，烘烤着那枚不规则的丹药雏形。

与韩闲所拿出的那枚半成品不同，萧炎如今药鼎之中的丹药，才是真正的丹药雏形。这枚丹药雏形的外表同样不甚规则，但是色泽，却与韩闲的那斑驳的半成品截然不同。韩闲的那枚半成品，人若是吃了，究竟会得到短暂时间暴涨的力量呢，

还是会被其中那胡乱糅杂的药材力量给冲击得爆体而亡？这没人知道，因为没人敢吃那东西。

萧炎药鼎中的这枚丹药，虽然还只是雏形，但却已经初步具备了龙力丹的药效，这时候服下它，虽然增幅的力量肯定比不上正品丹药，但是，至少，它不会对人产生生命威胁。

从这点来看，这场比试，现在其实胜负已分。

望着气喘吁吁犹如脱水了一般的萧炎，郝长老微笑着点了点头，手掌缓缓抚着胡须，偏头望了一眼脸色有些苍白的韩闲，看来，后者也清楚，光凭他那枚半成品，已经胜不了萧炎的丹药雏形。

"呵呵，韩闲，我说得没错吧？"郝长老抛了抛手中韩闲的那枚斑驳半成品，忍不住地笑道。

嘴角微微抽搐，韩闲极其难看地笑了笑，道："长老，比试可还未到最后呢，炼丹程序，凝丹的确是最困难的步骤，但是后面还有不少让人头疼的步骤，只要萧炎在其中错上半点，恐怕连最后的一次机会都得浪费掉，到时候我至少还有枚半成品。"

"那我们便继续看着吧。"见到这时候依然嘴硬的韩闲，郝长老笑了笑，也不再多说，转头将目光再度投向萧炎。

……

药鼎之中，青色火苗不断蹿腾而上，炽热的温度将药鼎变成了火炉，而那枚外形不太规则的丹药雏形，则在这烘烤之中，缓缓变得圆润起来，而且其表面的光泽也越来越璀璨，遥遥看去，就犹如一枚红色宝石一般，在青色火焰之中，散发出耀眼光芒。

继凝丹成形之后，接下来的烘烤、润色等等步骤，萧炎皆完美地完成，但是这般精细的操作，也令萧炎额头上的冷汗越来越密，脸庞在急促的呼吸声中，多了一丝苍白之色，这一切都显示着，萧炎已经快要达到极限。

原本还因为萧炎一步步惊险而顺利地走过来而脸色难看的韩闲，在瞧见萧炎现在的脸色后，脸庞上不由现出一抹冷笑，心中不断地诅咒着他灵魂力量枯竭。

韩闲的诅咒，自然不可能次次灵验，并且他也低估了萧炎的韧性，萧炎虽然呼吸越加急促，但是那对漆黑眸子，依然清明，并未因为半点外界因素而有所动摇。

目光死死地盯着药鼎之内，那青色火苗之间，一枚暗红色的丹药若隐若现，此时的丹药，已经内敛了先前的耀眼，看上去，普通如常，丝毫没有一点五品丹药那显赫名字的霸气外形。

眼睛眨也不眨地盯着那枚暗红丹药，此时的这枚丹药已经近乎圆润，萧炎心中清楚，这枚五品龙力丹，即将真正成丹！

火焰之中，暗红色丹药开始滴溜溜地旋转，而随着其旋转的加剧，青色火焰中的炽热温度，正在汇聚成扭曲的无形热流，源源不断地灌输而进。

"铛！"

旋转之间，暗红丹药之中，忽然有一圈暗红色的能量涟漪暴涌而出，重重地砸在药鼎内壁之上，发出清脆而响亮的声音。

察觉到暗红丹药的这般变化，萧炎脸庞逐渐凝重。他清楚，这是五品丹药的成形而造成的能量混乱，当年在加玛帝国飞往塔戈尔大戈壁的途中，药老在飞行兽上炼制五品丹药，也出现过这种异象！

"咔嚓……"

清脆声音落下后，忽然有一道极为细小但在萧炎耳中却犹如惊雷般的声音悄然响起。

眼瞳微缩，萧炎目光转移到药鼎表面，发现了一条缓缓蔓延而出的细小裂缝，当下心中不由得一声哀叹，这是第多少次炼丹炸炉了？

"铛！"

又是一道能量涟漪从丹药中扩散而出，那一条裂缝迅速分叉，缓缓地蔓延到了药鼎全身。

裂缝越来越密，到最后，连广场中的人，也发现了药鼎的变故，望着那裂缝中透出的淡淡青色火焰，所有人都轻吸了一口凉气，一些女学员，更是忍不住捂住了嘴，谁都没想到，在最后关头，竟然会出现这种令人无语的变故。

郝长老脸色此刻也是变了变，眉头紧皱，视线紧紧地盯着药鼎，瞬间后，目光微抬，看了看药鼎之后那嘴角噙着一抹无奈笑容的青年。

韩闲此刻，脸庞先是一阵错愕，紧接着，错愕转换成幸灾乐祸的笑容，特别是在清晰地听到一声"咔嚓"后，笑容更是变得浓郁了许多。

"咔……"

在所有目光注视下，药鼎上的裂缝忽然缓缓停止了蔓延，见状，所有人刚欲松一口气，便再度见到，药鼎之内，那枚暗红丹药，又爆发出了一股狂暴的能量涟漪……

能量涟漪扩散而出，悄然与药鼎相触，最后，众人便听见一道低沉的爆炸声响，药鼎碎片漫天飘射。

"功亏一篑。"

望着那因为炸炉而升腾起淡淡白雾的石台处，郝长老极其惋惜地叹了一口气，若是萧炎的药鼎品质再高级一些的话，他丝毫不怀疑，这个家伙，能够成功地将这龙力丹炼制出来。

"唉……"

广场中，所有人都长叹了一口气，为这最后的失败而感到惋惜。

愕然地望着那忽然的炸炉，片刻后，韩闲嘴角溢出了一抹笑意，然而就在他忍不住笑出声时，一道咳嗽声从白雾中传了出来，旋即脚步声响起，外形有些狼狈的黑袍青年缓步走了出来。

此时的萧炎，脸庞上略有些黑斑，黑袍也被烧出了不少曲卷和黑洞，紧握的手掌中，滴着殷红血液，血液掉落在地板上，溅出朵朵血花。

瞧见萧炎此刻形象，所有人都保持了沉默，心中替他涌出一股不值来。

韩闲也同样对萧炎的形象感到有些愕然，不过紧接着他便回过神来，上前一步，冲着萧炎耸了耸肩，笑着道："萧炎学弟，炼丹失败是常有的事，你可不要介怀，那三种药方……"

萧炎淡淡地瞥了这个一脸幸灾乐祸笑容的家伙一眼，缓步上前，旋即与他擦身而过，没有丝毫理会。

萧炎的无视，让韩闲脸色微沉了一下，摊了摊手，嘀咕道："失败的人都这样。"心中这般想着，他脸带笑容地转过身来，紧接着，笑容逐渐淡化，直至最后凝固。

与韩闲擦身而过后，萧炎来到郝长老面前，后者似乎还在想着如何安慰这个潜力不凡的小家伙时，前者却伸出那沾满鲜血的手掌，然后缓缓摊开……

一枚还沾着一丝血迹的暗红色圆润丹药，出现在无数道震惊的视线中！

"呵呵，郝长老，幸不辱命。"

萧炎那轻缓的声音，在广场上徘徊，令无数人对那黑袍青年，由心底升起了一分敬畏。

见到黑袍青年手中那枚暗红丹药，广场上的人立刻安静下来，许久之后，安静终于被一阵怒声所打破，只见那韩闲快步冲着萧炎走去，犹如输得倾家荡产的赌徒一般双眼泛红，吼道："不可能，一定有诈，这个家伙肯定是趁先前白雾升起时作了弊！"

听到韩闲这失态的怒吼，不仅广场中大多数人皱起了眉头，就连郝长老，脸上也闪过一抹不悦，萧炎是在他的眼皮底下炼制，若说他在作弊的话，岂不是暗讽自己老眼昏花？

"韩闲同学，请注意自己的言辞，是否公正，不是你说了算。"冷冷地瞥了韩闲一眼，郝长老喝道。

被郝长老一通呵斥，韩闲这才从失态中回过神来，瞧到前者那不悦脸色，当下连忙弯身道歉，他非常清楚在内院这些长老有着何等的权势。

见到韩闲道歉，郝长老脸色这才略微缓和了一点，目光转回到萧炎身上，严

厉的眼睛中有一抹不加掩饰的赞赏，如此天赋，如此心性，谁若是能将之收为弟子，真是一种幸运啊。

"郝长老请验收一下吧，免得有人不服。"萧炎冲着郝长老微微一笑，扬了扬手掌。

闻言，郝长老略一迟疑，旋即笑着点了点头，伸出手指，小心翼翼地拈起这枚五品丹药放进自己掌心中，眼中有着些许火热。这种五品丹药对他们这种斗王级别的强者有颇为显著的效果，与人战斗时，吃上一枚，力量会陡然大增，会取得出人意料的奇效。

在郝长老检验时，广场之下，忽然间有人影闪动，旋即几道苍老身影也掠上台来，冲着萧炎笑了笑，然后围上了郝长老，望着那枚淡红色丹药，眼中皆是惊异。

"你们这些老家伙。"瞧见围过来的几人，郝长老顿时翻了翻眼皮，无奈地摇了摇头，将手中丹药向前抬了抬，道，"瞧瞧吧，应该就是刚刚出炉的龙力丹，都还带着点热度呢。"

"嗯，假不了，这龙力丹我看炼药系的火老头炼制过，的确是这般成色、味道。"一名胸口佩戴着长老徽章的老者抚着胡须微微点了点头，笑着赞叹道。

"没想到啊，这个小家伙进入内院不超过三个月时间，竟然能够将这龙力丹炼制出来，这丹药就是在炼药系中，也只有寥寥可数的几人能够炼制啊。"其他几名长老也是赞叹着附和道。

听到这些长老的交谈，韩闲脸色更是难看了许多。

几位长老簇拥在一起嘀咕了一会儿之后，方才转身离开广场，不过在走过萧炎面前时，都停下脚步拍着他的肩膀，满脸和煦地道："小家伙啊，以后若是需要炼制丹药的话，恐怕还得来找你帮忙一下啊。"对于一些四品丹药，或许这些实力强横的长老不会在意，但是五品丹药却不同，这种级别的丹药，大多都能让这些长老心动，因此，如今瞧萧炎竟然能够炼制五品丹药，他们的态度，自然是和善了许多。

"呵呵，只要长老能够自备药材，萧炎定会竭尽所能。"对于这些长老，萧炎

自然没有回绝,当下笑着应和道,将这些老家伙哄得满脸笑容地离开了。

望着最后一名长老走下台,萧炎这才在心中松了一口气,转过头来,却见到郝长老那张笑眯眯的脸庞,当下嘴角一抽,笑着道:"郝长老日后若是有需要帮忙的地方,也尽管找小子好了,力所能及,定不会推辞。"

"呵呵,那便先谢过了。"听得萧炎这般说,郝长老脸上的笑意更是浓了许多,心中大叹自己这公证人没当错。

"韩闲,先前你也已经听到诸位长老的评价了,现在可还有什么异议?"转过头来,郝长老脸上的笑意瞬间消失,面无表情地对韩闲淡淡地道。

韩闲此刻的脸色有些呈猪肝色,半晌,他方才摇了摇头,咬着牙道:"没有。"

微微点头,郝长老转头面向广场之人,沉声道:"比试已经结束,我宣布,这次的炼丹比试,萧炎胜!"

"噢!"

郝长老的喝声刚刚落下,那磐门众人便不由自主地高声欢呼了起来,而受他们感染,广场上的其他围观者,也高高伸起手掌,在头顶上使劲地拍起手来,广场上顿时响起排山倒海般的掌声。

萧炎目光与广场下方的薰儿等人对视了一眼,瞧见她们竖起的大拇指,他也忍不住轻笑了一声。

"既然你已经认输,那么在三天之内,将所许诺的五处交易地点,交接给磐门,并且,你药帮暗中对磐门的辖制,也得撤去。"听得那响亮掌声,郝长老转头向着脸色阴沉的韩闲淡淡地道。

"是。"虽然心在滴血,可赌注已经放了出去,韩闲只得打碎了牙齿往肚里咽,低声应了一句,然后便一拂袖,向着广场之下走去,在与萧炎擦身而过时,冷冷地道,"这事可没完!"

偏过头来,望着走下广场,带着药帮成员怒气冲冲离开广场的韩闲,萧炎的目光也缓缓变冷。

"呵呵，萧炎放心吧，既然这次你们请了我做公证人，我肯定会保证他下的赌注完全兑现的。"郝长老拍了拍萧炎的肩膀，笑着道。

"多谢长老了。"

郝长老笑了笑，手中把玩了一下那枚暗红色的龙力丹，略微迟疑了一下，将之递给萧炎，道："这也是你的战利品，你收回去吧。"

虽然郝长老的迟疑仅仅一瞬，可依然未逃过萧炎的眼睛，当下笑着道："郝长老给的这龙力丹的药方，价值可比这一枚龙力丹昂贵多了，这便送给长老吧。"

听到萧炎的话，郝长老略微心动了一下，不过沉吟了片刻，却依然摇了摇头，将之塞进萧炎手中，苦笑道："算了，这龙力丹那些老家伙也都眼热着呢，我若是收下，怕是要被他们嘲笑一番，你若是有心，日后炼制得有多余，再给老头一枚，我自然会记着。"

闻言，萧炎略一迟疑，只得将龙力丹接过，塞进纳戒中，轻笑道："只要我寻找到足够的药材，并且炼制出来，第一时间就给长老送去。"

"呵呵，有心就好，至于药材嘛，呵呵，内院这些年不知道收集了多少，那药材库也刚好是我掌管，哪天若是有需要，可以来参观一下。"郝长老笑了笑，所说的话几次转折，说完后，还轻轻拍了拍萧炎的肩膀，那意思，只有两人懂得。

听得郝长老此话，萧炎先是一怔，旋即眼中掠过一抹惊喜，冲着前者不着痕迹地点了点头。以内院的实力，想必收集了不少极其难遇的稀奇药材，这些东西，对萧炎来说，可拥有着莫大的吸引力。

"哦，对了……"将丹药交给萧炎，郝长老像是忽然想起了什么，皱眉道，"既然如今你磐门要正式出售丹药，按照规矩，在内院大批地出售丹药，每月需要缴纳所获得总火能的十分之二给内院，这也就是说，如果你们当月获得一千天火能，那就得上缴两百天。"

闻言，萧炎顿时满脸错愕，这算什么？缴税？而且这税还这般高昂？十抽二？

"你也别这样瞪着我，这是内院早就有过的明文规定。"见到萧炎那瞪眼的模样，郝长老无奈地摇了摇头，道，"销售丹药，你也知道，是一本万利，所以内院也得有一些管制措施，不然全院火能都流到出售丹药的势力里去了，那成什么样？这些年，对药帮也是按这般收税的。"

苦笑了一声，萧炎低声道："可这也抽得太狠了吧？长老又不是不知道，药材如今价格也贵，并且炼丹不可能次次都成功啊。"

"这我也知道，但规矩这样。"郝长老摊了摊手，瞧萧炎紧皱的眉头，略微迟疑了一下，道，"唉，这样吧，日后你磐门，只缴纳十分之一就行，不过此事不要张扬，不然药帮知道，那韩闲怕是会不乐意了。"

"长老能够随意调节税率？"见到郝长老一句话就降了一成税，萧炎不由得有些惊诧地道。

"呵呵，内院之中，药材丹药这一部分，刚好由我全程掌管。"郝长老笑了笑，心中却道，"况且大长老也说了对你要格外关照，我这也并不算违规。"

"如此，那便多谢长老了，来日炼制好了龙力丹，定然先给长老奉上。"降了一半税，这可不是小数目，当下萧炎忙感谢道。

郝长老笑着点了点头，道："好了，今日的炼丹你怕也是到了极限，还是先回去休息吧，明日派人去交接药帮的交易销售点，那可是好地方啊。"说完，他便率先转身，向着广场外走去。

萧炎微微点头，也走下广场，向着薰儿等人挥了挥手，然后一大群人，在周围那一道道火热目光注视下，欢呼着拥出了广场。

第十六章
招纳

炼丹比试已经过去三天时间了，在这三天里，萧炎那令人惊羡的炼药术已经在大部分内院学员口中传诵了一遍。

此时萧炎在内院的声望，已经能够和强榜前十的那些顶尖强者相媲美。一个能够炼制出五品丹药的炼药师，不管身在何处，他所能享受到的等级待遇，能与斗王甚至斗皇强者相媲美，这些，从那些内院长老忽然间对萧炎所表现出的温和态度便可略窥一二。

虽说那位大长老暗中吩咐要给予萧炎关照，可在以前，这些长老也只会将之当成一个潜力不错的学员看待，如今，却是真正地将他当成了同一个等级的人来交谈，说话言谈之间，多了一分难以察觉的客气，毕竟这些长老心中也清楚，一个能够炼制五品丹药的炼药师，他的价值，远远高于一个斗王级别的强者。

而在清楚两者之间的价值差距之后，这些长老自然就不能在萧炎面前表现出长老的那份倨傲，因为他们知道，这身份，与萧炎相比起来，其实没半点压迫力，既然没用，那又何必再用长老身份来说话？

……

三天时间中，不仅萧炎的声望在内院大涨，而且借助着这一次比试所打出去的名声，几乎所有内院学员都听闻，磐门要开始销售丹药这一消息，见识过萧炎在北广场中的那番炼丹过程，不少人都对磐门丹药大感兴趣，乃至于经常有不少人游荡在新生区之外，想要预先购买。

另外，由于比试胜利的缘故，在这三天内，药帮所许诺的五处交易地点，也陆续被磐门接了过来。对于这些极具人气的销售地，药帮极其不舍，变着借口拖延交接时间，但是对方的这点小伎俩在萧炎请出郝长老出面之后，自然是完全无效。

最后在郝长老那铁面之下，药帮也只能咬牙切齿地望着磐门成员将交易地点原本刻上的药帮徽章涂抹掉，转而换上磐门的徽章。

在将这五处交易地点掌握到手之后，萧炎他们便真实地感受到了人气火爆，仅仅一天时间，将近两百枚丹药，便被一售而空，望着火晶卡上暴涨的火能，萧炎几人都有些傻眼。

丹药售尽，而且如今药帮对药材的封锁也被解开，萧炎自然又要开始忙碌，然而，在这般没日没夜地炼制了两天时间，却依然供不应求后，萧炎只得苦笑罢手，然后对薰儿她们提出了一个酝酿许久的建议。

"我们应该去拉拢一些炼药师了。"

大厅中，萧炎带着黑眼圈，对着薰儿三人无奈地摊了摊手："我一个人可承受不了这么巨大的炼制作业，所以我们必须请人了。"

"请人？可这样的话，岂不是要将药方外泄？"初一听到萧炎的建议，薰儿也有些惊诧，沉吟了一会儿，轻声道。

"这是没办法的事，我总不能每天都关在屋里炼制丹药吧？"萧炎苦笑着摇了摇头，道，"药方我们不能保密一辈子，更何况你们也太高看了这三种药方的珍贵性，若真有被泄密的那一天，我自然会拿出比这更加出色的药方来。"

这话倒也不假，这三种药方才一二品左右，根本算不上多珍贵。

闻言，薰儿三人略一迟疑，便点了点头，萧炎说得也对，毕竟他不能成天都在磐门里炼丹。

"至于寻找炼药师的事情，就交给你们去办吧。记住，这事要私下进行，并且每一个进入磐门的炼药师，都必须调查清楚他以前是否与药帮有关联。"萧炎郑重地提醒道。

"萧炎哥哥担心韩闲会让人偷偷潜进磐门？"薰儿轻笑道。

"那家伙可不是什么光明磊落的人，若是能得到药方，他不会排斥这种办法。"萧炎淡淡地道。

"嗯，知道了，这事就交给我们吧。"

……

薰儿等人的办事效率的确让萧炎咋舌，在他提出建议的第二天，她便寻找到了三名等级在三品左右的炼药师。听薰儿说，他们由于一些原因，并未被炼药系所录取，所以在内院中，不仅没有与药帮纠缠在一起，反而还因为是同行的关系，经常被药帮成员欺负，如今听得磐门有意吸纳零星炼药师加入，没有犹豫便答应了下来。

若说以前，或许这些炼药师还不会对磐门这么一个新兴势力有太多关注，但是如今却不同，磐门虽然没有斗灵强者，却有一名能够炼制五品丹药的炼药师，这个名号，足以帮磐门吸引不少人。而如今这些炼药师，正是冲着萧炎这个内院第一炼药师的名头来的。

萧炎对薰儿的辨人能力并未有什么怀疑，在与这三名炼药师见面之后，瞧到后者那满脸的崇拜样子，虽然有些哭笑不得，但在经过一番考核之后，发现三人倒也还有着不俗的炼药经验，所以萧炎当场便拍板，将三人纳入了磐门之中。

在收纳了三名炼药师之后，萧炎并未立刻将药方交给三人，而是在暗中观测了三人言谈品行，方才在两天之后，把三人叫到密室，将刻制完毕的三种丹药药方，交给了他们，并且严厉叮嘱不可外泄。

仅仅入门三天时间，便得以传授这等药方，三位炼药师在为萧炎的大气震惊了好一会儿之后，方才脸色凝重地对着萧炎躬身行礼。不说其他，光是前者的这份信任，便足以让在内院受药帮打压而混得略有些凄惨的他们心怀感激。

将药方递于三人，瞧见三人脸庞上的惊喜与感激，萧炎心中方才悄悄松了一口气，至少从现在来看，这三人，倒还是可信任之人。

有了三位帮手，萧炎则清闲了下来，逗留在磐门几日时间，偶尔指点三人炼制丹药，他终于结束了前几日那没日没夜炼制丹药的辛劳。

磐门的丹药，虽然卖价比药帮要稍便宜一些，可毕竟不可能每人每天都购买，因此，在前几日的热销之后，那种丹药一摆上来，不到一个小时便被抢购殆尽的火爆情况已经很难出现，但以如今的销售情况，也已经足以和药帮这个丹药垄断帮派分庭抗礼了。

……

人都是健忘的生物，所以，在经过一周时间后，丹药比试引起的热潮，开始缓缓变淡。对此，萧炎倒是松了一口气，如今再走出去，那些炽热如针芒般的视线与指指点点也少了许多。

直到现在，磐门算是彻底进入正轨，薰儿等人也开始抽出时间进入天焚炼气塔中修炼，所取得的修炼效果即使是萧炎都感到有些惊诧。按照这种修炼速度，恐怕薰儿、琥嘉、吴昊三人，都有望在半年之内突破进入斗灵级别，而到时候，磐门的实力，会出现飞跃式的飙涨！

或许是为上次在天焚炼气塔中闭关时间颇长的缘故，现在萧炎并不想进入那空气流遁不畅的地塔中，而且他也清楚，对于刚刚突破不久的他来说，现在进入塔中修炼，效果也不会大。

空闲期间，萧炎陪着吴昊去了几次竞技场，其中那种极其火爆的角斗气氛，令每个进入其中的人都有热血沸腾的感觉，人都希望自己能够成为主角，而在这竞技场中，只要你敢进入场地，那你便有可能成为最耀眼的主角。

……

手掌扶着一处栏杆，萧炎懒散地望着下方场地中激烈无比的战斗，强横斗气

弥漫间，飞沙走石，偶尔有攻击落在坚硬墙壁上，便会溅起漫天碎石。

　　淡淡地看着场中选手施展出的飘逸身法斗技，萧炎心头忽然动了动，手指缓缓地抚摸着纳戒，在那里面，有一卷足以让很多人眼红的地阶身法斗技：三千雷动！

　　"似乎到了修炼它的时候了。"轻轻地呢喃了一声，萧炎的心，突然间变得火热了起来。

　　"看来又要独自进入深山了。"低笑了一声，萧炎也没和等着出场的吴昊打招呼，径直向着竞技场外走去。休息了将近半个月，他也该为自己的实力增添一份厚重的筹码了。

　　内院之中，修炼三千雷动，明显不行，所以，萧炎此次打算独自进入茫茫深山，直到将这三千雷动修炼成功！

第十七章
三千雷动

茫茫深山，葱郁的绿色延伸到视线尽头，犹如一片无边无际的绿色海洋，人立于其中，狂风一起，树动枝摇，一股股百丈宽的绿色浪潮，从远而近地席卷而来，壮观得令人咋舌。

林海之上，忽然有破风声响起，旋即一道影子从远处闪掠而来，最后双翼微微振动，身体悬浮在半空中。望着下方那望不到尽头的林海，萧炎微微苦笑，没想到这内院之外的森林竟然如此辽阔。从某种意义上来说，那横穿了加玛帝国的魔兽山脉，也无法与之相比。

轻叹了一声，想起药老所提起的苛刻修炼环境，萧炎便有些无奈，这茫茫大山，去哪寻找沼泽地带啊？

目光四处巡视了一遍，听见那森林深处响起的一些低沉魔兽嘶鸣吼叫声，萧炎背后紫云翼轻轻一振，身形再度化为一抹黑影，向着连绵的山脉穿梭而去。

为了寻找药老要求的修炼之地，萧炎足足花费了一天的时间在山脉中四处游荡，不过好在他的运气并没有太糟，经过一阵林间穿梭，在第二日中午时分，一处理想修炼之地，终于出现在了他面前。

这是一片两山夹缝之处，或许是水从山上冲涌下来的缘故，使得此地格外潮湿，

并且越深入，脚下的泥土也越湿润，特别是在进入到中心地带时，此处便完全变成了被青草所覆盖的沼泽。

身体借助着紫云翼悬浮在这片沼泽之上，萧炎随手将一块石头丢入其中，望着从被打碎的青草中溅射出来的泥水，他脸上涌上些许喜意，这处沼泽的面积正好符合药老的要求。

萧炎手指上的那枚漆黑的古朴戒指微微波动，药老虚幻的灵魂体飘荡而出，目光扫了一眼下方掩藏在青草之下的沼泽，脸庞上露出一丝满意神色，笑着道："不错，这里用来修炼三千雷动再适合不过。"

"沼泽里面似乎潜藏着一些魔兽。"沼泽中偶尔下沉的青草并未逃过萧炎的注意，当下皱眉道。

"一些小家伙罢了，无碍，修炼身法斗技正需要它们。"药老轻笑了一声，身体轻飘飘地落在一旁的一棵大树上，对着萧炎道，"你试试能否毫不受阻地在这片沼泽地上穿梭。"

闻言，萧炎略一迟疑，微微点了点头，身体缓缓落下，在即将踏上沼泽时，肩膀微微一颤，背后紫云翼"嗖"的一声便收了回去，而失去了紫云翼维持悬浮，他的身体便直直地落进了沼泽。

在脚掌接触到沼泽泥水的刹那，一股汹涌能量冲击力自脚掌处爆发而出，清脆的能量炸响，在这片沼泽上响彻。

"噗。"

脚掌之下，大团的黑泥被炸了出来，但是萧炎的身形却并未如以前那般被冲出去，反而因为脚下黑泥旋涡的出现，径直地落了下去。

脚掌被黑泥包裹，萧炎脸色微微一变，黑泥之中蕴含着不小的吸力，将他的身体使劲地向着沼泽深处拉扯。

双掌微竖，旋即重重虚拍而下，强猛的无形劲气涌出，顿时，只见沼泽表面瞬间出现两团凹陷，而萧炎，也借助着吹火掌的推力，将脚掌从黑泥中扯了出来，背间一颤，紫云翼闪电般地扑腾而出，然后急忙振动，欲将身体带动浮上半空。

然而就在萧炎脚掌刚刚脱离沼泽的那一刻，周围沼泽猛然暴动，一条条漆黑色的水箭自沼泽中狠狠射出，而这些水箭的目标，正是半空中的萧炎。

突如其来的攻击令萧炎大为惊诧，不过好在他并非完全没有准备，双手再度狠狠推下，无形的劲风在半空处与水箭碰撞在一起，顿时将之震成漫天黑水。

双翼急速振动，萧炎身形悬浮在距离沼泽十几米的空中后，才缓缓停住，目光微凝地望向沼泽，却见到沼泽之中，有不少蛇形物在不断游动，其中一条黑蛇正好从沼泽中探出面目狰狞的脑袋，一道腥臭的黑泥水箭，暴射而出。

"嘿嘿，怎么样？"瞧见腿上都沾满了黑泥的萧炎，药老不由得戏谑道。

"暴步并不适合这种地形。"萧炎苦笑着摇了摇头。在这种地形中，暴步几乎被限制得死死的，不仅没有取得相应的效果，反而还因为落脚地极度柔软，把自己给陷了进去。

"你那所谓的暴步，并算不得多高明的身法斗技，不过是借用斗气与地面爆炸所形成的冲击力而加快速度罢了。"药老淡淡地笑道，"若是你将三千雷动修炼成功，那么这沼泽对你来说，就如履平地了，若是修炼到炉火纯青的地步，甚至光凭借这身法，便能够在空中进行短距离的飞行与停留。

"当年风雷阁阁主，曾经凭借这三千雷动，在三名斗宗强者的联手围截拦杀中顺利脱身，并且还将一名斗宗强者反击成重伤，从这足以看出这身法斗技的厉害。虽说出于一些缘故它仅仅是地阶低级，但若是要论起速度来，它足以和地阶中级的身法斗技相媲美。

"你要是真学会了这东西，凭你现在的实力，就算遇见斗王强者阻拦，也能够全身而退。"

闻言，萧炎心中变得滚烫了许多，若是真的将这三千雷动修炼成功，那么日后夺取陨落心炎，无疑会增加极大的成功率。

手指轻弹纳戒，顿时，一卷银色卷轴便凭空出现在萧炎手中，手掌轻轻抚摸

着这卷通体犹如闪电般颜色的卷轴，他似乎都能够隐隐听见一点点风雷之声。

"老师，这三千雷动如何才能修炼成功？"目光转向药老，萧炎迫切地问道。

"三千雷动，即使放在整个大陆上，那也是令无数人眼馋的身法斗技，当年我也曾有意向风雷阁借这斗技一览，可最后依然被拒之门外。"药老淡淡地笑道，"这是属于风雷阁的镇阁宝之一，每一张卷轴的制造，都得耗费极大的心血，因为这每一张卷轴之中，都有其阁主封印而进的一丝风雷之力，而只有将这丝风雷之力吸收纳为己有，方才能够真正习会这奇异的三千雷动。所以，在那风雷阁之中，只有一些长老以及为门阁做了极大贡献的优秀弟子，才有资格修习。"

"风雷之力……"嘴中轻轻呢喃了一遍，萧炎轻笑道，"难怪握着这卷轴就能听见一些风雷声响，原来是这缘故。"

"这风雷之力是风雷阁得以在斗气大陆上经久不衰的最重要原因。据说只有在天空乌云密布、雷霆闪动时，坐于山峰之巅，才能够侥幸吸纳到游离在虚空中的一丝风雷之力。不过这风雷之力颇为霸道，若是心智不坚者，怕是难以操纵，甚至一个不慎，还有反噬风险，风雷阁不知道有多少优秀弟子，在这一步中魂飞魄散。可一旦成功，其斗气攻击力，就算以攻击力强横著称的雷属性斗气，都较之不上，这一点，倒是与焚诀吞噬异火而使斗气威力大涨有些异曲同工之妙。"药老笑着道，"你如今那夹杂着青莲地心火的斗气，无疑也比普通火属性斗气强横许多，你应该有所察觉才是。"

"嗯。"萧炎微微点了点头，心中将那风雷阁的名字记了下来，然后冲着药老扬了扬手中银色卷轴，再度笑问道，"那我现在，该如何修炼？"

"等！"药老笑着道。

"等？等什么？"萧炎惊诧地道。

抬头望着那略有些暗沉的天空，药老轻笑道："等大风起，等雷电闪，然后吸纳卷轴中的风雷之力，如此，方才能够初步修习三千雷动，看这天色，会等很久……"

闻言，萧炎略一诧异，旋即有所悟，抬起头，将目光投向犹如一块看不见尽头的暗沉帘布的天空，微微点头。

大山之中，天气变幻莫测，令人难以捉摸。

这一次的等待，并未持续多久，就在萧炎来到这处山脉的第二天，前刻尚还是夕阳斜挂的天空，突然间，便被不知从何处涌出的乌云所遮掩，狂风从乌云中席卷而下，将山林中的树木吹得哗哗作响。

乌云密布，低沉的雷鸣声响从中缓缓传出，在这般天地之威面前，整片山林都陷入了狂乱。

"咻！"

一道闪电从乌云中穿梭而出，刺眼的光芒将山峦照得犹如白昼。

一处山峰之巅，黑袍青年盘坐在一方青石之上，任由狂风劲拂，他却犹如磐石般纹丝不动，闪电落下，映照出一张清秀平淡的脸庞。

萧炎微微抬头，望着头顶上那黑压压的云层，微微一笑，手掌一旋，一张与雷霆闪电同色的卷轴，闪现而出，卷轴之上古朴的字体，在闪电中，迸射出淡淡的银色电光。

"三千雷动！"

厚实的乌云层，叠叠绕绕地将整片天空布满，偶尔间有丈许粗的闪电犹如银色巨蟒般冲破乌云，撕裂天空，刺眼的强光将整个山脉都笼罩在煌煌天威之中。在这种极其狂暴的风雨天气里，就是深山中的土著魔兽都不敢随意出现，全部都缩在洞穴之中。

暴风将萧炎身旁不远处的一棵小树连根拔起，重重地摔下山峰，许久，都未曾有半点声响传出。

盘腿坐在青石之上，萧炎手掌紧紧握着银色卷轴，在这般雷电交加的恶劣天气中，这张平日显得古朴无奇的卷轴，却在逐渐散发淡淡的温度，偶尔当萧炎目光瞟过去时，还能看见一丝丝极其微小的银色电芒从中闪烁而出。

抬起头来，望着被乌云闪电雷霆所笼罩的天空，萧炎长长地吐了一口气，右

手搭在大腿上，他能感受到自己手掌那轻微的颤抖，在这种随时都会有一道极其恐怖的闪电砸下来的恶劣天气环境中，他的心境明显不像表面上那般平和。

"老师，什么时候开始？"手掌紧握着银色卷轴，此时那上面"三千雷动"四个古朴字体，犹如要腾飞出卷轴一般，正不断地释放着淡淡银芒。

"可以了，小心一点，这风雷之力虽然没有异火那般恐怖，但也极其霸道，一个不慎，都会有性命之危。"药老郑重的声音在萧炎心中响了起来。

"嗯。"微微点头，萧炎心中清楚，想要获得力量，自然不可能一帆风顺，虽然他当年由于遇见了药老，而得到了焚诀这种能够吞噬异火的神秘功法，但是在这功法进化间，他需要一次又一次地用自己的性命去赌博，所以，现在的这些危险困难，还吓不倒他。

他相信，就连那恐怖的青莲地心火都未曾烧死自己，现在这风雷之力虽然也霸道，还不至于让他萧炎中途退缩。

"将卷轴打开，放于双腿之上，此时天地间风雷之力最盛，不用引导，隐藏在卷轴之中的那丝风雷之力便会自动涌出，到时候，在其闪掠而出的刹那，将其抓住，吸收进入体内炼化便可。"药老将炼化的步骤一口气全部说了出来。

心中默念了一遍，在未发现有所遗漏之后，萧炎方才重重地一点头，双手握着卷轴，然后猛地撕开了卷轴表面上一种有封印效果的特殊药布。

随着药布的撕开，刺眼的银色强光猛然自卷轴中暴射而出，顿时，便化为一道粗大的银色电光能量柱直接插进了厚实的乌云层之中，强大的光柱，即使百里之外，也能够清楚瞧见。

卷轴忽然所爆发出来的异动令萧炎大惊失色，不过好在光柱并未持续太久时间，便哧的一声从乌云中急速回缩，最后再度完完全全地缩进了卷轴之内。

见到卷轴恢复正常，萧炎这才悄悄地松了一口气，抹了一把额头上的些许冷汗，这里的地域距离黑角域已经不远，若是惊动了什么人的话，恐怕又要横生枝节。黑角域那些家伙的贪婪程度，萧炎可是极其了解，当然，最让萧炎内心发虚的，还是他这卷身法斗技来得有些见不得光，在黑角域中所做的拦路抢宝之事让他十分清楚地知道，自己已经暗中与那所谓的血宗达到了不可调和的地步。

他可不相信自己在杀了人家儿子之后，他老爹会轻易地放过自己，如今那血宗宗主还并不知道自己便是凶手，不然就算自己躲在迦南学院之中，那疯狂的家伙也会强行将自己揪出来干掉吧。

收回思绪，萧炎目光转回到摆放在面前的卷轴上，微微一怔，或许是先前那番异动的缘故，此时的银色卷轴，已经被包裹在一层淡淡的银色毫光之中，毫光表面，隐隐有奇异的图像浮现，不过细细看去，却没有丝毫头绪。

心中谨记药老先前的吩咐，萧炎深吸了一口气，开始沉神凝心，灵魂力量尽数破体而出，将这方青石牢牢笼罩，在这范围之中，就算是一粒沙石的滚落，都逃不出萧炎的灵魂感知。

在萧炎进入凝神状态之后不久，随着天空上闪电的闪掠，那卷轴上的银色毫光，变得越来越强，到最后，卷轴竟然自动地缓缓悬浮起来，最后在到达萧炎胸口处，停了下来。

在银色毫光越来越强烈时，那毫光上若隐若现的图像也逐渐清晰，看上去，竟然像是一个个以各种形态奔走的人，虽然人形姿态不一样，但是他们的脚下，都被包裹了一道如同细小电蟒的银色闪电，毫光微动，人影竟然犹如活了一般，空间微微波荡，一道道能量人影猛然冲破了毫光的束缚，径直向着遥遥天空之上暴掠而去。

这些虚幻人影的速度快得恐怖，犹如无视空间距离一般，只是一瞬间，这些人影便冲出了萧炎的灵魂感知范围。

虽然萧炎早已经进入凝神状态，并且在那些能量人影刚刚冲出毫光的刹那，便有所察觉，但是察觉到是一回事，没能力阻拦，又是另外一回事。当萧炎体内斗气刚刚从手掌中喷薄而出时，那些能量人影，却已经掠出了其攻击范围，当下萧炎脸庞，便涌现些许震惊。

"凝！"

就在萧炎震惊与懊恼之间，药老那熟悉的声音，猛然响起，这道苍老声音之中，蕴含着极其强横的灵魂力量，甚至，在声波所过之处，那肆虐的狂风，都陡然静止了下来。

狂风静止，那即将冲上天空的能量人影，也被凝固了下来，一时间，这些能量人影停滞在半空中，呈现出各种各样的奇异姿势。

"回！"药老的低沉喝声再度响起，几乎将这山峰完全笼罩的强横灵魂力量暴涌而回，而随着灵魂力量的缩回，那些能量人影也犹如受到了极其强大的牵扯力量一般，一路疾飞而下，最后全部灌注进了萧炎的脑袋之中。

心中尚还震惊于药老那强大得恐怖的灵魂力量，萧炎清醒的脑袋猛地一震，旋即便一股昏沉涌出，隐隐约约间，他能够看见一些极其玄异的人影闪掠图像，不过昏沉之中，却并未记住多少。

昏沉仅仅持续了半会时间，萧炎逐渐从昏沉之中苏醒过来，在脑海中浮现的人影图像也随之消失。天空上闪电依旧，黑沉沉的乌云犹如压在人心头一般，令人喘不过气来。

"老师的灵魂力量真是强大，若是光灵魂力量的话，恐怕这斗气大陆没有多少人能比他更强横，难怪光凭借着这灵魂力量，便能够与斗宗强者相抗衡。"心中再度想起先前那几乎令空间都静止的灵魂力量，萧炎脑中忍不住地闪过一抹惊讶。

"别胡思乱想，风雷之力已经顺着那些图像进入你体内，赶紧炼化！"药老的低喝声，突然在萧炎心中响起。

药老的喝声刚刚落下，萧炎的身体便猛地僵硬了起来，脸庞涨得紫红，漆黑眼眸间，竟然闪过了一丝缩小了无数倍的细小闪电。

双手迅速结出几乎熟练到骨子里的修炼印结，萧炎的心神犹如闪电般地进入了身体之中，而随着心神的入体，体内气旋中的斗气也急速颤抖了起来，一股股强横的青色斗气暴涌而出，犹如洪水一般汹涌地流淌在一道道经脉之中，最后成围截之势，在体内一处经脉交界之点，将一丝银色状的朦胧能量包围起来。

由于药老提醒得及时，这暗藏在体内的风雷之力，还未产生多强的破坏力，便已被萧炎团团围住，而瞧见那缕银色能量所盘踞的地带所散发出来的愈加强横波动，萧炎忍不住地感到有些庆幸。

"嗞，嗞！"

朦胧的银色能量不断扭曲，并且不断散发出奇异的嗞嗞声响，犹如一条巨大蟒蛇一般。

在银色能量所散发的奇异声音下，萧炎有些惊异地发现那包围着前者的斗气竟然隐隐有些颤抖，那模样，竟有些惊惧，看上去，就犹如一大群绵羊在包围一头将死的凶猛无比的巨蟒，随时担心对方的临死反扑一般。

那丝朦胧的银色能量似乎也察觉到周围斗气的颤抖，一时间猛然暴涨了起来，强烈的银芒所过之处，青色斗气连忙退缩，而瞧到斗气这般躲避举动，银芒中的嗞嗞声也越来越剧烈，犹如在狂笑一般，而其这般人性化的反应，令萧炎大感惊讶。

然而惊讶之余，也有一抹淡淡的冷笑，一丝风雷之力，竟然如此嚣张？

"哼！"

低低的哼声在体内响起，而随着哼声的响起，那些包围着银色能量的斗气忽然剧烈地波动了起来，旋即，斗气微微扭曲，一缕缕青色火焰，悄悄地从中弥漫了出来……

随着青色火焰的出现，银色能量犹如受惊一般，大涨的光芒急忙回缩。

面对银色能量的退缩，青火斗气犹如从绵羊变成了凶恶饿狼一般，步步紧逼，随时准备跃跃欲试地强扑而上！

随着青火的出现，青色斗气顷刻间便从温顺绵羊转换成了凶狠饿狼，旋即开始再度形成围绕之势，向着盘踞在中心地带的那丝朦胧的银色能量包围而去。

"嗞嗞！"

面对着青火斗气的涌上，银色能量有些不甘地再度爆发起强横光芒，犹如受到危险的刺猬竖起浑身尖刺一般，想要以此来吓退敌人。

然而现在的斗气，在掺杂了青色火焰之后，银色能量之中所蕴含的某种威压，不仅对它再没有丝毫压制力，反而在银色强光大涨间，斗气之中的青色火焰也犹如受到挑衅一般，"噗"的一声对涌而出。

两种能量乍一接触，能量涟漪便急速扩散而出，不过好在周围有斗气阻拦，方未对体内造成什么破坏。

青火与银色光芒交织在一起，片刻之间，银色强光便开始出现败象，光芒不断地回缩……

不到一分钟的时间，银色能量在与青火的交锋中，便一败涂地地收场了，在萧炎的操控下，青火乘胜追击，最后将包围圈缩小成一个只有手掌宽大小的细小圆圈，而在圆圈里，现出了本原的风雷之力！

此时的这丝风雷之力，已经被青火将外围的强光完全熏烤殆尽，因此，失去了银色光芒的遮掩，其本体便清清楚楚地出现在萧炎心神注视之下。

这是一缕极其细小的银色闪电，或者说是一条形状与小蛇相差无几的银色闪电，这缕闪电只有半寸长，并且极细，粗略望去，恐怕还没有萧炎中指粗大。失去了外围能量的保护，这缕银色闪电正小心翼翼地盘着身体，将自己弯曲成一条细小电蛇，蛇嘴大张时，竟然隐隐有着一点风雷之声传出。

"这就是风雷之力吗？果然与寻常能量不同，虽然并未具备灵智，却能够凭借冥冥中的一丝本能行事。"心神注视着这犹如被一大群饿狼包围的电光小蛇，萧炎心中略有些惊诧地道。

"嗯，毕竟是天地间产生的力量，而斗气这种人为修炼的能量，若非是修炼到极深地步，倒还真难以和这些天地能量相抗衡。"药老的笑声，在萧炎心中响起。

"没想到异火竟然凶悍成这般模样，连霸道的风雷之力都对其畏忌三分，有了青莲地心火的压制，你想要将之吸纳，就不会太困难了。所以，抓紧时间吧。"

微微点头，萧炎心神缓缓凝定，那包围着银色闪电能量的青火猛然一颤，旋即便汹涌地扑了上去，一口，便将后者吞噬而进……

天焚炼气塔

......

山峰之巅,萧炎盘坐在青石之上,身体上偶尔会闪过一缕宛若实质的电光。此时天空上闪电倒是少了许多,但是豆粒大的雨点,却在漆黑夜空的遮掩下,噼里啪啦地怒砸而下,一时间,整片山脉,都被笼罩在狂风暴雨之中。

外界虽然暴雨倾盆,可萧炎身旁三尺范围,却干燥如夏,所有雨滴在到达其身旁三尺距离时,便会被附近所缭绕的炽热温度蒸发成一阵水雾,旋即升腾而起,又被紧接而来的雨滴打散。

萧炎紧绷着脸,结出修炼印结的手掌微微颤抖,偶尔有一缕电光从指间喷薄而出,紧接着便消失不见。

时间,在修炼之中迅速流逝,天空上黑沉沉的乌云,不知何时淡了些许,暴雨在肆虐了一晚之后,也逐渐显出疲态,再不复先前的那般声势。

黑沉沉的天空,乌云缓缓游动,突然间有一缕光束从乌云后穿透而出,射在那无边无际的茫茫林海之中。第一缕光束出现,便好像有连锁反应一般,一缕接一缕的光束急速洒下,将乌云射得千疮百孔,最后终于将之撕裂开来。一时间,大片刺眼的阳光倾洒而下,将这饱受一夜恶劣天气摧残的森林,笼罩其中。

温暖阳光照耀在山峰之上盘坐的黑袍青年身上,似是感受到了外界的天气变化,青年紧闭的眼眸微微颤动了一下,指尖萦绕的一丝银色闪电,也悄然入体,最后消失不见。

随着银色闪电的消失,黑袍青年睫毛的颤动越加剧烈,片刻后,终于犹如挣脱了束缚一般,猛然睁开,顿时,实质般的银色闪电,便带着些许霸道凌厉,从其眼中暴射而出,足有寸许长!

眼中射出的银色闪电只持续了瞬息时间便突兀消散,而随着银色闪电的消失,那对漆黑眸子也再度陷入平和。

手中印结散去,萧炎微微抬起头,望着天空上那散发着温暖光辉的耀日,胸口一阵起伏,一口浊气顺着喉咙被喷吐了出来,而随着这股浊气喷出,萧炎脸庞

上顿时多了一分淡淡的光泽，在日光的照耀下，犹如一块玉石般，极其引人注意。

　　身体轻颤，并未见其他动作，萧炎盘坐的身体便犹如弹簧一般径直站立而起，扭了扭身体，骨骼间的脆响令他嘴角扬起的弧度稍稍扩大了一丝。

　　缓缓地伸出手掌，萧炎双指轻轻搓动，顿时，一缕极淡的银色电光，便带着细微的嘶嘶声响，从指间浮现了出来。

　　"炼化成功了吗？"望着指间的那缕细小电光，萧炎眉宇间忍不住地跳出一抹欣喜，这风雷之力的炼化，并没有他想象中的那般困难与危险，难道那些风雷阁的优秀弟子，便在这一步上止住了脚步？

　　"你当人人都有异火来镇压风雷之力吗？"药老没好气的声音忽然在萧炎心中响起，风雷之力颇为霸道，平常斗气怎可能将之压制，若非萧炎拥有青莲地心火，凭他的实力，想要如此轻易地便将风雷之力炼化纳为己用，无疑是痴人说梦。

　　听到药老的训斥，萧炎讪讪地笑了笑，散去指尖的那缕能量，搔着头道："老师，现在风雷之力也炼化了，那三千雷动，想必可以修炼了吧？"

　　"这是自然。"

　　闻言，萧炎脸庞再度涌现欣喜，低头将青石上的银色卷轴拿起，却是一怔，此时的卷轴，已经变成空白一片，别说里面的图像，甚至连卷轴表面的三千雷动四个字，都消失了。

　　"东西呢？"瞧着空空如也的卷轴，萧炎脸色微变，急忙道。

　　"东西早就进你脑袋了，怎可能还留在这卷轴上面？保持静心，回想昨天晚上的那些图像，它们便是修炼三千雷动的要诀。如今你有了风雷之力，修炼它们，几乎是水到渠成的事，只要勤加练习，再加上你的天赋，迟早能够进入大成境界。"药老无奈地道。

　　被药老这一提醒，萧炎方才恍然，苦笑了一声，在暴雨中修炼了一晚上，人都变傻了许多。

　　轻吸了一口清晨清新的空气，萧炎抬目望向那绿荫成海的茫茫森林，经过一

夜暴雨的洗刷，这片森林似乎都令人有种焕然一新的感觉，目光缓缓扫视，萧炎那略微有些波动的心境，也逐渐安宁。

随着心境的安宁，萧炎眼眸再度缓缓闭上，这一次闭眼后并未出现黑暗，反而犹如进入了一片银色地带，在萧炎面前，一张张活灵活现、姿势奇异的人形闪掠图，急速浮现，图像闪掠速度虽然极快，但是每一张，都被萧炎牢牢地印在心中，再没有上一次那种恍惚的感觉……

目光扫过着些人形闪掠图，萧炎发现，在他们的脚下，都有一缕银色光芒伸缩吐现，那模样，就犹如一个加速器载着这些人影飞行一般。

"以身化雷，以心御之！"

在萧炎牢牢记住最后一张图像时，忽然间那些图像急速汇聚，在其面前凝固成八个银光闪闪的古朴字体。

紧紧地注视着面前的八个银字，半响，萧炎似有所悟，心随意动间，体内那缕被炼化的风雷之力开始渗透而出，最后形成一缕缕电光包裹在其身体表面上，电光涌现，最后自动开始向下涌动，仅仅片刻，便汇聚成一团银色光芒，把萧炎双脚包裹了进去。

低头望着包裹双脚的银色光芒，萧炎身体微微前倾，右脚带着一丝怪异弧度地轻轻抬起，形成了和先前一副图像中完全相同的姿势。

保持姿势的瞬间，萧炎脚掌轻落了下去，而随着脚掌的落下，他猛然感觉到脑袋一阵眩晕，银色空间也陡然破碎，目光再次四顾时，却有些惊愕地发现，自己此刻已经身处山峰之外的半空中，先前的轻轻一跨步，竟直接从山巅冲上了天空。

微微低头，望着山峰下深不见底的深渊，萧炎脸色忽然一白，有些惊颤地转过头，却并未见到背后伸出来的紫云翼，而在这空当，其脚掌处闪烁的银色光芒似乎能量不足，微微颤抖了几下后，豁然消散，其身体也在此刻，犹如断了翅的鸟儿一般，径直向着深渊掉落而下。

"啊，救命啊！"

清晨爽朗的深山中，忽然间响起凄惨的哀嚎之声。

……

翠绿细草布满的沼泽之上，弥漫着淡淡的白色雾气，微风吹拂而来，白雾微微波荡，顺着风儿涌上天空，这倒使沼泽显得清晰了不少。

"哧！"

平静的沼泽之中，忽然有细微的哧哧声音响起，在声音响起后不久，一道黑影猛然带着一道银色璀璨光芒自沼泽中闪掠而来，脚掌每一次落在沼泽之中时，不断伸缩吐现的电芒便会将沼泽中的稀泥弄得犹如开水一般沸腾，而那哧哧的声响，也正是从此传出。

黑影的速度极快，一路奔掠过来，在沼泽中带出了一道足有两尺宽的沟壑，许久之后，这长长的沟壑才在沼泽的蠕动间修复还原。而在人影后面，一大群密密麻麻的黑色毒蛇破水而出，张开狰狞大嘴，一道道腥臭水箭带着尖锐劲风，向着人影后背狠狠射去，不过这些水箭的速度远远不及黑影的闪掠，因此倒无一点水渍射中后者身体。

"咚！"

急速闪掠的身影忽然猛地一停，双脚微微弯曲，前身倾斜成怪异的弧度，然后在一道低沉声响中，身体暴射而上，旋即双脚一震，竟然便这般不依靠任何外物地停留在半空之上！

虽然黑影停留半空的时间仅仅持续十秒时间，但若是被外人看见，定然会满脸惊骇，不借助斗气之翼或者其他外物而短暂地停留在空中，至少也需要斗皇级别的实力，而至于长时间滞留天空，除非成为斗宗那种超级强者，方才能够具备这种本事。

黑影身体停滞在半空几秒之后，脚掌处闪烁一道银芒，身体一扭，嗖的一声就出现在十几米外的一处大树上，若非是空中还隐隐残留着一道模糊黑线的话，任谁都会以为这等速度，已经突破了空间阻碍，达到了瞬移的恐怖境界。

"哈哈，好，不愧是地阶身法斗技，这般速度，真是畅快！"黑影双脚稳稳地落在树干上，惊喜的笑声，便响了起来。

"这三千雷动分三层，雷闪、雷瞬、三千雷，当你修炼到最后一层三千雷境界时，划过空间，无声无息，几乎和瞬移毫无两样，这种速度，即使是斗宗强者也不敢有丝毫小觑。而瞧瞧你现在，一路奔掠而来，就跟发春的公牛犁田没什么两样，别说三千雷了，就算是第一层的雷闪境界，怕还没有真正入门。"药老身形缓缓地飘荡在树干上，瞥了一眼满脸兴奋的萧炎，淡淡地道。

被药老这盆冷水泼下来，萧炎不由得翻了翻白眼，他自我感觉挺不错的啊，先前那般速度，就算是在全盛时期施展暴步，也根本不可能达到，而现在他修习三千雷动方才三天时间，便有这般成果，算是不错了吧？

"你自己瞧瞧脚下。"见到萧炎那模样，药老不由得摇了摇头，无奈地道。

闻言，萧炎一低头，旋即嘴角一抽，只见脚掌上竟然已经沾满稀泥，黏黏稠稠的，还贴着一些细碎的草屑。

"三千雷动，静如磐石，动如奔雷，不求华丽喧哗，只求出其不意，借势伤敌。"药老淡淡地道，"但你瞧瞧先前搞出的那般动静，人还在百米之外，声势就欲传了过来，这可与三千雷动的修炼旨意不符。"

见到药老脸庞隐隐带着严厉之色，萧炎搔了搔头，讪讪笑着，不敢插嘴。

"由于灵魂力量强横的缘故，你对体内能量的控制，算是出类拔萃，所以，这种初学者才会犯的毛病，对你来说有些愚蠢了。记住，压抑住风雷之力那毫无节制的外放，让它们集中于一点，借此爆发出来的力量，才会令你的速度成为斗王之下的第一人，能够达到这地步，你才算是真正踏入了三千雷动的第一层雷闪境界。"药老摇了摇头，沉声道。

"当然，我嘴上解说得颇为简单，但其中的玄奥却需要你自己去理解，我只能引导你走最有效的路。"逐渐放松语气，药老轻声道。

"嗯。"萧炎微微点头，正色向药老一抱拳，旋即便退后一步，盘腿在树干上

坐了下来。三千雷动虽然能够让他的速度暴涨，但是对于斗气的消耗，也达到了一个颇为恐怖的数目，萧炎暗自测量过，以自己现在这八星大斗师的实力，若是片刻不歇地使用三千雷动的话，也只能维持三到五分钟时间，然后便会因为斗气的耗竭而再也难以施展。

望着闭目修炼恢复斗气的萧炎，药老心中悄悄地松了一口气，嘴角也溢出一抹淡淡的笑意。仅仅三天时间，萧炎便能够勉强施展三千雷动，虽然仅仅是极其粗糙地将风雷之力的力量催发出来，但是所展现出来的速度，却已经能够赶超自己全盛时期所施展的暴步，这种修炼进度，其实已经是极为喜人了。但是为了不让萧炎刚得到这种稀罕宝物便心生虚浮狂傲之意，他也只能唱一次黑脸，让其能够静下心来修炼。

药老的这番举动，效果的确不错，当萧炎将斗气恢复过来后，再次修炼三千雷动时，脚掌上所酝酿的风雷之力，明显比先前内敛了许多，而且掠过之处，造成的破坏，也在逐渐变小。

宽敞沼泽之上，黑影不知疲惫地来回闪掠，一抹银色电光犹如电蛇一般，不断在黑影脚下急速穿梭……

随着萧炎这般艰辛苦练，那在沼泽中所响起的奔掠哧哧声响越来越弱。但是，声音虽然减弱了，可沼泽上那道黑影的速度，却越加恐怖，到最后，只能看见一条黑线在穿梭，若非沼泽之中无数黑蛇的涌动，倒还真难以分辨萧炎的确切方位。

在时间的流逝中，黑袍青年所修习的三千雷动，明显正在从青涩步入纯熟的殿堂，待终有一天大成之时，就将如那九天宵雷一般，凭空炸响，震惊大陆。

……

近乎一月半的时间，匆匆而过，而时间，并未在那沼泽之中留下任何痕迹，不过萧炎却明白，这一月半的时间，的确给他留下了一些东西。

萧炎双手负于身后，脚掌踏在充满异样吸力的沼泽之上，却犹如踩着结实的平地一般，没有丝毫下沉的痕迹，奇异的一幕，令人颇感诧异。细细察看，原来

在其脚掌处，居然有两团巴掌大小的银色光团，光团微微闪烁，一道道犹如触手般的电芒不断内射而出，偶尔触到稀泥，便会令那处稀泥沸腾起来。

沼泽微微蠕动，几条浑身漆黑的毒蛇悄悄地向着萧炎所站立之地潜伏而去，然而就在它们即将到达目的地，刚刚张开狰狞大口时，萧炎脚掌处的银芒微微一颤，几道银色电丝暴射而出，径直插进沼泽中，轻易地将这几条毒蛇的脑袋洞穿了。

淡淡地瞥了一眼从沼泽中浮上来的蛇尸，萧炎嘴角微撇，缓缓抬起右脚，迟疑了片刻，深吸了一口气，旋即重重地踏了下去。

随着萧炎脚掌的踏下，只见其脚掌心处的银色光团猛然暴缩了一倍有余的体积，缩小，只维持了不到一秒的时间，就在萧炎右脚踏下时，缩小的银色光团豁然暴涌而出，顿时，一股低沉的风雷声响，扩散开来，将附近几米以内的沼泽震得微微波荡。

"咻！"

脚掌落下，银光闪烁，萧炎的身体突然诡异地出现了一阵虚幻，此时若是眼力毒辣之人，便能够瞧见，在萧炎身体虚幻的那一霎，一道黑色光线从空间之中闪掠而过。

约莫二十米之外，沼泽稀泥忽然凹陷出两团小旋涡，而在旋涡之上，黑色人影，犹如鬼魅一般，悄悄地浮现了出来。

现出身形，萧炎第一件事便急忙回身，待得他瞧见身后二十多米处，有一道极淡的黑色虚幻影子，细细看去，竟然是一道残影！

"成功了！"

望着那道极淡的黑色影子，萧炎苍白的脸庞上忍不住涌现一抹狂喜，五十多天废寝忘食的苦练，嘴里不知溅进多少黑泥，身体不知被毒蛇咬中多少次，不过在青年那令人惊讶的韧性之下，丝毫未让他有半点退缩，而如今到了收获的时候啊。

药老虚幻的身形飘浮在半空，低头望着那一脸狂喜的黑袍青年，淡然的脸上忍不住露出一抹欣慰。五十多天，勉强达到三千雷动的第一层雷闪境界，这般速度，

即使在风雷阁中，那也是数一数二的。不过，只有他心中清楚，这五十多天，这个倔强的小家伙，付出了何等艰辛。

有天赋，有韧性，有努力，药老想不出，具备了这三点的萧炎，除了成功之外，还会有什么结果？！

一处山峰之巅，黑袍青年盘坐其上，双手结出修炼印结，呼吸平和而悠长，伴随着其每一次吐纳，其周身空间便会出现细微的波动，一缕缕火热的能量渗透而出，最后顺着其呼吸，侵入体内……

安静的修炼，持续了将近两个小时，黑袍青年身上无风自鼓的衣袍，方才缓缓落下，而那紧闭的眸子，也微微颤抖着睁开。

"两个月的深山修炼，倒也收获不小。"扭动着脖子，感受着体内如春水汩汩般流转不停的斗气，萧炎嘴角忍不住溢出一抹笑意，轻声道。

两月苦修，萧炎不仅将三千雷动修炼到了第一层的雷闪境界，并且其体内的斗气也在深山之中愈加凝炼、精纯，按照萧炎的猜测，现在的自己，估计已经在修炼三千雷动时，不知不觉地达到了八星大斗师的巅峰层次。当然，两个月时间方才使自己达到八星巅峰，这速度与在天焚炼气塔中的修炼的确不可同日而语，但萧炎却颇感满意，能够将三千雷动修炼到第一层，已经是出乎了他的预料，在达到这目的之余，还能有斗气的精进，倒也能算作额外之喜了。

从青石上站起身子，萧炎负手而立，目光远眺着那茫茫林海，此时，正有一股轻风在林海上刮起，顿时，林海波荡，将近百丈的巨大树浪从远处扑涌而来，一波接着一波，连绵不尽，几乎与大海波浪毫无二致，让人惊叹这大自然的威力真是浩瀚磅礴。

身处山峰之巅，萧炎目光怔怔地望着那已经见过许多次的滔天树浪，或许因为此刻天地间安宁的氛围，心间某处，悄悄被触动了一下，萧炎心思迅敏，闪电般地触摸到这陡然闪过的异样感觉。

双手负于身后，萧炎眼睛缓缓地虚眯了起来，半晌，背间一颤，紫云翼弹射而出，双翼轻振,身形便在半空划过一道弧度,双脚稳稳地落在了那茫茫无边际的林海之中。

紫云翼收缩而回,萧炎独身立于这林海之中,放眼望去,尽是翠绿,而其本身,则是这翠绿之中的一个墨黑小点,渺小可极引人注意。

双臂缓缓张开,远处呼啸的树浪迅速席卷而来,带着巨大的哗哗声响,犹如雷霆过境一般,从萧炎立处,席卷而过!

双脚犹如鹰爪,牢牢地抓住树顶,萧炎的身形在这滔滔不绝的树浪之中如一抹随风飘荡的树叶般,急速飘荡,却始终不曾被树浪中的强横力量撕碎。

百丈树浪涌来,足足持续了十来分钟,方才逐渐地远去。

树浪席卷而过,留下脸色有些苍白,可眼中却蕴含着极度兴奋的黑袍青年,他转过头,望着那远去并且快速消失在视线尽头的滔天树浪,心中某处,被狠狠地触动了。

"这种意境……"

右手缓缓握起,一柄硕大的漆黑巨尺闪掠而出,萧炎手掌紧握,轻声呢喃道:"若是能够使攻击也仿若浪潮一般滔滔不绝,那定然也是一种绝妙的攻击方式吧?"

手掌握着玄重尺,萧炎微微偏着头,漆黑眼中,充斥着一种异样茫然以及苦思,身体也在此刻如同完全凝固了一般,但若是眼力毒辣之人,则能够隐隐发现,萧炎那握着玄重尺的右手臂,似乎正在以一个极为微小的弧度颤抖着,那模样,就像是在调节着什么……

萧炎的凝固,足足持续了一个小时,而其本人却似乎对此毫无察觉,脑海深处,不断回放着先前在树浪涌过时乍现的一抹灵光,在这种异样的状态之中,时间就如同静止了一般,而萧炎,也是不知疲倦地感受着那抹越加扩大化的乍现灵光以及树浪之中涌过的一些奇妙痕迹。

树浪涌过,消失,再次涌来,再次消失,如此反复,如此循环,经久不息……

一个多小时过去了,借助那种奇异状态,萧炎已经感受了无数次树浪涌过那一雯的奇妙感应。

在这无数次的感应中，萧炎漆黑眸间，不知何时，出现了一丝细微的恍悟……

"咦？"

在萧炎处于这般奇异状态时，药老那极为惊诧的叹声暗暗响起，看来，萧炎的这般状态，已出乎他的意料。

药老的惊叹声，并未将萧炎的这奇异状态打破，经验老到丰富的前者，自然知道，这种奇异状态，对于修炼之人象征着何等机缘，若是不幸因为外界关系而被打破，无疑会造成终生遗憾。

悄然中，有着一股强横灵魂力量从萧炎手指处的漆黑古朴戒指中弥漫而出，将附近方圆几十米的空间尽数囊括，而随着灵魂力量的这般作为，那隐约间还会从远处传来的魔兽低吼声，彻底地消失不见。这片区域，因为药老之力，陷入了绝对的安宁，再不会出现任何意外事故将萧炎从这奇异状态之中打退出来。

……

时间依然在缓慢流逝，从萧炎进入静止状态到现在已经足足过去了三个小时，这三个小时中，萧炎的身体就如同一座石雕般，动也不动，若非是其手中的黑尺颤抖的弧度稍稍大了一些，任谁都会以为这是一具失去了生命迹象的黑色石雕，只不过，这石雕太过栩栩如生了点。

被封锁了的宁静林海之中，全身僵硬的黑袍青年忽然轻轻地颤了一颤，而随着其身体的这一颤，那漆黑眸中的茫然以及苦思迅速退散，一股明悟，扩大了出来……

右手紧握着尺柄，萧炎身体如枪杆般笔直，一股凌厉之气，悄然散发而出，脸庞紧绷，手中黑尺缓缓平抬而起，然后以一个颇为缓慢的速度，在身前轻轻地劈、撩、挥、扫……

重尺的基础攻击方式，在此刻被萧炎完完全全地施展了出来，而随着手掌的抖动，挥尺的速度在急速加快，到最后，萧炎的整个身体，几乎都被包裹在了一个黑色圆球之中，这般精妙尺法，可是以前的萧炎所不具备的！

狂风呼呼地在林海之上刮起，一个大黑球在林海上急速地滚动着，而黑球所过之处，树叶尽数被刮碎，偶尔落进黑球之中，顷刻间便化为粉屑。

萧炎挥尺的速度越来越快，然而就在即将达到巅峰速度时，挥尺的速度却陡然变缓，突兀间的变化，令人感觉心中犹如堵了什么东西一般，颇为难受。

低低的闷哼声，从黑球中传出，隐约间，能够瞧见其中青年的脸色忽然苍白了许多。

然而虽然脸色苍白，可萧炎却并未立刻停止，脑海深处不断地回现着在树浪涌动时的那抹乍现灵光，手中重尺的挥动，在不自觉间，改变了一点极为细微的轨迹与弧度。

心神紧守，萧炎开始放弃主动挥尺，而是将主动权交给了冥冥之中那抹乍现的灵光。

凌厉尺风逐渐变缓，取而代之的，是颇为缓慢的尺身挥动……重尺挥动速度颇慢，在外人开来，这般尺法，几乎到处都露着破绽，只要随意一击，便会令挥尺之人重伤而退。

随着尺身舞动，漆黑眸子，再度涌上奇异的茫然，萧炎那本还略有些僵硬的挥尺动作，却突兀间转换得极为顺畅，而随着这般变化，那本来到处都是破绽的尺法，却陡然大变，重尺挥动轨迹，承上接下，尺身处处相接壤，舞动起来，竟然犹如一个牢不可破的圆球一般，没有丝毫可攻之处！

这般尺法，比起萧炎以前那种只知凭借本身力量与速度而进攻的紊乱尺法，几乎是天壤之别！

萧炎自从得到玄重尺以后，便从未修习过何种成套的尺法，应敌时，大多都是凭借着本身力量的强横。虽说一力破千会，这所谓的一力，却必须达到某一种强大地步，方才能有这般霸道成效，而若是遇见对方力量相仿，那还如何破？这种时候，就得看双方攻击招式的精妙了。

论起招式精妙，萧炎所使用的尺法，或许比那白山的枪法还要粗糙一些，在

力量与速度上，萧炎的确颇强，但是招式，却是他的弱项，若是日后遇见与其实力相仿的对手，定然是要吃不小的亏，而现在这突然的明悟，将令他彻底克服这弱点。

"咻！"

重尺的挥动，忽然间猛地一滞，一股凌厉劲风自尺顶暴射而出，只听得一阵咔嚓声响，面前十余米处的大树，尽数被削断了树顶。

身体保持着重尺下劈的姿势，萧炎眼中的茫然急速消退，瞬间，清明涌现，脸庞带着一丝愕然地望着手中重尺，先前的重尺挥动轨迹与弧度，竟然在脑袋之中挥之不去，犹如烙印一般。

"这……"

嘴巴张了张，萧炎不知道说些什么，只是几个小时的茫然，他却发现自己掌握了一种颇为玄妙的尺法攻击，虽然现在这尺法还只是处于雏形阶段，但是，其威力，已经暗现冰山一角，日后若是经过磨炼，不难想象，它将会成为萧炎的一大助力！

"不用惊讶，修炼之途，这并不是意外所获，而是一种机缘，你碰见了它，并且还侥幸地掌握了它，这是你的幸运。"药老的声音，缓缓地在萧炎心中响起，"这种机缘，很多人都能碰见，但是，他们却没有抓住，你能抓住，这便证明你有本事与天赋。所谓不劳而获，只是笑话而已。"

闻言，萧炎轻轻点头，心中的愕然缓缓淡去。

"这尺法有着一丝浪潮般的连绵意境，想必与先前的树浪有些关系吧，虽然现在有些弱小，不过也不用灰心，这只是开头，只要日后好好磨炼它，我想，恐怕你会创造出一种属于你自己的尺法斗技。"药老笑着道，笑声中有一些欣慰，万事开头难，如今萧炎已经开了头，成功也只是时间问题。虽说创造斗技很是困难，但是对于这个经常创造奇迹的小家伙，药老有信心。

笑着点头，萧炎反手将重尺插在身后，从纳戒中取出一枚回气丹塞进嘴中，感受着体内升腾而起的一丝热气，刚欲寻找地方休息一下，一道震耳欲聋的兽吼，却宛如惊雷一般，猛地自远处山峦之中响起。

"好强的吼声，光听这声音，至少也是斗王级别的魔兽吧？"萧炎同样被突如其来的吼声震得一愣，急忙抬起头，望向远处山峦，惊诧地道。

"嗯，的确是一头斗王级别的魔兽，在其范围内，还有一些同样不弱的气息，双方应该是在战斗吧。"药老淡笑道。

"竟然还有人敢打斗王级魔兽的主意？"脸上闪过一抹讶异，萧炎心头略有些好奇，笑着道，"过去看看？"

"嗯，随你。"药老对此倒是无所谓。

闻言，萧炎一笑，紫云翼从背后弹射而出，微微一振，身形便拔升而起，然后向着兽吼声响起的地方飘射而去。

第十八章
地心淬体乳

　　召唤出紫云翼，萧炎风驰电掣般地向着兽吼声传出之地急掠而去，仅仅十来分钟的时间便到达。在听见吼声时，他还能感应到好几股颇为雄浑的气息，这些气息之强，与林焱不相上下，甚至，其中一两道，或许比林焱还要强上一些。

　　感受着这些气息，萧炎心中悄然泛起一抹惊异，那林焱已经是步入斗灵巅峰的强者，比他还强，那岂不是说……这里竟然还有斗王强者？

　　闪过这道念头，萧炎警惕了起来，小心翼翼地压抑着自身斗气波动，呼吸声也逐渐减缓，背后紫云翼微微一振，身形悄悄地掠进茂密森林之中。

　　进入林中，萧炎迅速将紫云翼收回，然后身手敏捷地在树丛中闪掠，宛如灵猴一般，如此小心闪掠不久，面前视线便豁然开阔了起来，当萧炎目光扫向森林外的一处小山谷时，脸庞上的惊诧，不由得愈加浓重了。

　　森林之外，是一处临山的小山谷，山谷口犹如葫芦一般，此刻，在这山口处，一头体型足有三四丈的壮硕白色巨猿直身而立，白猿浑身散发着凌厉的寒冰气息，粗重的气息从硕大的鼻孔中喷出，犹如两道白色烟雾，其双臂颇为修长，手爪也足有两个成人脑袋大小，偶尔手爪挥动，便有几道劲风狠狠射出，将一旁的巨石劈砍得破碎四溅，一对血红的眼睛，满溢着狂暴与杀意，此时，这对血红眼睛，正

恶狠狠地盯着周围的六道人影。

"竟然是雪魔天猿，这些家伙胆子不小，成年雪魔天猿的力量足可碎金裂山，虽然面前的这个大家伙似乎方才进入成年期不久，可至少也能够媲美三星斗王啊。"一眼瞧见谷口那最吸引人视线的巨猿，萧炎顿时在心中惊讶地道。

"那几个家伙也不弱。"药老的声音淡淡响起。

闻言，萧炎急忙将目光扫向那包围着雪魔天猿的六人，当其视线扫见一人胸口上的徽章时，脸庞不由得微微变了变："这些家伙竟然都是内院的学生？怎么实力这般强横？咦？韩月学姐竟然也在？"

只见最左边那位穿着银色裙袍，披着一头银色长发的曼妙女子，正是当时萧炎与白程争斗时，帮了萧炎的韩月。

"他们怎么都聚集在这里？"眉头微微皱了皱，虽然他并不认识除了韩月之外的其他人，但是从那徽章上便也能够瞧出一些端倪。在这内院之中，除了那排名强榜前十的顶尖高手，还能有哪个学员有这般魄力来围剿斗王级别的魔兽？

"嘿，这个大家伙可真是难缠，韩月，里面真有你所说的那东西？你可不要诳我们来给你当免费打手，这个雪魔天猿就算是内院的一些长老可都打不过，我们若是论单打独斗，没人能搞过它，一旦它发起疯了，我们可是麻烦不小啊。"在萧炎心中疑惑间，忽然一道粗豪声音响起，萧炎眼睛一瞟，发言之人是一名身材壮硕，脸上略带着一些胡碴儿的男子。他体形壮硕，足足比常人高出两个脑袋，庞大的体形，令其充满了一种异样的压迫之感。最令人注意的，还是他右手紧握的一柄巨大铁锤，铁锤呈乌黑色，在阳光照耀下，反射着一种厚沉暗光。

从男子手臂上微微鼓起的青筋来看，这乌黑铁锤的重量，怕是不会轻。

"严皓学长放心吧，我清楚其中的危险，所以不会拿这种事来开玩笑，若是事后出了差错，严皓学长要来问罪，韩月不会推脱。"韩月轻声道，声音如清冷山泉一般，令人心间有种冰水流淌而过的奇异感觉。

"哈哈，严皓，这种事情，韩月知道如何称量，你也不用怀疑。若是山谷之中

真有那东西，对我们的好处可是不小，再有四个月时间便大赛了，要是在此间我们实力能够再进一步的话，那长老之位，便指日可待了。"清朗笑声响起，萧炎目光顺着声音望去，心中却是不由得赞叹了一声，那说话之人，是一名容貌俊逸、身着青色衣袍的青年，年龄约莫在二十六七之间，这个年龄，大多人已经开始褪去年轻人的狂傲，而他也正是这般，一脸笑意盈盈的模样，极其令人心生好感，一袭青衫，云淡风轻，有让人惊诧不已的风采。

"严皓？"心中悄悄地嘀咕了一下这名字，萧炎隐约地觉得有些耳熟。

"林修崖，你说得倒是轻松，这可是足以媲美斗王强者的魔兽，就算以我们的实力，一个不慎，当场重伤毙命都不是不可能，严皓也只是想确认一下罢了，毕竟谁也不想费了这么大的功夫，到头来却落得个两手空空。"一名脸庞黝黑的男子翻了翻白眼，开口道。

"林修崖？没想到这人便是林焱嘴中的林修崖，看这般气质，也难怪连性子狂傲的林焱在提起他时，都隐隐带着一些忌惮。"萧炎心头再次微微一跳，这个名字他倒是听了不少次，内院之中的大多学员，在提起这个名字时，无不带着一丝仰慕尊崇，或许这人实力并非是内院最强，可论人格魅力，恐怕整个内院，还无人能与其比肩。

"呵呵，能够进入强榜前十，谁没有个压箱底的东西，虽说我们真实实力的确比不上这头雪魔天猿，但真要打起来，恐怕还是它吃亏。"林修崖轻笑了一声，修长手指轻轻弹在手上所握的一柄青色长剑上，顿时，清脆声响悄然传出，而随着其声音的传播，一缕缕近乎实质的风旋，忽然凭空在其身旁出现，呼呼地转个不停。

"几位，现在做这些无谓的争辩可是幼稚了一些，既然你们都已经跟我来到了这里，便说明那东西对你们同样有极大的诱惑力，所以，现在的首要事情，还是先将这头雪魔天猿打败。你们都清楚那东西的珍贵，一旦传出消息去，恐怕连黑角域都会有不少人前来盗取，到那时候，后悔就来不及了。"听到周围有些不合的意见，韩月微微蹙眉，淡淡地冷声道。

韩月话一出口，一旁几人都嘿嘿笑了笑，耸了耸肩，也不辩驳，转头将目光投向了中间的那头雪魔天猿。

"待会我们五人出手将它拦住，各位有什么手段，就只管用出来吧，这家伙可不是省油的灯。韩月实力尚弱了一些，还是不要参加这种围剿，所以，你便帮我们注意一下周围动静吧。"林修崖手中长剑微微斜指地面，轻笑道。

"嗯。"闻言，韩月略一迟疑，便轻点下巴，脚尖在巨石上一点，身形便翩然而退，最后娇躯笔直地矗立在一处视野开阔的树顶之上。

"呵呵，诸位，好久未曾联手咯，不知道有没有什么长进？"见到韩月后退，林修崖淡淡一笑，青衫微颤，一股强横气势猛然自其体内暴涌而出，看这股气势强度，竟然隐隐有超越斗灵的意味。

"没想到你这家伙都半只脚踏进斗王级别了，真不愧是我们那届新生中的冠军。"感受着林修崖体内弥漫而出的强横气势，那身材高大的严皓不由得惊叹道。

"你不也已经触摸到那层界限了吗？"林修崖白了严皓一眼，道。

"只是极其模糊的触摸啊，比不得你。"严皓苦笑着摇了摇头，手掌紧握着乌黑铁锤，狠狠地在面前一抡，顿时，恐怖的劲气，便将空气撕裂，传出了尖锐的声响。

在继林修崖与严皓爆发出气势之后，另外三人也将气势爆发到了极致，而这三人，竟然也是处于斗灵巅峰的强者，这股气势丝毫不比林焱弱。

"这内院不愧是大陆天才云集之地，这些家伙年龄也不过二十五左右，却已经要达到斗王阶别了，这般天赋，放在任何一个地方，都能够被称为天纵奇才吧。"感受着场中五股强横气势，萧炎心中不由得惊叹道。

场中，似是感受到周围弥漫而起的战斗氛围，那头雪魔天猿巨眼中的赤红浓郁了许多，犹如黑铁一般的手爪重重地砸在布满白色毛发的胸口之上，顿时，一股肉眼可见的劲气涟漪，猛然扩散而出，而劲气扩散之处，周围巨石咔嚓一声，便被震出了不少裂缝。

"愚蠢的人类，不要妄想夺走地心淬体乳，现在退去，我可以不杀你们！"雪

魔天猿抬起巨大头颅，血红目光死死地盯着几人，沉默了许久后，低沉狂暴的声音，忽然犹如炸雷一般，在周围每个人耳中响起。

"咦，这头雪魔天猿方才斗王级别，竟然便能够开口说话？"萧炎心中先是为雪魔天猿的举动感到惊诧，继而猛地一怔，"地心淬体乳？"

嘴中反复念叨了一下这个名字，片刻后，萧炎身体陡然猛烈地颤抖了起来，脸庞之上，充斥着愕然和狂喜。

"这里竟然有地心淬体乳这种大地之灵物？"

地心淬体乳，生于大地之下，本为精纯的大地之力，历经岁月挤压，百年成雾形，称之地心雾，有固体之奇效，千年凝合，成液形，若是品质更高者，则成为地心淬体乳，有洗髓炼骨之神效，并且，因为那极度精纯的庞大大地之力，甚至还能帮助一些达到阶别巅峰之人，突破晋阶之间的障壁，当然，这其中也有不小的失败率。

由于这种地心淬体乳成形条件很苛刻，因此，很少有人能遇见它，萧炎也只是某一次听药老随意提起过而已，当时他听说那洗髓炼骨的馋人神效，便将之记在了心中，只是没想到，今日居然会在这里遇到这个并不为多少人所知道的天地灵宝。

脸上的狂喜持续了好一会儿后，方才逐渐收敛，萧炎小心翼翼地压抑着自己的气息以及呼吸，眼睛不由自主地射进山谷之中，心中低声喃喃道："那地心淬体乳就在这里面吗？"

"怎么，动心了？"药老的笑声，在萧炎心中响起。

"嘿嘿，这等奇宝，说不动心可是假的，若是我能得到一点地心淬体乳，估计能在一两月之间突破到斗灵级别。而且，老师不是说了吗？这地心淬体乳还有着洗髓炼骨之效，若是我能得到，想必对我日后突破斗王，也有着难以估量的好处。"萧炎倒是没有掩饰自己对那地心淬体乳的垂涎。他背负了不少重担，父亲的失踪，被云岚宗追杀出帝国的耻辱，以及因为药老的关系，日后说不定还要和那个极为神秘的魂殿对抗，这些事情，都促使他必须具备极强的实力，不然，别说寻找父亲、庇护药老，就是连加玛帝国，恐怕他都不敢回去，一个连家都不能回的丧家之犬，

还有何脸面在外故作逍遥?

"嗯,在这里能够遇见地心淬体乳也的确很出乎我的意料,能够得到它,对你的好处自是不言而喻,只不过这头雪魔天猿也不是省油的灯。一般来说,斗王级别的魔兽虽然已经具备灵智,但还远远达不到开口说话的级别,我想,它会说话应该是和它守护的地心淬体乳有关吧。"药老笑了笑,道。

萧炎微微点头,连吞天蟒这种远古异兽,在斗王级别时还不能说话,面前的雪魔天猿虽然也是一种罕见异兽,可也难以与吞天蟒相提并论,所以,唯一能够解释它灵智如此之高的原因,便只有那传说中的地心淬体乳了。

"现在怎么办?我们趁他们战斗时,偷偷潜进去?"萧炎在心中轻声问道。

"想要从谷口进入不太可能,飞行的话,空气中的振动难免会引起他们的注意,这些家伙实力都不弱,所以,从他们眼皮底下,很难潜进其中。"药老无奈地道。

"那如何是好?"

"等,看看能不能再做一次渔翁。"药老轻笑道。

"老师又想等他们两败俱伤?"萧炎一怔,旋即讪讪地道,若是都不认识倒好,可那韩月,萧炎倒是觉得她人还挺不错,听他们先前的谈话,似乎还是她先寻找到这里,自己若是当个渔翁把他们的战利品给抢了,那还真是有点……

"呵呵,你倒是高看了这群家伙,虽然这头雪魔天猿似乎才进入成年期不久,可再怎么说它也是一种罕见的异种魔兽,这种魔兽体内流淌着一种狂暴血脉,若是这种狂暴血脉没有觉醒倒还好,可一旦觉醒了的话,就算是五星斗王强者都只能暂避锋芒,他们这群人连一个正式斗王强者都没有,怎么可能战胜它?若是弄得不好,说不定到时候还会有伤亡。"药老笑着道。

闻言,萧炎眼中划过一抹惊异,没想到这雪魔天猿的爆发力竟然如此恐怖,如此看来,似乎韩月他们取胜的机会并不大啊。

在萧炎与药老商讨之间,谷口处剑拔弩张的气氛却在气息的引动下,陡然爆发,五道身形化为模糊影子,各自夹杂着凶悍无比的劲气,犹如几道颜色各不相同的

匹练一般，向着那傲然而立的雪魔天猿狠攻而去。

"吼！"

见到林修崖等人依然不肯退去，雪魔天猿眼睛里，血红与杀意更加浓郁了，一眼望去，令人心生寒意。只见它硕大的锋利手爪猛地一拍胸口，雪魔天猿血盆大口一张，足可震裂巨石的刺耳吼声，暴涌而出。

在雪魔天猿巨吼之中，林修崖几人的身形速度略微缓了缓，而就在他们身形减缓的刹那，雪魔天猿脚掌狠狠一踩地面，似是整个山谷都在此刻颤了一颤，身体借助着强猛的推力，犹如一枚白色巨炮一般，快若闪电般地冲上半空，眨眼之间，便出现在冲在最前面的严皓面前，手爪一握，寒气急速在爪上凝聚，转瞬间形成一副半尺多长的寒冰爪子。

寒冰手爪舞动，径直向着严皓心脏直抓而去，这般狠厉手段，带着凌厉的杀意，看来，这头雪魔天猿，从一开始便下了必杀之心。

雪魔天猿那与巨大身形丝毫不相衬的敏捷速度，明显大大超出了严皓的意料，不过后者也并非是毫无战斗经验的弱者，惊异之余，手中乌黑铁锤惯性地狠狠抡了出去，铁锤撕裂空气，发出的尖锐声响甚至令躲在树林中的萧炎都微微皱了皱眉。

"嘭！"

手爪与铁锤狠狠交接，一阵巨声之中，冰屑四溅，严皓的身形急速倒退，沿途身体所碰到的树木，几乎完全被拦腰截断，如此在撞断了十几棵巨树后，方才停了下来，抬起脸庞，严皓嘴角竟然隐隐有着一丝血迹。

"哈哈，好，不愧是以力量见长的雪魔天猿，不过想要一击杀了我，你还是差了点。"抹去嘴角血迹，严皓咧嘴一笑，也不在乎体内的伤势，再次握紧铁锤，犹如一辆人形坦克一般，向着已经被林修崖四人纠缠住的雪魔天猿冲去。

谷口之中，几道人影急速闪掠，彼此间形成的阵形将中央位置的巨大白影牢牢封锁住，狂猛的斗气犹如永远消耗不完一般，狠狠地喷薄而出，各种威力强横的斗技，也在一道道低喝声中，带起凌厉劲风，重重地劈砍在雪魔天猿身体之上，

带起一阵四散的冰屑及白色毛发。

　　林修崖几人的攻击之猛，有些出乎萧炎乃至药老的意料，看来这些家伙能够成为内院最具有含金量的强榜前十,的确有一身不俗的本事。不过他们攻击虽猛烈，可雪魔天猿的防御同样坚固，其毛发之下，被极为结实的冰层完全笼罩，任何攻击打在上面，都只能带起一阵阵冰凉的冰屑，却始终难以给它带来实质性伤害。按这般战斗，或许林修崖等人支撑不了多久，毕竟雪魔天猿的恢复能力，可比人类要强。

　　双方之间的战斗，随着时间的流逝越来越白热化，谷口处遍布的凌乱巨石，在双方能量对轰下，几乎全部被余波震得粉碎，地面上，一道道裂缝犹如蜘蛛网一般，从战斗之处蔓延而出。这般破坏力，令隐藏在暗处的萧炎有些咋舌，不愧是即将进入斗王阶别的强者，这战斗力，果然远非大斗师乃至普通斗灵可比。

　　手中青色长剑一振，脚尖轻点凭空浮现的风卷，林修崖身形浮升半空，原本云淡风轻的面庞，此刻也多了一分凝重，望着下方在严皓四人的包围下，依然生龙活虎不见疲态的雪魔天猿，他紧皱了一下眉头。手中长剑微微一振，青色斗气自体内顺着经脉急速涌进剑身之中，而随着斗气的涌进，只见青色长剑，忽然变得若隐若现，且其体积，也暴涨了十几倍，剑身之上，萦绕着实质风卷，其周身空间，在此刻急速波荡了起来。

　　"严皓，拦住它！"手掌紧握着青色长剑，林修崖沉声喝道。

　　感受到半空中酝酿而出的恐怖劲风，严皓等人明白林修崖正在施展他的拿手好戏，当下皆一点头，手中攻击，越加狂猛，努力牵制着雪魔天猿不去打断林修崖的斗技凝聚。

　　雪魔天猿同样感受到了天空上凝聚的恐怖劲气，这劲气的凌厉，使它浑身毛发微微竖了起来，一声厉吼从口中冲出，顿时，一股雪白色的能量冰寒涟漪，急速扩散而出，沿途一些巨石，在被冰寒涟漪波及之后，顷刻间便化成了雪色冰块……

　　雪魔天猿的陡然爆发，令严皓等人急忙撤退，身形急速闪掠躲避着追击而来

的冰寒涟漪。

一击逼退严皓等人，雪魔天猿兽脸上似乎勾起了一抹狰狞，脚掌猛地一踏地面，庞大身形暴冲天际，转瞬间便出现在借助着风旋之力勉强滞空的林修崖面前，冲着后者咧咧嘴，血红眼睛之中，杀意暴涌，锋利手爪，恶狠狠地对着林修崖脑袋拍了过去。看这架势，若是被拍中，任凭林修崖实力如何强横，怕也得落个脑浆四溅的下场。

躲在树林之中，萧炎望着那被雪魔天猿欺身而进的林修崖，忍不住摇了摇头，这个倒霉的家伙，这下恐怕是凶多吉少了。

然而，就在萧炎心中暗叹之时，只见处于半空中无处借力的林修崖，背间一颤，旋即一对单薄的青色能量双翼，猛地弹射而出，双翼一振，其身形敏捷地躲避开了雪魔天猿的必杀一击，并且还借此再度升了几丈之高，手中长剑，急速颤抖着，并且不断地发出清脆的剑吟之声，周身空间，更是猛烈地波荡起来。显然，林修崖那凌厉无匹的斗技，已经酝酿完成！

"这……斗气化翼？这个家伙……晋入斗王阶别了？"

林修崖背后忽然浮现而出的斗气双翼，不仅令萧炎一脸惊讶，就是与之熟悉的严皓等人，也不由得满脸错愕，好一会儿，方才逐渐回过神来，互相对视了一眼，眼中掠过一抹凝重。

虽然严皓也如同林修崖所说，触摸到了一点斗王阶别的屏障，但是那一点点触摸，也只能使他比一般的斗灵巅峰强者要强一些而已，想要达到林修崖这种依靠本身实力凝聚斗气双翼的话，还是要差上许多，从这也能够瞧出，林修崖又走到了他的前面。

斗气化翼，几乎是斗气修炼中极具标志性的成果，这个标志代表着成为大陆强者的一个分水岭。所有人都清楚，只要能够将斗气化翼，就象征着其能够进入那个令无数人止步的阶别：斗王！简单的两个字，却是无数天赋杰出之人毕生努力修炼的目标，但是，这两个字所代表的艰难，却让大多数人，在此停下了脚步，

最后黯然而退。

　　斗灵与斗王，虽然只有一阶之隔，然而其间的差距，却比前面任何一个阶别都要巨大。斗灵以及之前阶别的修炼者，与人战斗，都只能挥霍体内斗气相战，虽然类似萧炎这种修炼者，或许体内斗气比常人要更加雄浑或者精纯一些，但是无论如何，再雄浑的斗气，都有枯竭之时以及力量界限。

　　而只要进入了斗王这个阶别，体内斗气便能与外界茫茫天地间无穷无尽的磅礴能量呼应，进而将之调动，化为己用，那股恐怖力量，即使撕山裂地，也不在话下。从这一点，便足以瞧出两者间的差距，一个是凭借本身力量，一个是引动天地力量，孰强孰弱，一眼便知。

　　所以，当众人见到林修崖背后的能量双翼之后，都是这般惊异神情。

　　"青炫风杀！"

　　在众人惊愕之间，半空中，冷厉的喝声，猛然自林修崖口中响起，随之，众人感觉到山谷之中流动的风似乎陡然间凝固了起来，紧接着，狂风大作，一股极强的力量在半空中急速凝聚，眨眼间，力量便已汇聚完毕，最后强力撕裂空气，尖锐的破风声响犹如鸣笛声一般，在众人耳边盘旋不散。

　　"咻！"

　　一道蕴含着极其强横劲风的青色模糊影子自半空暴射而下，虽然青色影子极其模糊，但还是能够隐隐辨认出这是一把能量化的青色长剑，只不过，这长剑速度快得有些恐怖，而且看其表面不住狂涌的风旋，似乎还是由狂风压缩凝聚而成的能量之物一般，这般能量凝实，再配合斗技施展，威力极其强大。

　　青色影子向着位于林修崖下方几丈处的雪魔天猿激射而去，后者虽然借助着推力冲上了天空，可因为无处借力，故面临攻击时，也不可能犹如在地面那般自如躲避，所以，即使雪魔天猿也感受到了那急射而来的强横劲气，却没有半点办法躲避，当下只能獠牙大口一张，发出一道低低吼声，一圈淡白颜色的能量光罩自其体内闪电般地急涌而出，最后凝固成了一个庞大的冰寒圆球，将雪魔天猿尽数包裹其中。

冰球刚刚凝聚，尖锐的破风声响便瞬间临至，两者猛烈碰撞，众人只听得天空一道轰然巨响，旋即那巨大的冰球便急速坠落，最后重重地砸在谷口不远处的碎石之中。落地的瞬间，恐怖的冲击力，犹如一颗炮弹一般，生生地将地面砸出了一个十多米宽的巨大沟壑，一道道手臂般粗细的裂缝四面八方地蔓延而出，最后径直延伸进森林之中。

　　瞧见那被轰进地面的冰球，严皓急忙展动身形，闪掠到冰球落地周围的乱石以及树干上，体内斗气急速涌动，提防着受伤的雪魔天猿趁机逃离。

　　几道目光死死地盯着那灰尘弥漫的冰球落地处，半空中，一道青色影子闪掠而下，最后稳稳地落在一处树顶之上，众人望去，见林修崖脸色略有些苍白，而此时，他背后的那对斗气双翼，已逐渐变得稀薄，瞬间，在一道细微的咔嚓声响中，化为漫天光点，缓缓湮灭。

　　"这个大家伙的确很强，没想到这么多人封锁，都没对它造成多大的阻碍，若不是我因为功法奇异，勉强凝聚出这对斗气之翼，恐怕还真得被其一掌击杀。不过虽然逃了一劫，可这斗气消耗也实在太大。"林修崖紧握着手中修长的青色长剑，冲严皓几人苦笑道。

　　"功法缘故？"听得这话，严皓等人一愣，旋即恍然，心中却是悄悄地松了一口气。

　　"原来依靠的是功法，我就说，这家伙虽然已经半只脚踏入了斗王阶别，但是想要一举凝聚斗气之翼，那也是有些不太可能啊。"身形隐藏在森林间，萧炎也听见了林修崖的话，当下恍然，心中暗自嘀咕道。

　　一般说来，只要能够凭借本身斗气凝聚出斗气双翼，便能够称之为准斗王强者，若是能够凝聚斗气双翼在空中停滞并且飞行一段时间，那才是真正的斗王强者。但是这些，前提都是在本身实力的基础上，依靠功法，就不算此列了。再者，他们也清楚，林修崖修炼的是风属性斗气，这种属性斗气凝聚双翼要比其他属性更加容易一些，如此说来，林修崖也还没真正地跨过斗灵与斗王之间的那一道天堑。

　　"林学长，战斗可是结束了？"战圈之外，韩月也收敛了美丽眸中的一抹讶异，轻声问道。

听到韩月此话，严皓等人也回过神来，急忙将目光投向下方弥漫的灰尘中，附耳倾听了一会儿，发现没有什么动静，当下脸上都隐隐有一些喜意和疑惑。

林修崖微皱着眉头望着毫无动静的下方，他清楚自己先前那记攻击的强度，虽然能够让雪魔天猿受一些伤，但若说凭此就想将之击杀，却是绝对不可能。

心中闪过几道念头，林修崖袖袍轻挥，一股狂风凭空涌现，然后将下方灰尘尽数吹拂而去。

随着灰尘的逐渐散去，下方那巨大的坑洞也出现在众人视线之中，但是由于坑洞颇深，众人只能看见一片幽幽黑暗以及坑洞周围蔓延的微薄冰层。

眼神紧紧地注视着幽幽深坑，林修崖忽然目光一凛，他发现坑洞中似乎隐隐有淡淡的诡异红芒散发而出。

"有点不对，小心一点！"心头紧了紧，林修崖沉声提醒道。

林修崖的提醒，让严皓等人神色变得凝重了起来，当下体内斗气暴涌出来，将身体尽数包裹其中，远远看去，就犹如几个颜色不同的光团一般，而且，强横的能量正不断地从光团中释放着。

萧炎隐藏在暗处，也为场中的诡异变化感到惊讶，目光盯着那漆黑坑洞，凭借敏锐的灵魂感知力，他隐隐察觉到坑洞中似乎有什么恐怖东西即将暴涌而出。

"小心点，雪魔天猿的能量正在急速增强，看来我所料不差，这畜生应该是已经觉醒了狂暴血脉，那些家伙的围剿，怕是要失败了。"药老的声音，忽然在萧炎心中响起，声音中，透着一股幸灾乐祸。

闻言，萧炎一怔，旋即苦笑了一声，不再言语，只是小心翼翼地压抑着气息，关注着场中的动静。

安静，持续了约莫三四分钟的时间，而随着时间的推移，那黑洞中的诡异红芒越来越盛，到最后，简直红艳得犹如鲜血一般，而这般妖异场景，令林修崖等人心中泛起一抹不安，若非是那地心淬体乳诱惑力实在太大，恐怕当场就得撤离。

站在一处树顶，韩月紧握的玉手也满是冷汗，虽然她距离战场颇远，可不知为何，她总是察觉到那泛着红芒的黑洞中有一道充满杀意的狂暴眼光盯着自己，或许，那个灵智不弱的畜生也知道，若不是她偷偷发现了此处隐藏着地心淬体乳，它恐怕也不会面临这些麻烦。

"轰！"

就在韩月胡思乱想间，一道冰屑爆裂的声音自黑洞中传出，众人心中一紧，旋即便隐隐看到黑洞处有一道极其模糊的红芒闪掠而出。这般速度,恐怖得让人咋舌，众人脸色大变，不用人招呼，一个个都犹如兔子一般，急忙撤退逃窜。

红芒率先出现在身形暴退的林修崖身前，后者连对方确切形貌都还未曾看见，便感觉到一股极其冰寒的劲风，自面前撕裂了空气般地狠狠砸来。

感受着劲风的凌厉，林修崖手中长剑急忙舞动，以极快的速度在面前构建出了一道风网，然而当那股冰寒劲风袭来时，风网仅仅坚持了一会儿，便轰然爆裂，而未被完全化解的冰寒劲风，则狠狠地轰击在林修崖身体之上，当下一口鲜血狂喷而出，林修崖的身体宛如一枚炮弹般，重重地射进了森林之中。

仅仅一个回合，这里最强的林修崖，便被击败，严皓等人脸色都变得极其难看了起来。

红影在击退林修崖之后，却并未追击严皓等人，一对赤红的暴躁巨眼，投向了远处树顶上银发飘飘的韩月，充满杀意的低吼之声，响彻了整个山林。

"韩月，快走！"瞧见红影的目标，严皓等人一怔，旋即急忙喊道。

树顶上，韩月也发现了那急掠而来的红影，冷艳的脸颊略微有些苍白，然而她却并未失措逃窜。她清楚，以林修崖的速度以及实力都逃不及，她若是转身逃跑的话，恐怕只会当场被击杀，而若是放手全力一搏，或许还有极其渺小的生存几率。

在这电光石火之间，这个聪慧的女子，并未因为紧张而自乱阵脚，反而在绝境中努力地寻求着那渺小的生机。

纤手一握，白色寒气在玉手中急速涌现，然而还未等她将斗气凝聚，红芒陡

然闪掠而至，一张布满狰狞的兽脸，带着杀意，便出现在那对美丽瞳孔之中。

"吼！"

充满杀意的吼声响彻天际，一股比先前追杀林修崖时还要更加凌厉的寒风，狠狠地撕裂空气，向着一脸苍白、娇躯摇曳得犹如风中花朵一般的韩月砸了下去。

不远处，严皓等人见状，眼瞳之中皆涌上怒火以及不忍，可惜因为实力不足，无可出手，竟然都只能眼看着一朵美丽的冷艳雪莲，生生以最凄艳的方式凋落。

面对着这几乎必死的一击，韩月也放弃了无谓的挣扎，美眸缓缓闭上，冷艳动人的脸颊上呈现一道令人心碎的凄然。

"咻！"

凌厉寒风没有因为这凄然动人一幕而有半点停滞，依然狠狠地向着韩月落了下去。然而，就在劲风即将与韩月脑袋相接触时，陡然，一道黑影带着闷雷声响闪过，而黑影闪过之间，雪魔天猿凌厉劲风，直接扑空，那差点儿就被一掌拍死的韩月，也瞬间消失了踪影。

不远处，严皓等人都因为这突兀变故愣了，旋即目光急忙转移，却见到左面百米之外的一处树顶上，一道黑影闪掠而现，而那韩月，正软绵绵地躺在其怀中，似乎被吓坏了。

树顶上，黑影低头望着怀中那张原本冷艳动人，现在却因为苍白而显得楚楚动人的美丽脸颊，虽然手臂挽着那柔软纤腰极其舒畅，可在不远处那几道目光的注视下，他只能将之扶直身子，轻笑道："韩月学姐，没事吧？"

听到声音，韩月那紧闭的修长睫毛微微颤抖了几下，旋即带着一分惊颤睁开了眼，瞧见面前的那张清秀年轻面庞时，怔了一下，从那红润小口中传出了不可置信的喃喃声。

"你……你……萧炎？"

望着那张冷艳动人的脸颊上所布满的惊愕，萧炎笑了笑，道："没受伤吧？"

"没。"摇了摇头，韩月目光奇异地望着面前的萧炎，脸颊上动人的红晕稍稍

减缓，轻轻地谢了一声，旋即叹息道，"这才两三个月时间没见，你倒是变强了很多，刚才那般速度，内院中能超过你的人，恐怕没有。"

以变异之后的雪魔天猿的速度，即使是林修崖那等实力都躲避不及，而面前的萧炎却能够在那电光石火间将她救出来，这般速度，恐怕在场的没人能够比上，这与几个月之前的他相比，有种脱胎换骨般的进步，也难怪韩月会有这般感叹。

萧炎再度一笑，并未说什么，转过头，将目光投向那闪回地面，出现在一块巨石处的红影身上，当下眼中闪过些许凝重。此时的雪魔天猿，浑身雪白毛发已经完全转变成了一种血红之色，猩红的巨眼之中，杀意与暴躁更浓，一股股宛如实质烟雾般的血色雾气，不断地从其体内渗透而出，而这些血色雾气，一旦沾染到树叶等，便会将其侵蚀成一片虚无。观其这等气势，实力几乎比先前暴涨了一倍之多。

"韩月学姐，这大家伙似乎越来越强了，我看还是尽早撤吧，不然，恐怕……"萧炎微皱着眉头提醒道，药老说过，觉醒了狂暴血脉之后，雪魔天猿能够在短时间内与五星左右的斗王强者抗衡，如今林修崖受伤而退，凭借他们这些人，再不可能对它造成什么威胁，而且一个不慎，恐怕还会出现不小的伤亡。

"嗯。"韩月苦笑着点了点头，这雪魔天猿的突然变异也是出乎她的意料，如今以他们这个队伍的实力，已经远远不足以将之击败，见识到先前这雪魔天猿的恐怖实力，她对获得地心淬体乳已经不抱什么希望了。

不远处，严皓瞧着那在爆发了凶悍攻击后，此刻似乎陷入一种调息状态的雪魔天猿，赶忙一挥手，吩咐一人闪进森林中寻找受伤的林修崖，他和其余几人，小心翼翼地闪掠到韩月两人之旁的树顶上，旋即带着奇异的目光打量着萧炎，先前他所展现出来的那般速度，足以让这些在内院属于拔尖的强者收起小觑之心。

"呵呵，这位朋友，难道你也是内院的学生？为什么以前从未见过？"上下打量了一下萧炎，严皓不由得有些疑惑，以他这般速度，至少也应该是强榜高手才对，可为什么却这般面生？

"严皓学长，他叫萧炎，是几个月前方才进入内院的新生。"韩月微笑着介绍道。

"新生？"闻言，严皓几人顿时一阵惊呼，目光略有些怪异，一个才进入内院不到半年的新生，竟然有这等实力？难道现在的外院，已经强到这种地步了不成？

几道目光在萧炎身上来回扫视，片刻后，疑惑却更加浓郁了，看萧炎的气息浓郁程度，也就是在大斗师阶别左右，可为何先前所爆发的速度，竟然连他们都赶之不及？

对于严皓等人的疑惑目光，萧炎只是一笑，并未作什么解释，向着几人微微抱拳，颇为客气地打着招呼。不管怎么说，面前的几个家伙可都是内院顶尖的强者，实力远远比白程那等货色强上许多，能与他们接上关系，他自然是不会拒绝这等机会。

"萧炎？我似乎听说过这个名字，前段时间不是说新生在火能猎捕赛上把老生队伍全部打败了吗？好像那新生队伍的领头，便叫作萧炎吧？我想，是同一个人不假吧？"一名面色黝黑，可眼睛却异常明亮的黄衣男子，在沉吟了一会儿之后，忽然出声道。

听到这话，严皓等人一怔，旋即似是也记了起来，笑着道："原来那个萧炎就是你，这名字可真是如雷贯耳啊！当年我们进入内院时，我和林修崖那家伙还败在了最后的白煞队手中，没想到长江后浪推前浪，这届新生更彪悍，居然直接把黑白双煞全部给干掉，果然有本事啊。"

瞧见几人那奇异目光，萧炎不由得苦笑了一声，道："只是好运而已，当年严皓与林修崖学长可是两个人单挑的黑白双煞，我却是依靠整个新生队伍，这如何能比？"当年的事情，萧炎也听说过一些，这严皓与林修崖都是高傲之辈，那一届的其他新生难以入他们法眼，所以两人独自组了队，然后一路横冲直撞，直到最后，才败在白煞队手中，可谓当年的一段佳话。

"管他什么手段，能赢就是好的。我们当年也是太傲了点，不然这第一次打破火能猎捕赛诅咒的队伍，也等不到今年才出现了。"严皓撇了撇嘴，笑道。

在萧炎几人谈话之间，两道人影也从森林之中冲出，几个闪掠便出现在众人

身旁，原来是先前被打进森林的林修崖以及前去寻找他的另外一人。

"这位是……"此时的林修崖，脸庞苍白，嘴角还隐隐有着血迹，一身青衣也破碎了不少，然而虽然形象狼狈，可那气质倒是未曾减弱多少。他先是冲着众人苦笑了一声，然后瞧见萧炎那陌生的面孔，有些愕然地道。

"你没事吧？"严皓先是询问了一句，然后便将萧炎的来历简略地说了一遍。

"原来是萧炎兄弟，呵呵，这名字倒是不陌生呐。"听完严皓的介绍，林修崖也感到有些惊异，先前那雪魔天猿的速度是何等恐怖，他可是亲身体验过的，没想到面前这个刚进入内院不到半年的新生，竟然能够从其掌中救人，这般本事，倒是有资格与他们平辈交谈。

"呵呵，林学长，我正巧在山中修炼，方才听得这边动静才赶了过来，见到你们正与这大家伙对峙，再瞧见韩月学姐有难，倒是不好隐匿一旁，所以只能出手，若是有打搅之处，还望见谅。"萧炎瞥了一眼远处那因为这边人数众多而略微显出一丝忌惮而未曾继续进攻的雪魔天猿，对林修崖笑着道。

"这有什么好见谅的，既然萧炎兄弟救了韩月一命，那也不用对你隐瞒什么。我们在此围剿这头雪魔天猿，只是因为想要得到其守护的一种奇物而已，所谓见者有份，若是真能够将之弄到手，定然也少不了萧炎兄弟那一份。"林修崖不在意地笑了笑，随意的话语，却想将萧炎也拉进这个小团队之中。这般举动，明显认为萧炎的实力有资格和他们分这一杯羹。但是他并未将地心淬体乳详细说出来，这种东西太过宝贵，又是第一次遇见萧炎，自然不可能轻易便将这些秘密告诉与他。

见到林修崖竟然主动邀请萧炎加入，严皓等人都愣了一愣，对视了一眼，旋即默然，萧炎的本身实力，或许还不能让他们如何重视，但是先前所展现出来的异状速度，却让他们不能小觑。再者这地心淬体乳是韩月最先发现，而现在萧炎还救了她一命，她恐怕也不会反对林修崖的这个建议，所以，他们几人心中在转了转念头后，未曾说什么反对意见。

萧炎同样因为林修崖的坦诚而怔了一怔，这等奇宝，别人是巴不得独自占有，这个家伙倒能够压抑住垂涎，作出最清醒明智的建议，这份心机，可是颇深的啊！但是自己的一些东西，却不能在外人面前显露，所以这邀请，恐怕只能拒绝了。

故而，在众人注视下，萧炎摇了摇头，苦笑道："多谢林学长好意了，但是恐怕萧炎无福消受。这雪魔天猿可不是省油的灯，据说这种异兽体内流淌着一种狂暴血脉，一旦觉醒，实力将会在短时间内暴涨，我看这畜生现在的变化，恐怕正是那狂暴血脉觉醒了的缘故。这种时候，别说普通斗王，就算是实力达到五星斗王阶别的强者，也拿它没有办法。虽然话有些打击人，可我并不觉得我们几人能够将之打败。"

"狂暴血脉？"听到这称呼，林修崖等人都是一怔，旋即有些变色。虽然他们也认识这种异兽，可对它的了解，自然不可能有药老那般深厚，因此，从未听说过什么狂暴血脉，但是从先前雪魔天猿的变化来看，与萧炎所说颇为吻合，因此众人脸色都略有些难看了起来。他们自然清楚，一个能够与五星斗王强者相抗衡的魔兽，凭他们的实力，还是斗不过的。

"那现在怎么办？难道要放弃吗？"严皓皱眉向着林修崖问道，地心淬体乳对他的诱惑实在太大，让他放弃，着实太过肉痛了。

林修崖苦笑了一声，沉吟了好一会儿，方才咬着牙道："算了，就先相信萧炎兄弟一次吧，而且这次我受伤不轻，恐怕至少得休养半个月才能康复，所以这围剿，只能再想其他办法了。"

听到林修崖有暂时撤退之意，严皓等人都有些不情愿，不过当他们眼睛扫过远处那散发着恐怖气势的雪魔天猿后，心中皆是一寒，只得无奈点头。

"先撤吧，等将伤养好之后，再想办法。"林修崖叹息了一声，旋即向着萧炎拱手道，"萧炎兄弟，你可是要和我们一起回内院？"

闻言，萧炎略一沉吟，摇了摇头，道："我来山中是修炼斗技，如今斗技未成，倒还没有回去的意思。"

"呵呵，既然如此，那我们便先行回去。有一事，还请萧炎兄弟帮忙，那就是

不要将今日之事与任何人说。"林修崖深深地看了萧炎一眼，抱拳道。

"什么该说，什么不该说，我会有分寸。"萧炎笑了笑，道。

"那便多谢了，日后若是萧炎兄弟有需要帮忙的地方，可以来找我，在内院之中，卖我林修崖面子的人，倒还不少。"林修崖含笑道。他未对萧炎有多少怀疑，虽然萧炎速度很是令人惊讶，但是光凭大斗师的实力，还不可能单独闯进那被雪魔天猿守护的山谷。

"走。"语罢，林修崖一挥手，便率先转身向着深山之外急掠而去，其后有些不甘的严皓等人只得紧跟而上。

"萧炎学弟，在深山中可得小心一些。"韩月向着萧炎微微一笑，关切地提醒了一声后，方才展动身形，银发飘飘地向着远处闪掠而去。

目光望着逐渐消失在视野之中的林修崖等人，良久，萧炎轻叹了一声，苦笑着低声道："实在抱歉了，劝你们离开也的确是为了你们好，若是继续纠缠下去，一旦雪魔天猿彻底爆发，恐怕你们没人能离开这里。"经过药老的提醒，萧炎清楚地知道觉醒了血脉之后的雪魔天猿有多恐怖，别说是林修崖几个位于斗灵巅峰的人，就算是五个正式斗王强者，恐怕都不敢在这种时候与雪魔天猿纠缠。

转过头来，萧炎将目光投向那随着林修崖等人的离去，暴躁气息逐渐降低的雪魔天猿，悄悄地松了一口气，手掌温柔地抚摸着手臂处的衣袍下之物，那里，一条美丽小蛇正微微扭动着，有这个小家伙在，他倒是能够与雪魔天猿搏上一搏。

心中念头转动着，萧炎嘴角忽然一挑，紧盯着雪魔天猿，喃喃道："你这畜生，现在猖狂，等你晚上到了衰弱期时，再来收拾你……你那地心淬体乳，我可是要定了。"

轻轻一笑，萧炎身形一动，一抹电光在脚底迅速成形，然后身形化为一抹黑影，在低低的闷雷声响中，急速地穿梭进入茫茫森林之中，旋即迅速消失不见……

第十九章
美杜莎女王再现

繁星满天,冰凉的月光从天际洒下,把整个山脉都包裹在一层淡淡的银光之中,令其显得朦胧而神秘。

深夜,山中除了一些晚上觅食的魔兽之外,大多数鸟兽都已经归巢熟睡,整个森林一片寂静,许久才会有悠长的低吼声从远处缓缓传来,最后扩散消逝。

漆黑的夜空中,一道黑影忽然悄悄飞掠而过,一对巨大的双翼微微振动,带起细微的空气流动,而其身形,则借助着这微小的空气流动,在夜空中一闪而逝,没有惊动任何东西。

……

"咻!"

山谷外的一处树顶之上,一道人影忽然凭空闪掠而现,目光灼灼地望着那漆黑的山谷之内。因为白日的凶悍战斗,此时的山谷口,已是一片狼藉,大大小小的坑洞,凌乱地散布着。

望着幽深的山谷,萧炎轻笑了一声。袖袍轻挥,顿时,一道七彩影子自袖袍中闪掠而出,最后欢快地围绕着萧炎的身体不断盘旋,嘶嘶声音从其嘴中不断传出。

"真是馋嘴的家伙。"见到吞天蟒紧紧盯着自己的纳戒,萧炎无奈地摇了摇头,

手掌一晃，一瓶伴生紫晶源出现在手中。

紫晶源刚刚出现，吞天蟒身形便快若闪电般地冲了上来，趁着萧炎不备，细长的身形直接将他手掌连同瓶子都缠了起来，蛇芯一吐，便探进了瓶中，狠狠一吸，玉瓶中的紫晶源便少了将近三分之一。

一巴掌扯开吞天蟒的脑袋，萧炎急忙把玉瓶抢回，瞧见里面只有约莫三分之二的量了，不由得心疼地咂了咂嘴。这个贪吃的家伙，现在胃口越来越大了，以前只要几滴就能满足，现在却要喝这么多，按照它现在这种食量计算，那仅剩的几瓶紫晶源可不够它吃的。

狠狠地喝了几口紫晶源，吞天蟒满意地吐了吐蛇芯，游动着细长的身躯盘在萧炎肩膀上，七彩蛇鳞在月光的照耀下，反射着绚丽光泽，极为漂亮。

将紫晶源收好，萧炎微微偏头，刚好与那对隐隐泛着七彩颜色的蛇瞳对视，当下心头猛地涌上一股感觉：妖艳，和当初见到美杜莎女王是一个感觉。

喉咙滚动着，萧炎咽了一口唾沫，现在的吞天蟒与美杜莎女王的共同之处，似乎越来越多，这……

萧炎苦笑着叹了一口气，手掌温柔地抚摸着吞天蟒的小脑袋，吞天蟒温顺地微眯着妖艳的蛇瞳，蛇芯轻轻吐在他手掌中，湿湿软软的，令萧炎感觉痒痒的。

"小家伙，你可得坚持住啊，不要被那女人给吞噬了灵魂，不然，我们俩恐怕都没啥好下场。"萧炎叹息着摇了摇头。只要一想起那个妖艳与杀伐相结合的美杜莎女王，他便有种头疼的感觉。当然，任谁与这么一个实力达到斗宗阶别的超级强者有这般复杂纠葛，恐怕都不会有多开心。特别是这个超级强者还是视人命如草芥的那种，杀个人对她来说，几乎比杀只鸡还容易，没有丝毫心理负担。

似是听懂了萧炎的话语，吞天蟒发出了一阵嘶嘶声响，妖艳蛇瞳中闪烁着光泽。

"唉，这些都是日后的问题，现在你吃也吃饱了，可得给我干活了，若是敢偷懒的话，以后可就别想吃到紫晶源啦。"拍了拍吞天蟒的脑袋，萧炎将心中的杂念甩去，笑着道。

萧炎的威胁明显对吞天蟒很具有压迫性，当下这个小家伙急忙点着脑袋，尾巴一振，身形便化为七彩光影在萧炎面前来回闪掠。那般速度，让萧炎只能看见几道光线在穿梭。

甩了甩头，萧炎背后紫云翼缓缓振动，其身体也在逐渐升空，然后悄然地向着山谷之中飞掠而去，而在其周身，吞天蟒来回穿梭着，将前者保护在其中。

萧炎的飞行速度放得极缓，整个山谷口处，没有半点声响，静悄悄的，安静得可怕。

然而，就在萧炎距离谷口还有十几米时，游荡在其身旁的吞天蟒，浑身鳞片陡然微竖，略有些尖锐的嘶嘶声，从其口中传出，并急速地在谷口回荡着。

瞧见吞天蟒这般举动，萧炎心头也是一惊，急忙停下身形，体内斗气急速涌动，目光紧紧地盯着这幽深的山谷。

随着时间的推移，漆黑的山谷中，逐渐有着一对猩红光点出现，紧接着，光点逐渐变大，最后在低沉的脚步声中，猩红光点化为一对红色巨眼，出现在淡淡月光的照耀之下。

望着出现在月光下的雪魔天猿，萧炎悄悄松了一口气，此时的它，毛发已经再度变回了雪白，并且其体表所散发的气势，也比白日减弱了许多。显然，那爆发了血脉觉醒之后的衰弱，使现在的它很难再达到巅峰状态。

一对猩红巨眼死死地盯着半空中的萧炎，或者说……萧炎身边的吞天蟒……同为魔兽，雪魔天猿对吞天蟒的那股气息并不陌生。这股气息，令它感到有些不安和一丝丝恐惧。

月光下，一蛇一猿互相对视，两股强悍雄浑的气势逐渐升腾而起，在这两股气势压迫下，以萧炎如今的实力，略微感到有些窒息。

一股无形的灵魂力量从手指上的漆黑戒指中升探而出，将萧炎包裹住，也把吞天蟒与雪魔天猿的气势压迫断绝了去。药老的声音，在萧炎心中响起："让吞天蟒拦住雪魔天猿，你抓紧时间进入山谷寻找地心淬体乳。"

"嗯。"萧炎微微点头，偏头向着一旁的吞天蟒低喝道，"小家伙，拦住它。"

"嘶！"

听到萧炎命令，吞天蟒发出一阵嘶鸣声，淡淡的七彩光芒忽然从体内暴涌而出。随着七彩强光的出现，它的身体，正在以肉眼可见的速度猛然膨胀着。

眨眼时间，那原本还是迷你袖珍型的吞天蟒，便赫然变幻成了十来丈长的庞然大物。夜空之下，吞天蟒缓缓蠕动着巨大的身躯，一对妖艳蛇瞳，盯着下方的雪魔天猿，蛇芯吐缩间，连空间都在略微波动着。

"沉睡了这么久，这个小家伙实力又长了许多，果然不愧这吞天之名，若是等你达到巅峰时刻，怕还真是有毁天灭地的力量。"感受着吞天蟒比上一次在云岚宗时更加强大的力量，萧炎不由得惊叹道。

"吞天蟒的确属于上古异兽，但是正常情况下，想要达到这种地步，至少也需要百年时间。而你这头吞天蟒，若不是因为美杜莎女王灵魂的不断侵蚀与同化，也不可能进化得这般迅速，与其说现在它在变强，还不如说是在挥霍美杜莎女王的力量。"药老淡淡地道。

萧炎默默点头，又是美杜莎女王，这女人，实在太恐怖了……

长长地吐了一口气，萧炎在停滞了十几秒后，背后双翼猛然一振，身形化为黑影，向着山谷中暴射而去。

萧炎身形刚动，那雪魔天猿便有所察觉，当下发出一道怒声，脚掌一跺地面，庞大的身躯犹如一颗炮弹般，径直向着萧炎拦截而去，尖锐的破风声响，刺耳地在山谷口响起。

然而虽然雪魔天猿速度极快，但是吞天蟒比它更快。雪魔天猿还未到达萧炎面前，便见得面前七彩光晕大盛，一道巨大的尾巴带着浓郁的七彩光芒，狠狠地从天而落，最后重重地砸在雪魔天猿身体之上，庞大的力量，顿时爆发而出，将它砸向了山壁。

"嘭！"

在巨响之中，坚硬的山壁在雪魔天猿背后凹陷了一大块，巨石爆裂间，一道道裂缝犹如蜘蛛网一般，从其背后蔓延而出，最后几乎扩散了半个山壁。

"吼！"

遭受这般重击，雪魔天猿愤怒了起来，眼睛之中赤红急速增加，不再理会心中对吞天蟒的一丝恐惧，冰寒的能量涟漪在其身体表面凝聚而起。随着能量凝聚，空气都被冰冻了起来。雪魔天猿獠牙巨口大张，寒气猛然汇聚，转瞬间便凝成了一道直径足有半丈的冰寒旋涡球。

随着雪魔天猿手爪击打在胸口之上，蕴含着恐怖寒气的旋涡球，猛然射出，其目标，直指天空上的七彩吞天蟒，所过之处，都隐隐留下了一道长长的淡白色痕迹。

天空上，吞天蟒那妖艳的蛇瞳注视着暴射而来的旋涡球，片刻后，七彩强光乍然爆发，宛如夜空中的一枚七彩耀日，最后与那冰寒旋涡球重重相撞。顿时，巨大的能量炸响声，在山脉中犹如惊雷般响起。

借助着吞天蟒的阻拦，萧炎终于顺利地冲进山谷之中。听得山谷外响起的惊雷爆炸声，他身形略微顿了一顿，转头望向谷外，只见得半空之中，几乎被七彩光芒所笼罩，吞天蟒那庞大的身形，在光芒中若隐若现，散发着一股极为强横的威压之感。而在那威压之下，另外一股同样极为强横的雪白寒气也笼罩了半壁天空，即使是身在谷中，冰冷的寒流也令萧炎忍不住地打了个寒战。

"放心吧，虽然吞天蟒要击杀雪魔天猿或许会有点难度，可是将它拖住，倒是没有丝毫问题。现在的你，还是尽快寻找地心淬体乳吧。"似是清楚萧炎心中的担心，药老出声安抚道。

"嗯。"微微点了点头，萧炎不再犹豫。转回头来，目光望向黑漆漆的谷中，眉头微皱，手指轻轻搓动，几缕青色火焰从指尖飘射而出，散布在其周围的半空处，犹如一个个灯笼一般，将山谷中的黑暗缓缓驱逐。

借助着火光，萧炎方才发现这山谷之内的面积竟然如此宽敞，谷中树木丛生，乱石林立，但却并未有其他活物，显然都被雪魔天猿给驱逐了出去。

"这谷中环境也颇为复杂,想要寻找到地心淬体乳怕是要费一些时间。"萧炎心中嘀咕了一声,背后紫云翼微微振动,身形再度悬空而起。那些细小的青色火焰,随之而动,盘旋在其身边,犹如保镖一般。

　　放慢了飞行速度,萧炎逐渐向山谷深处掠去,沿途所过之处,静悄悄的,没有半点声响。借助着火光,萧炎能够看见地面上一些裸露的森森白骨,这般犹如死地般的景象,令人有些毛骨悚然。

　　"看来不仅人对这地心淬体乳有念想,就连一些魔兽,同样有抢夺之意啊。"瞧见那些庞大的骨骼,萧炎不由得叹息了一声,轻声道。

　　"地心淬体乳的洗髓炼骨之效,对魔兽的吸引力,远远比对人类的吸引力强。若是能够得到这东西,日后修炼成人形,也简单容易许多。"药老淡淡地道。

　　萧炎微微点头,忽然记起当年在加玛帝国魔兽山脉遇见的那紫晶翼狮王。当初云韵想要换取紫灵晶时,那家伙就提出拿化形丹来换取。如今萧炎也并非是当初的菜鸟,在炼药师这一道路上,已经登堂入室,自然清楚那化形丹的珍贵,而同时,也明白魔兽想要脱离兽体,是何等的困难。

　　脑中忽然闪过的那个名字,陡然令萧炎飞行速度一顿,紧抿着嘴,一张雍容华贵的美丽容颜自记忆深处浮起,那安静如水的眸子,依旧带着身为加玛帝国最强宗派之主的威严。

　　"云岚……云韵……"轻轻呢喃了一下这两个给萧炎截然不同感受的名字,他却是自嘲一笑,使劲地甩了甩头将心中的那份情绪甩开。现在双方因为各种变故,已经站到了对立面。她是云岚宗的宗主,不可能为了他而有所改变,而他也与云岚宗之间有着不可调和的恩怨,以他的性子,同样不可能会因为她的身份,而有半点犹豫,所以,日后回到加玛帝国,说不定还要兵刃相见。

　　使劲地搓了搓脸庞,将嘴角的自嘲抹去,萧炎飞行的身形却忽然停了下来。原来前方不远处已是山谷尽头,借助着火光,他看见了尽头处的一个漆黑山洞。

　　"是这里?"自语了一声,萧炎轻振双翼,身形向着地面飞掠而下,片刻后,

身形敏捷地落在了山洞外的一处巨石上。

轻嗅了一口从山洞内飘出的空气，隐隐有一点野兽味道，与雪魔天猿身体上的味道相差不多。

"这里应该是雪魔天猿的巢穴吧，既然它对地心淬体乳看得那般重要，想必不会距离那儿太远。"心中闪过一道念头，萧炎手一挥，那盘旋在身边的一缕青色火焰顿时飘进山洞，胡乱地四处乱撞了一圈后，他这才放心地抬脚走入其中。

山洞面积颇大，不然也难以容纳雪魔天猿的身体。山洞中，乱石散布，白色的毛发随处可见。萧炎脚步迅捷地向着山洞之中行去，片刻后，微皱着眉头站在山洞尽头的山壁之前，低声喃喃道："难道地心淬体乳不在此处？"

紧皱着眉头，萧炎目光四处扫视着，旋即顿在了山壁角落处。那里的地面，凹陷了极大的一块，凹陷之地布满了白色毛发，周围的大脚印比其他任何地方都要多上许多。萧炎走上前去，蹲下身细细观察了一下，发现这里似乎是雪魔天猿歇息的地方，而那凹陷之地，貌似也是后者庞大体型所压出来的。

依然并未发现有何出奇的地方，萧炎有些失望地摇了摇头。刚欲站起身来，心头却是微微一动，袖袍向着那堆满白色毛发的地方轻轻一拂，顿时一股劲风涌现，将那堆白色毛发吹开。

随着毛发的散开，下面出现了一层泥沙，只不过这泥沙与其他地方的沙子相比颜色要深一些，那模样，就如同被翻过一般。

微眯着眸子，萧炎缓缓退后了一步，手掌弯曲，旋即猛然一握，一股强猛吸力暴涌而出。随着吸力的暴涌，那散布的泥沙也随之暴射而出，最后竟然在萧炎掌心处凝聚成了一个篮球大小的泥沙球。

随手将凝聚的泥沙球丢开，萧炎又如此几次吸掠，半晌，泥沙吸尽，一个黑幽幽的地底洞口出现在其视线之中。

这个洞口明显还可以继续扩大，但萧炎的体型，已经足够进入。当下他笑眯眯地拍了拍手，手一挥，悬浮周身的青色火焰顿时飘进其中。他凑过头来一望，黑

洞之中的通道宽敞得有些出乎他的意料，当下嘿嘿一笑，跃身跳入，然后沿着弯弯曲曲的巨大地下通道，快速地前行着。

因为担心黑暗通道中暗藏玄机，萧炎极谨慎地将青火召唤到了极限，有二十多朵青色火苗，散布在周围，不断地在前飞掠探路。

通道虽然曲折，但是萧炎依然能够感觉到，他正在逐渐地深入地底。

在这般安静的气氛中行走了十几分钟，萧炎忽然发现，远处漆黑的通道尽头处，忽然出现了一点淡白光点，当下心中一喜，速度加快了许多。而随着越加的接近，白点也逐渐地放大，到最后，已经变化成了一个泛着白光的洞口。

站在洞口，萧炎深吸了一口气，然后一脚踏了出去。

随着脚掌踏出黑暗的通道，萧炎猛然感觉到眼前一亮，待得稍微适应了这光芒之后，方才转目四望，而当其瞧见周围环境之后，脸上不由得浮现一抹惊愕。

出现在萧炎面前的，是一片布满钟乳的地底世界。放眼望去，乳白色的钟乳连绵不绝地布满视线，淡白色的光芒从中散发而出，将这里的黑暗尽数驱逐。钟乳随处而生，大小不一，有的甚至长达百米。一滴滴白色的乳液不断地从钟乳石上滴落而下，在地面上溅起乳白色的水花。

"好一处地底世界。"半晌之后，萧炎缓缓恢复，惊叹地咂了咂嘴，旋即苦笑道，"地心淬体乳就在这里？这可要怎么寻找？到处都是一模一样的钟乳。"

"往最浓郁的大地之力凝聚处去。"药老的身形从漆黑戒指中飘荡而出，手指了指左边，道，"这边。"说完，他便率先飘动身形，向着左边掠去，其后，萧炎赶忙跟上。

两人在这钟乳世界中穿梭行走了十来分钟后，药老率先停下脚步，抬头望着出现在面前的庞大无比的钟乳，饶是以他的阅历也忍不住一阵惊叹。

出现在面前的这支钟乳一头连接山穹之顶，一头竖垂而下，足有百米多长，宽度也有两人合抱之粗。淡白光芒萦绕在这钟乳之旁，将之渲染得犹如一根水晶柱子一般。这根钟乳无疑是这地底世界中最为庞大的一株，这般体型，犹如钟乳之中的皇者一般，接受着周围无数钟乳的朝拜。

目光逐渐移下，在这根钟乳之下，是一方极为庞大的青石，有一大半被掩埋在地底之中。石面上有着一个不到半尺深的凹槽，凹槽正对着上方钟乳的尖端，而那凹槽之中，正盛着两寸深度的乳白液体，乳液之上，飘荡着淡淡的白雾，白雾颇为奇异，不管如何飘荡，都不曾消散。萧炎轻吸了一口雾气，顿时有种浑身骨头都酥麻了的奇异感觉。

眼睛死死地盯着那凹槽中的乳白液体，萧炎喉咙忍不住抽动了一下，脸庞上涌上一抹激动，他心中清楚，那久寻而不得的地心淬体乳，终于出现在他的面前。

在萧炎发呆之际，巨大的钟乳之尖，忽然涌起淡淡的白雾，白雾之中，钟乳之尖光芒逐渐强盛了起来。而在光芒涌动间，一滴犹如光斑的乳白液体，却陡然凝成，这滴液体在钟乳尖端一阵摇晃，最后终于脱离了束缚，在半空中垂直而落，最后轻轻地砸进了那青石顶上的凹槽之中。

钟乳的砸落，令那只有两寸多深的乳白液体表面泛起一阵涟漪，好在未有丝毫乳液溅出。

眼睛望着那犹如一个碧绿小碗般的凹槽中所波荡的乳白液体，萧炎忽然感到有些恍然，这个青石凹槽，竟然是被那钟乳滴落的液体生生凿出来的。手掌轻轻地抚摸着青石，感受着它的坚硬程度，萧炎再度惊叹，仅凭滴水之力，想要在这青石上面凿出这般凹槽，那得需要多少岁月？这可当真是滴水穿石。

"如果我记得不差的话，这乳液怕是得要一年时间才能凝结一滴，这小小的一坑，不知道需要多少年才能聚满。"一旁，药老轻叹了一声道。以他的阅历，在此刻也不免有些嘘唏。

闻言，萧炎顿时有些骇然，一年一滴，没想到先前那毫不起眼的一滴乳液，竟然是凝聚了一年的精纯能量，大自然果然玄奇无比。

"老师，这应该就是地心淬体乳了吧？"萧炎眼睛直直地盯着凹槽中的乳液，嘿嘿笑道。

"嗯。"药老随意地瞥了一眼那散发着奇异白雾的液体，微微点头。

见到药老点头确认，萧炎当下不再迟疑，迅速地从纳戒中取出一个玉瓶，就欲把地心淬体乳灌进其中，然而一旁药老忽然响起的声音，却让他有些错愕地停下了手中动作。

"这些东西虽然珍贵，可并不是最主要之物，此处还有更加珍稀的奇宝。"药老双手负于身后，笑着道。

"还有更珍稀的？"萧炎一愣，却是一脸茫然。

"常人若是遇见地心淬体乳，怕也只会像你这般，以为滴落之物便已是精髓。却不知，他们已将最大的宝贝给抛弃了。"药老戏谑地道。

尴尬地笑了笑，萧炎倒是无法辩驳，他确实以为这凹槽中的白色乳液，便已经是最珍稀的东西了，可未曾想过还有其他东西比这地心淬体乳更加宝贝。

"跟我上来。"药老抬头望着那倒挂在山穹中的庞大钟乳，忽然向着萧炎招了招手，旋即身形缓缓地向着巨大钟乳飘飞而上。

见到药老的举动，萧炎一怔，连忙再度召唤出紫云翼，小心翼翼地跟了上去。

两人沿着那垂直而立百米多长的庞大钟乳飞行而上，几分钟后，便飞到了山穹之顶，而在此处俯视下方，那些原本显得颇为巨大的钟乳，已经如蚂蚁般大小，四下张望，能够看见周围一些同样悬挂在山穹之处的钟乳，淡淡的光芒，给整个地底世界带来光明。

药老并未理会周围的钟乳，而是将飘浮的身子停在了这根最为庞大的钟乳基底。这里，已经是钟乳与山穹相接触之点，淡淡的荧光从钟乳之内渗透而出，将之映射得犹如透明的水晶一般，极为漂亮。

萧炎也振动双翼来到此处，顺着药老的视线一看，并未发现有何不对劲的地方，嘴巴嘀咕了几下，却并未说出话来。

"有玉片吗？拿玉片从这里轻轻地挖进去，记住，不要用大力，否则会彻底损坏这根万年才能成形的钟乳。"药老手指向着钟乳凌空一挥，钟乳底部便出现了一个巴掌大小的圆形痕迹，上下打量了这个痕迹之后，他才转头对萧炎郑重地道。

天焚炼气塔

闻言，萧炎虽然心中满是疑惑，却依然点了点头，从纳戒中取出一枚上佳的青色玉片，用斗气小心翼翼地包裹在其表面，然后才轻轻地沿着药老手指在钟乳底部划起的圆圈痕迹切了进去。

有斗气的包裹，玉片也变得颇为锋利，只是轻轻接触一下，玉片尖端便在细微的扑哧声响中，没入了犹如水晶般的钟乳之内。

手掌紧握着玉片，萧炎不敢令它有丝毫颤抖。玉片分毫不差地沿着药老所划的痕迹缓缓移动着，细微的哧哧声响在安静的高空中不断地回荡。

"咔……"

忽然间，当手中玉片划完了一圈，一块钟乳碎片便从本体之中脱落而下，萧炎眼疾手快地一把将之抓住。抬起头来，一道强光猛然自碎片脱落处暴射而出，刺眼的光芒令他急忙闭上眼睛，背后双翼条件反射地急速振动，身形接连退后了十几米方才停下。

"呵呵，没事，不用担心。"睁开眼来，药老的笑声却在身旁响起，萧炎这才松下紧绷的心，抬头望着那强光暴射处，眉头皱了皱，再度飞近。

接近这根庞大的钟乳，萧炎目光望向那切开的圆圈口子处，却惊讶地发现，钟乳之内，竟然悬浮着一团翡翠般颜色的黏稠液体，这团液体就好像具有灵性一般，在钟乳之中缓缓流动，不过其流动范围只在圆圈口附近，始终不曾超出一线。

虽然并不清楚这翡翠般颜色的黏稠液体究竟是何物，可其中所蕴含的那股精纯能量，依然令萧炎大为震惊。这股精纯能量，足足比下方青石凹槽中的地心淬体乳浓郁了十倍不止啊。

"这是什么东西？"有些口干舌燥地咽了一口唾沫，萧炎目光滚烫地望着那团翡翠色的黏稠液体，开口询问道。

"这才是真正的地心淬体乳。"瞧见萧炎那副震惊的模样，药老笑了笑，缓缓地道。

"下面那些不是？"萧炎一怔，有些难以置信地问道。

"下面的也是……不过那些都是从这本体中流逝出去的，相当于被稀释后的地心淬体乳。大陆上只有极少数的人知晓真正的地心淬体乳其实是隐藏在钟乳与大地接触点里。"药老手指着下方的青石，笑着道，"这或许是这种天地灵物所使的一种保护自己的障眼法吧，一般的人，就算能够寻找到它，恐怕也会像你刚才那般，将下方那些地心淬体乳收走，却将真正的宝贝遗留。"

听到药老这般解说，萧炎不由得暗暗地咂了咂嘴，没想到这地心淬体乳也有真假之分。大千世界，果然是无奇不有。

"这真正的地心淬体乳极其脆弱，只有最为温润的玉器，才不会损坏它。若是使用铁器等物的话，只要稍稍沾了一点，这团不知道凝聚了多少年的地心淬体乳，恐怕就得当场化为一堆废液。"药老郑重地提醒道。

讷讷地点了点头，萧炎抹了一把额头上的冷汗，暗自庆幸，还好有百科全书般的药老跟在身边，不然光凭自己，就算侥幸找到了这真正的地心淬体乳，最后也会被自己的莽撞弄得两手空空。

"现在怎么办？"望着那钟乳之内缓缓流动的翡翠黏稠液体，萧炎不敢有任何动作，只能向药老询问道。

"用玉器把它弄出来，记住，千万不要直接用手触摸。"药老道。

闻言，萧炎赶忙点头，在纳戒中翻腾了半天，找出了一个玉制的勺子。身为炼药师，玉可是最好的盛丹器皿，所以他纳戒之中也存放着各种各样的玉器。

小心翼翼地将玉勺探进钟乳之中，萧炎灵活地转动着手腕，几个探缩间，便把一大半的地心淬体乳舀了出来。而就在他准备把所有翡翠液体都弄走时，药老却忽然出声道："万事留一，炼药界有着不成文的规定，但凡遇见天材地宝，不可断其根。这地心淬体乳极难成形，若是全部被我们拿走，这万年成形的钟乳恐怕也会逐渐崩裂，所以，还是留一点温养吧。"

微微一怔，萧炎略有些惭愧地点了点头，当年在取得青莲地心火时，药老也这般说过，自己确实是有些贪心了。

留了一点地心淬体乳没动后，萧炎将玉勺取出，把手中的钟乳碎片再度贴了上去，顿时，强光消减，钟乳再度变回了先前的那般平静模样。

将玉勺中的翡翠液体倒进早已准备好的一只品质上乘的玉瓶之中。瞧见那在瓶中依然犹如活物一般自动流淌的液体，萧炎长长地松了一口气，辛苦了这么久，这东西总算是到手了。

从山穹之上飞下，萧炎再度落在那青石之旁，目光望向那凹槽之中的乳白液体，虽说这液体已经被稀释过，但其效果也颇不错，即使达不到洗髓炼骨之效，可对身体也有不小的淬炼效果。

"这东西也能收取一点，或许日后炼制丹药时会用得上。"药老的声音在头顶上响起。

闻言，萧炎点了点头，从纳戒中取出两个玉瓶，小心翼翼地将那乳白色的地心淬体乳盛入其中。将两个玉瓶装满之后，那凹槽中的乳白液体，已经少了一半。

瞥了一眼所剩的乳液，萧炎略一沉吟，并未完全将之拿走。日后说不定林修崖等人还会再来抢夺这地心淬体乳，若是辛苦半天，最后却一无所获，难免会怀疑有人率先取走了这东西。而知道此地拥有奇宝的，又只有他们几人和自己而已，虽然萧炎并不害怕他们的怀疑，但不管怎么说这地心淬体乳也是韩月先发现，自己平白无故得了个大便宜，若还贪心地将所有东西全部收走，那的确是过分了一点。

心中转过这般念头，萧炎将两瓶被稀释过的地心淬体乳收入纳戒，便不再停留，转身沿着来时的路途飞快行去。由于已经走过一次，所以萧炎此次出去缩减了不少时间，不到二十分钟便出了山洞。

振动双翼，萧炎向着谷外飞掠而去，目光向着远处眺望，黑夜之中还能够看见谷外若隐若现的七彩毫光，听见宛如惊雷般的能量炸响。

见到那七彩光芒依然璀璨，萧炎这才轻松了一口气。双翼急速振动，身形化为黑影，在黑夜之中无声无息地穿梭而过，半响，身形一顿，便已出现在谷口的半空之上，目光向着外面的战场一瞧，不由得有些咋舌。

此时的谷口，已经被破坏得不成模样，原本平坦的地面，变得坑坑洼洼，从山壁上震落的巨石随处散落着，两边的森林，也被摧毁了不少，树木横躺，将谷口的通道都遮掩了一半。

而在战场之中，吞天蟒依然蜷缩着身子盘踞天空，七彩光芒自其体内源源不断地涌出，强横的威压令方圆十里潜伏的魔兽皆在簌簌发抖。虽然吞天蟒气势依然强横，但是细细看去，也能够在那七彩蛇鳞之上看见一些深深的爪印。显然，在与雪魔天猿的战斗中，吞天蟒也并非总是占着上风。

目光顺着瞟下，当望见地面上的雪魔天猿时，萧炎脸庞上忍不住闪过一抹惊愕。此时的它，一身雪白的毛发已有一半被吞天蟒那具有强烈腐蚀性的蛇酸腐蚀掉了，巨大的脑袋上鲜血直流，令那本来就颇为难看的头颅显得更加狰狞，庞大的身躯上，随处可见被强横能量冲撞的痕迹，那对灯笼般的猩红巨眼，显出了一些畏忌与疲倦。显然，面对吞天蟒这般强敌，本就在虚弱状态的雪魔天猿现在已经彻底失去了战意。

"没想到这小家伙竟然这般强悍，不愧是上古异兽。"望着两者身上伤势的差距，萧炎在心中惊诧地嘀咕了一声。

萧炎的出现，引起了吞天蟒与雪魔天猿的注意，吞天蟒颇有些兴奋地向着萧炎吐了吐蛇芯，而雪魔天猿，却颇有些不安地发出一声愤怒咆哮。

"小家伙，走！"没有理会仰天长啸的雪魔天猿，萧炎对着吞天蟒一声吆喝，旋即便率先振动双翼，身形径直向着山脉深处急速飞掠而去。

吞天蟒在略微迟疑了一下后，也一甩巨大的尾巴，身形在暴涨的七彩毫光中急速缩小，最后化为一道细小光影，飞快地赶超了前方的萧炎。最后两道影子逐渐消失在黑夜之中，只留下那愤怒得发狂却又无可奈何的雪魔天猿。

……

黑夜之中，一大一小两道影子忽然自天空上落下。在一处山峰上，萧炎回头望了一眼那已经消失在视线尽头的山谷，这才彻底松了一口气。

转过头来，萧炎望着那悬浮在面前的吞天蟒，此时它身体上的七彩鳞片光芒稍稍黯淡了一点，看来先前与雪魔天猿的那番恶战对其消耗颇大，手掌轻轻地抚摸着吞天蟒的小脑袋，萧炎从纳戒中取出一瓶紫晶源，笑着道："来，小家伙，今天晚上干得不错，这次让你吃个饱。"

若是放在以前，吞天蟒一见到萧炎拿出紫晶源，就会立马扑上来，但是这一次，吞天蟒却诡异地停在半空动也不动，一对妖艳蛇瞳瞥着萧炎，就在萧炎感觉不对时，冰冷的声音，却忽然自吞天蟒嘴中传了出来："你还真把本王当作宠物来养了？"声音虽然冰冷，可却蕴含着一股令萧炎心头泛起邪火的酥麻。

然而小腹之中邪火刚刚升腾，萧炎便骤然感觉到一股寒意蔓延而出，眼睛骇然地盯着面前的吞天蟒，呆愣了瞬间，身形犹如触电般地急忙后退，惊骇道："美杜莎女王？"

在萧炎惊退之间，吞天蟒身体再度爆发出淡淡的七彩光芒，其身形逐渐蠕动，片刻之后，便变幻成了一位能让男人在一瞬间转化成牲口的妖娆尤物。

修长的身姿，衣着随意而暴露，刚好只是将胸前一对丰乳遮掩住，下身一条仅齐大腿的紫色皮裙，皮裙之下，露出一对令人口干舌燥的圆润长腿，修长的曲线，让人目眩神迷，目光移上，那雪白蛇腰，看得萧炎心颤了一颤。这个女人，简直能够令所有男人为之疯狂，只不过，想要驯服这尤物若是没有通天实力，恐怕都只能被其一口吞下肚去。

即使明知道面前是一条会吃人的美人蛇，但是萧炎依然有点心猿意马，不过这点心猿意马在那一道冷若寒冰的眸子射来时，顷刻间烟消云散，只留下防备与警戒。

目光最后停留在那张挑不出一点瑕疵的冰冷妖艳的脸颊之上，萧炎干笑了一声，却发现自己的声音都变得嘶哑了。

"女王陛下，真巧啊，又见面了。"极其低智商的话语，足可表明现在萧炎紧张到何种程度。对面前这个女人，萧炎的忌惮，几乎比对云岚宗的云山还要强。

"是挺巧的，不过还得感谢你，若不是你让吞天蟒与雪魔天猿战斗消耗了不少

力量，我倒还会被它给压制住。"美杜莎女王瞥了萧炎一眼，红润嘴角挑起了一抹嘲讽的意味。

嘴角一咧，萧炎有些忍不住地想扇自己一耳光，没想到这"引蛇出洞"的罪魁祸首竟然是自己。

"炼制融灵丹的药材，你可凑齐了？"没有理会萧炎那难看的脸色，美杜莎女王声音淡漠地问道。

眼角一跳，萧炎一阵苦笑，凑齐个屁啊，他根本就没把这事放心里去，他连自己的事都忙得焦头烂额，哪有时间去给她寻找融灵丹的药材？而且就算有时间，他也肯定是能拖就拖，不然，这女人一得到融灵丹，把吞天蟒的灵魂融合了，那第一个要倒霉的，就得是自己。这个该死的女人从一开始就没掩饰过对自己的杀心。

不过想想也能理解，以美杜莎女王的高贵身份，如今却因为种种因素成了萧炎豢养的宠物兼打手，以她那傲性，怎会忍受得了？若非是因为融灵丹以及吞天蟒灵魂不断反弹的关系，恐怕她早就把萧炎撕成碎片了。

瞧见萧炎那默然无语的模样，美杜莎女王脸颊上逐渐浮现一抹冷笑与杀意："看来你并未将这事放在心中，既然如此，留你还有何用？"

语罢，美杜莎女王纤手猛地一挥，而随着其手掌的挥动，萧炎惊骇地发现周身空间都在此刻凝固了，而其身体，则被封锁在其中，动弹不得。

"这就是斗宗强者的真实实力吗？举手投足间居然能够让空间凝固？"心中闪过一抹骇然，萧炎对斗宗强者的认识，更加深入了许多。

冷冷地望着使劲挣扎的萧炎，美杜莎女王莲步轻移，缓缓地向他走去，纤手微竖，淡淡的七彩光芒在其掌心凝聚，最后凝成了一柄修长的七彩锋利长剑。

萧炎使劲地挣扎了一番，周围空间依旧丝毫不动，就在萧炎无奈放弃时，一股熟悉的强悍灵魂波动终于从手指上的黑色戒指中涌出，而在这股灵魂波动之下，周围那囚牢般的凝固空间，轰然破碎，萧炎的身体，也在此刻重获自由。

"呵呵，初晋斗宗，便能将空间凝固，不愧是美杜莎女王，不过我药尘的弟子，岂是你说杀就杀的？"苍老的笑声，缓缓响起，药老那虚幻的身影从漆黑戒指之中升腾而起，悬浮在萧炎身旁，淡然地注视着对面的美杜莎女王。

冰冷地望着突然出现的药老，美杜莎女王妖艳脸颊上没有丝毫诧异，冷笑道："早就感应到这个家伙身边有强者隐匿，原来是个灵魂体。"

然而虽口中这般说着，可美杜莎女王却缓缓收回了前踏的脚步。面前这个身形虚幻的老者，隐隐中给予她的压迫感，并不比当初的云山弱。若是她进入巅峰状态，倒也不惧，但此时这具身体，还必须时时刻刻分出心神来压制吞天蟒的灵魂，如此一来，分神之下，实力就打了一些折扣。

药老淡淡地笑了笑，挥手让萧炎退后了一些，方才笑道："我清楚你现在的情况，所以你也不用在我面前这般杀气凛然，虽然如今我只是灵魂状态，实力大损，可真要斗起来，恐怕你捡不了什么便宜。"

"是吗？"美杜莎女王一声冷笑，手中没有其他的动作，显然药老的出现，带给了她颇大的震慑。

"我也并不想与你有什么冲突，只是我的弟子，还轮不到你随意斩杀。你若是嫌待在这里不爽，大可直接离去，无人阻你。"药老笑道，平淡的话语，有着凌厉的锋锐。他当年纵横大陆时，别说斗宗，就算是斗尊强者都要对其客气三分，这什么美杜莎女王或许能让别人忌惮，可对药老来说，却没有丝毫威慑力。

闻言，美杜莎女王黛眉一皱，如今吞天蟒有认萧炎为主的迹象，而她又没有完全取得身体的控制权，走与不走，还轮不到她来做主。再者，那融灵丹的药方还在萧炎手中，想要将这种丹药炼制出来，还得依靠他的力量，所以她如何会离开？

"我与他有过约定，若是我保得他在云山手中安然无恙，他便给我炼制融灵丹。可如今已经过去将近一年时间，他却将那约定忘得一干二净，这等不守信之人，留之何用？"美杜莎女王冷冷地瞥了萧炎一眼，道。

如今药老现身，萧炎心中的紧张消减了许多，瞧见美杜莎女王那冰冷的目光，他无奈地摊了摊手，大姐，你还真当我是傻子啊，越早炼出融灵丹，岂不是死得

越快?

"呵呵,若不是你心怀杀意,我这弟子倒也极乐意给你寻找药材,事情拖成这般,不能全怪他。"药老笑道,他自然清楚事情的始末。

美杜莎女王冷哼了一声,并未辩驳。她当初的确打着只要萧炎一旦炼制出了融灵丹就一巴掌拍死他的念头。

"呵呵,美杜莎,我也不与你多费唇舌,你可真想得到那融灵丹?"瞧见对面眼神闪烁的美杜莎女王,药老略微沉吟了一下,忽然道。

"你这话未免问得有些多余了。"

"既然如此,我们双方大可各取所需,前提是先把心中的那些念头抹掉。吞天蟒跟在萧炎身边这事怪不得谁,更何况就算它认了萧炎为主,也不关你什么事,旁人无可改变。"药老笑了笑,道,"若是你能丢弃心中杀意,我可向你保证,一年之内,将成品的融灵丹放于你面前,但是作为交换,你得到丹药后,保我这弟子一年内无性命之忧,如何?"

"我与他的约定,早就定好,当初我已经保他在云山手中逃脱,不然凭他的实力,还想向云山挑战?既然我已经完成了约定,他便该给我炼制融灵丹,如今凭什么还要再次与你下约?"美杜莎女王声音之中隐隐有一丝怒气。

"那次的约定,双方都违反了,自然不作数。"药老淡淡地道。

"让我给他做一年的护卫,休想!"美杜莎女王冷声道,毫不犹豫地出口拒绝。

"如此的话,你便去找他人炼制融灵丹吧。"药老翻了翻眼皮,道。

"那将融灵丹的药方给我!"美杜莎女王咬了咬一口银牙,冷冷地道。

"呵呵,这可不行,这融灵丹药方是萧炎费尽心机方闯过那炼药师大会得来的,如何能给你?"药老淡然一笑,摇头道。

其身后,萧炎有些愕然地望着面前的药老,现在的他,可当真有几分无赖的气质。

深吸了一口气,美杜莎女王的脸色阴沉了下来,她本就不喜欢多费唇舌,若不是忌惮药老的实力，恐怕当场就动手宰人了，但如今药老如此耍赖，令她心中再度杀意涌动。

随着美杜莎女王脸色阴沉，一股令萧炎骇然的磅礴气势缓缓自其体内涌出。而在这股强悍气势之下，周遭的空气，似乎都停止了流动。

万物寂静，这便可见斗宗强者的霸道与强悍。

然而在这股磅礴气势压迫之下，药老身形动也不动，只是那平淡苍老脸庞之上，逐渐涌上些许冷厉，无形的灵魂力量延伸而出，笼罩着半壁天空。虽然身为灵魂状态并不能动用斗气，但因为药老也是炼药师，他的灵魂异常强大，再加上骨灵冷火的协助，甚至都到了能够光凭借灵魂力量便能够与人相战的地步。当然，光是使用灵魂力量，自然达不到他巅峰时刻的水准，但是用来对付面前的美杜莎女王，倒是没有太大的问题。

两股同样强悍恐怖的气势在山峰上逐渐涌出，在两股气势的压迫下，地面微微颤抖着，半晌，竟然在萧炎那震惊的目光中裂出了些许裂缝。

随着时间的推移，两股气势越来越强横，然而就在美杜莎女王想要出手的刹那，其脸色却猛地一变，紧绷的气势，在此刻土崩瓦解，她纤手捂着额头，脸色急速变幻，七彩光芒不断从体内涌出。

"该死的！"使劲地咬着银牙，美杜莎女王狠狠地骂了一声，体内的吞天蟒竟然在这种时候出来争夺身体控制权，而且这次还反抗得如此激烈，害得她不得不赶忙凝聚力量压制，可如此这般，如何能与药老争斗？

瞧见美杜莎女王这般状态，萧炎也明白了什么，当下心中松了一口气，这个女人实力太过强大，就算药老能够胜过她，恐怕也会因为灵魂力量的耗尽而陷入沉睡，虽说如今萧炎已经不再像以前那般依靠药老，但是无论如何，有药老那丰富阅历在，自己能省去不少麻烦。

七彩光芒越来越盛，到最后，美杜莎女王那妖艳眸子都变得茫然了起来。

深吸一口气，努力压制着吞天蟒的反噬，美杜莎女王冷冷地望着对面的药老，

不甘地道："好，就依你，一年之内，若你能给我融灵丹，我就保他，但若是你们再诓我，就算拼着吞天蟒的反噬，本王也要让你们损失惨重！"

"呵呵，这般自然最好。一年之内，融灵丹定会奉上，只不过老夫也希望女王陛下可不要再像上次那般，心怀杀意，否则拼着陷入沉睡，老夫也要将你这好不容易进化出来的躯体烧毁！"药老轻笑了一声，笑声中有极浓的威胁之意，而似是为了助威，在其话落间，森白色的火焰猛地自其体内暴涌而出。

森白色火焰，徐徐升腾，然而虽然火焰升腾得厉害，可始终给人一种冰冷的感觉。

"异火？"瞧见那森白色火焰，美杜莎女王脸色微微一变，眼神中流露出一丝惧意，吃过青莲地心火亏的她，自然清楚这种火焰的恐怖程度，虽说面前的这森白色火焰并没有青莲地心火表面上那般炽热，但是这种诡异的巨火，仍令美杜莎女王不敢小觑。

"只要你们别再违规，本王自会遵守诺言，我希望下次苏醒时，能够见到融灵丹。"淡淡地说了一句，美杜莎女王体内七彩光芒骤然爆发，其身体再度蠕动，片刻时间后，一个妖艳妩媚的绝色尤物，便回到了那不过尺多长的七彩小蛇里。

变回蛇形的吞天蟒，微微摇摆着尾巴，身形快若闪电般地出现在萧炎身旁，冲着他嘶嘶地吐着蛇芯，那妖艳的蛇瞳中，似乎有些人性化的关切。

"呵呵，我没事。"温柔地抚摸着吞天蟒，萧炎苦笑道，"小家伙，多亏了你啊，不然这次怕是少不了一场恶战。"

"不过至少与她将话说开了，日后也不用再担心她会突然出杀手。美杜莎女王虽然冷漠无情，却傲气十足，应该不会反悔。"药老回头冲萧炎笑着道。

"希望如此吧。"萧炎微微点了点头，手掌一翻，将那瓶真正的地心淬体乳取了出来，轻声道，"能否一举突破到斗灵，便看你了。"

第二十章
九星大斗师

　　宽敞明亮的山洞内，萧炎望着面前的大木盆，木盆中盛着清澈见底的水，在木盆一旁，有一张简易木架，其上摆满了各种各样的药材，林林总总有几十种之多，为了寻找这些药材，足足费去了萧炎三天的时间。

　　"地心淬体乳给我。"检查了所需药材是否齐全后，药老向萧炎伸出手来，道。

　　闻言，萧炎赶忙将东西放进药老手中，药老握着那盛满地心淬体乳的玉瓶，微微掂量了一下，旋即扯开瓶盖，顿时，一股淡淡的翡翠烟雾便飘荡而出，凝聚在瓶口，久久不散。

　　药老深吸了一口这雾气，感受到一股淡淡的暖流从灵魂之中流淌而过，不由得笑着赞叹道："不愧是凝聚大地之力的灵物，竟然如此精纯浓郁，难怪有洗髓炼骨这般奇效。"

　　笑着赞了一声后，药老将玉瓶微微倾斜，小心翼翼地倒了十滴犹如翡翠玉珠般的液体在那木盆之中，这一来，瓶中的液体立马减少了四分之一。

　　随着十滴地心淬体乳的滴入，只见那木盆之中的清水，很快便以肉眼可见的速度转化成了浓郁的翡翠色，并且，在那水面之上，还渗透出一股淡淡的雾气，经久不散，看上去极为奇异。

好奇地望着木盆之中水液的变化，萧炎搔了搔头，愕然地道："难道这次也需要在这里面修炼？"

"嗯。"药老全神贯注地望着水液颜色的变化，随口道，"地心淬体乳的能量太过庞大，凭你现在的实力根本不可能用口服，所以只能采取这种方式，而且即使这样，也必须配合其他药物来调和，才能够起到洗髓炼骨之效。若是强来的话，别说洗髓了，恐怕连你那条小命都会直接被洗掉。"

萧炎讪讪一笑，自己身子骨没那么弱吧？

"把香烛草给我。"没有理会萧炎的暗中嘀咕，药老在观察一下水液的颜色浓度之后，淡淡地吩咐道。

闻言，萧炎手掌快速地伸上木架，拿起一株形状犹如香烛般的红色小草，递给了药老。

握着这株香烛草，药老手掌一晃，一团森白色的火焰便在其掌心成形，森白火焰袅袅升腾，犹如一团冰焰。

药老随手将香烛草抛进火焰之中，片刻时间，香烛草便迅速枯萎，最后在骨灵冷火的炙烤中，化为一滴红色的液体。

使用骨灵冷火将红色液体几番炼化之后，药老屈指一弹，红色液体便落进木盆之中。

随着这滴红色液体的落进，那本来犹如翡翠般的水面，也变得暗红了一些。

"青莲果。"药老再度淡淡开口，萧炎急忙从木架上将这株果实药材寻找了出来。

经过几分钟炼化，那青莲果化为一滴青色液体滴进木盆之中，使水液又多出了一抹淡淡青色。

"蛇脱花，佛焰根……"

一株株名称不同的药材不断从药老嘴中吐出，而那木架之上的药材也随之在急速减少，一个小时后，几十种药材，便完全变成颜色不同的液体被投入了木盆之中。

药老松了一口气，眼睛望向木盆之中，瞧见那变得五彩斑斓的水面，这才满意地点了点头，向一旁的萧炎道："脱去衣物，进入其中修炼，直到水的颜色再度变清为止。"

萧炎满脸惊讶地望着那融合了几十种药材的精粹汇聚而成的五彩液体，心中不由得为药老那神乎其神的炼药术感到佩服，这与天赋无关，完全是靠经验的累积以及对各种药材药效的深入了解方才能够达到。

"进入之后小心一点，虽然地心淬体乳经过这些药材的中和，效力变得温顺了许多，但其所蕴含的能量不减反增，所以你在修炼之时，会有一些痛楚，但熬过去就会让你受益匪浅。"药老拍了拍手，笑着道。

萧炎点了点头，快速将身上衣物脱去，然后迫不及待地跃进木盆之中。

随着身体浸入那五彩斑斓的水面，萧炎顿时狠狠地打了一个冷战，这水的温度低得吓人，若不使用斗气护体的话，皮肤都会感到一阵阵的刺痛。

"不要施展斗气包裹身体，那会阻碍药力进入体内。这水之所以冰冷是因为我的骨灵冷火，它对你没有坏处。"就在萧炎想要使用斗气抗寒时，药老的声音却忽然响起。

闻言，萧炎只得无奈地点了点头。身体浸泡在这五彩液体之中，他能够清晰地感觉到其中所蕴含的庞大能量。还未进入修炼状态，水中充盈的能量就开始忍不住地往萧炎体内钻去，令他浑身都有一种麻麻痒痒的感觉，就如同有无数蚂蚁在身体上爬动一般。

狠狠地甩了甩头，萧炎压抑住身体上的不适之感。这些年他吃过的苦头太多，因此他早已习惯疼痛，这些酸麻感觉对他造不成多大影响。他盘腿坐在木盆之中，双手结出修炼印结，眼眸逐渐闭上，呼吸变得平稳而悠长，半晌，身体上的麻痒感觉便缓缓淡去，而萧炎也进入了修炼状态。

木盆旁，药老望着进入修炼状态的萧炎，微笑着点了点头，轻声道："洗髓炼骨固然有绝大好处，可其中苦头也不小，熬过去便大路平坦，熬不过，不仅会功亏一篑，说不定本身经脉还会被那庞大能量冲击出损伤，到头来落个得不偿失的下场。

虽说有些风险，可修炼之途，没有冒险与大无畏之心，又能走多远？"

……

随着萧炎进入修炼状态，那木盆中的斑斓水面上，忽然涌起了一个个细小的水泡，片刻后，水泡涌动得越加剧烈，那模样，就犹如是身处沸水中一般，但这"沸水"却让萧炎感到无比冰冷。

在水泡涌起的刹那，萧炎身体猛地一颤，他能够感觉到，此刻水液之中无数股精纯能量，犹如受到某种牵引一般，顺着全身微微张开的毛孔，强行向体内涌灌而去！

由于涌进的能量实在过于庞大，萧炎甚至感到皮肤胀痛，然而，这些涌进的精纯能量并未因此而有所停滞，反而以更加凶猛的速度灌涌着，到最后，一股股精纯能量，竟由于无处可钻，居然在萧炎皮肤之下胡乱地窜动起来，而随着它们的窜动，萧炎的皮肤上也鼓起了一道道印痕，那模样，就犹如皮肤之下隐藏着一条条小蛇一般，看上去颇为恐怖。

外表的狰狞恐怖萧炎自然已察觉不到，他现在只能全力运转心神，随时关注着体内的任何动静。

那些涌进体内的五彩斑斓能量，并未听从萧炎的指挥，而是极有目标地直冲体内各处骨骼，凡是被它们冲击的骨骼，都会在一瞬间变幻成五彩颜色。在这五彩颜色之下，萧炎能够模糊地感觉到，有什么东西侵进了骨骼里，并且还与骨髓掺杂在了一起。

对于这些能量的举动，萧炎没有丝毫的阻止办法，所以，他只能眼睁睁地看着体内越来越多的骨骼被染成五彩的颜色。

短短不到十分钟时间，萧炎体内的骨骼，便被染得颇为诡异。

就在萧炎为这些能量的这般举动感到疑惑之间，心尖却是狠狠地颤抖了几下。他感觉到，骨骼，似乎在此刻燃烧起来了，一股深入骨髓的灼痛感急速地蔓延开来，直扩散到全身每一个角落。

牙齿紧咬，萧炎盘坐在木盆之中的身体不住地微微颤抖着，皮肤之上，也涌现出一阵异样的红润，额头处，冷汗密布，小雨一般，顺着脸庞滑落，掉入木盆之内。他现在方才明白，药老为何说会有一些痛楚，但是，这痛楚，也太狠了点。

站在木盆之外的药老瞧着萧炎这般举动，眼角忍不住跳了一跳，旋即轻叹了一声，低声道："小家伙，可要熬住啊，若是洗髓成功，日后你晋入斗王阶别时，会省去极大的麻烦啊。"

如处火炉，这就是萧炎此时的感受，并且这个火还是从其骨骼之中烧起来的，那股疼痛，令萧炎牙齿间直抽冷气。木盆之中的五彩药液，沸腾得越来越剧烈，隐隐间能够用肉眼可见的实质能量在水中急速穿梭，最后一头撞在萧炎皮肤之上，转瞬便消失了踪影。

药液之中所蕴含能量之强，即使萧炎早有预料，可如今亲身体验，却依然感到骇然。这地心淬体乳不愧是需要这般长久岁月凝聚方才能够成形的天地灵物，经过其他药物调和尚且如此强悍，若是直接浸泡的话，自己怎么死的都不知道。

体内，五彩的骨骼随着时间的推移，却诡异地变得透明了，甚至在萧炎心神的注视下，都能够隐隐看见一点骨骼之中那急速翻涌的骨髓。

疯狂灌进的能量并未因为体内骨骼被覆满五彩颜色就此罢休，源源不断的精纯能量还在大肆侵入萧炎体内。只要被它们撞见的东西，不管是骨骼、经脉，乃至细胞器官等等，无一例外地全部被转化成斑斓的五彩颜色。一时间，萧炎心神内视，却只能呆呆地望着那五彩缤纷的体内。心中哀叹一声，旋即急忙稳固心神，他清楚，恐怕更加折磨人的剧痛，就要来了。

不出萧炎所料，在五彩颜色侵占了大半个身体时，一股比先前猛烈了十倍的灼痛感，陡然从身体内的经脉、细胞、肌肉等处蔓延而出。一时间，萧炎整个人犹如被投入了熊熊烈火之中，那炽热的火焰，毫不留情地释放着越来越炽热的温度，似乎恨不得将他的身子骨烧成灰烬。

随着体内的这番大闹腾，萧炎那浸泡在木盆之中的身体，已变成了火炭般的

颜色。丝丝白雾从萧炎的头顶渗透而出，白雾之中，还带着点点焦臭之味，他牙齿紧咬着，一丝殷红从嘴角溢流而下，将下巴染得血红。

木盆外，药老喉头微动了一下，双手不由自主地紧握了起来，看似平静的眼中掠过一抹焦灼，他清楚萧炎的韧性，但以萧炎的那股坚韧，都依然被这洗髓炼骨搞得这般模样，难以想象，那究竟是一种何等的痛楚。

药老虽然也知道这洗髓炼骨肯定会有不小的痛楚，但因为自己从未使用过地心淬体乳，所以并不清楚那痛楚会达到何种程度，现在看萧炎这状况，他明白自己还是小觑了那洗髓之痛，但事已至此，他也只能暗暗祈祷萧炎能够坚持下去，再别无他法。

……

痛，除了痛还是痛，萧炎此时的身体各处部位都在传出这个字所代表的意义，可对此，他除了苦苦熬着，没有半点办法。不过在忍受煎熬之余，唯一让他有些欣慰的，便是他能够清楚地感觉到，随着体内那股灼热之痛的蔓延，一股股强大的能量，正在从那灼热之处散发而出，他发现，经过灼热之后，体内骨髓、骨骼、经脉、细胞、肌肉等等，都在产生脱胎换骨的变化。显然，这所谓的洗髓炼骨，确实具有莫大神效。

"坚持住！"咬着牙在心中恶狠狠地吼了一句，如此煎熬许久之后，或许因为已经麻木，萧炎精神有些恍惚了起来，在这恍惚之下，似乎体内那剧烈的灼热之痛，也消减了许多，经过这般长时间的灼痛，他倒是勉强有了一些抗性。

煎熬中，时间流逝得极其缓慢，到后来，萧炎已经彻底陷入了一种似醒似睡的恍惚状态之中，在这种近乎茫然的感知下，他已经没有了时间的概念，唯一能够感觉到的，便是在灼痛煅烧之下，正一点一点变得精粹与坚韧的骨骼、经脉、细胞等等……

……

山洞之中，药老双手负于身后，立在木盆旁动也不动，自从萧炎进入木盆至今已有三天时间,而这三天之内,他未曾移动过半步。注意力,一直停留在萧炎身上。

"咻!"洞口之处,一道七彩光芒忽然闪掠而进,盘旋在木盆之上,吞天蟒望着那依然全身如火炭般的萧炎,不由得嘶嘶地吐了吐芯子,蛇瞳之中有一抹担心。

"不用担心,他已经熬过了最痛苦的时期,后面的事情,要顺利一些。"药老笑了笑,视线转移到木盆中,望着那变得淡了许多的药液颜色,道。

似是听懂了药老的话语,吞天蟒冲着他吐了吐蛇芯,然后又是一摆尾巴,闪出了山洞,它需要在外界为萧炎护法,不能让任何事物打扰他。

瞧见吞天蟒出去,药老又将目光投在了萧炎身上,轻声道:"看来快了……"

……

体内,犹如烈火般的灼痛感觉不知何时淡了许多,又过了许久,灼痛感终于淡去。而随着灼痛的消逝,萧炎也陡然清醒了过来,心神急忙扫视体内,却惊愕地发现,原本布满体内的五彩颜色已经彻底消失不见,体内骨骼、经脉等等之处,散发着淡淡的荧光,看上去犹如白玉一般。这般模样,似乎其中隐藏着无穷力量。

心神的苏醒,犹如一把钥匙,顿时,原本寂静无声的体内,便在顷刻间如一台精密的机器,开始了脱胎换骨之后的第一次运转。

"轰!"低低的闷声在体内响起,萧炎心神错愕地望着那突然间从身体各处暴涌而出的庞大能量,一时间竟有些失神。

在萧炎失神间,那一道道庞大的精纯能量却主动涌进了经脉之中,若换作以前,这般庞大能量涌入,他的经脉定然会产生胀痛之感,然而现在,能量涌入,经脉却在极具韧性地一张一缩,将那一股股庞大能量尽数纳入,没有令萧炎感到半点疼痛。

这股能量极其庞大,却精纯得令人诧异,这种精纯程度,已经不再需要任何炼化,并且不知为何,这股能量对萧炎没有半点抗性,就像是本就来自他体内一般。

庞大能量沿着焚诀的经脉路线运转着,一个周天之后,犹如山洪暴发一般,带着轰隆隆的巨响源源不断地冲进气旋之内的斗晶中。

在这般庞大能量的灌涌之下,鸽蛋大小的斗晶竟然以肉眼可见的速度开始

增长。

  心神带着一抹惊愕地望着那急速增长的斗晶，萧炎能够清晰地感觉到其中所储存的斗气，也正在成倍翻涨，照这股势头下去，突破到九星大斗师就指日可待了。

  "砰！"

  在能量不停地灌涌间，某一刻，一道极细微的脆响，终于在萧炎体内响起，随着这脆声的响起，萧炎发现那本来容量已经到了极限的斗晶，却再度出现了一个极为庞大的容纳空间，而在这奇异声响之下，那已经达到鸡蛋大小的斗晶，猛然间膨胀至拳头大小，璀璨的强光涌射而出，将气旋之内照得犹如白昼。

  感受着体内的种种变化，萧炎深吸了一口气，他清楚，这一刻他已经突破了八星，真正成为一名九星大斗师！只要再前进一步，他便能够进入斗灵阶别！

  因为斗晶的陡然膨胀，萧炎察觉到其中原本的充盈感觉再度变得空虚了许多。当下运转在经脉之中的最后一股精纯能量，也灌涌进了斗晶之中。但是晋级之后，斗晶再度变成了以前的无底洞那般，这一波能量的灌入，如石沉大海，并未让萧炎有什么明显的感觉。

  "大斗师与斗灵之间差距果然甚大，看来想要一举突破到斗灵还是有些不可能了。"心中转过这一念头，萧炎惋惜地叹了一口气。刚欲收功而退，却猛然发现一股强横吸力从斗晶之中暴涌而出，而随着吸力的爆发，顿时，一股股极为强横的能量，再度从外界涌进体内。

  由于身体处在那蕴含着磅礴能量的药液里，因此在吸力刚刚爆发时，一股股强大能量便顺着皮肤毛孔钻进了身体之内，不受控制地直接冲进经脉，经过一圈运转，便蛮横地冲进那斗晶之中。

  萧炎目瞪口呆地望着体内完全脱离控制的这一切，半晌，他咬了咬牙，恶狠狠地道："你想吸，那就给你吸个够！有本事直接吸到突破斗灵！"

  话音落下，心神立刻催动焚诀功法运转，随着功法的运转，能量的涌灌，变得更加疯狂了起来……